W9-CEW-342

# KSZTAŁT NOCY

*Tej autorki*

DAWCA
CIAŁO
INFEKCJA
NOSICIEL
GRAWITACJA
OGRÓD KOŚCI
IGRAJĄC Z OGNIEM
KSZTAŁT NOCY

**Jane Rizzoli & Maura Isles**

CHIRURG
SKALPEL
GRZESZNIK
SOBOWTÓR
AUTOPSJA
KLUB MEFISTA
MUMIA
DOLINA UMARŁYCH
MILCZĄCA DZIEWCZYNA
OSTATNI, KTÓRY UMRZE
UMRZEĆ PO RAZ DRUGI
SEKRET, KTÓREGO NIE ZDRADZĘ

# Tess Gerritsen

# KSZTAŁT NOCY

Z angielskiego przełożył
Jerzy Żebrowski

ALBATROS

Tytuł oryginału:
THE SHAPE OF NIGHT

Polish edition copyright © Wydawnictwo Albatros Sp. z o.o. 2019

Polish translation copyright © Jerzy Żebrowski 2019

Redakcja: Joanna Kumaszewska

Zdjęcie na okładce: Skitterphoto, Juhasz Imre/Pexels.com (*Księżyc*),
SunPhotography/Shutterstock.com (*ślady kota*)

Projekt graficzny okładki i serii: Kasia Meszka

Skład: Laguna

ISBN 978-83-8125-764-0

Książka dostępna także jako e-book i audiobook
(czyta Paulina Holtz)

*Wyłączny dystrybutor*

Dressler Dublin sp. z o.o.
Poznańska 91, 05-850 Ożarów Mazowiecki
tel. (+ 48 22) 733 50 31/32
e-mail: dystrybucja@dressler.com.pl
dressler.com.pl

*Wydawca*

Wydawnictwo Albatros Sp. z o.o.
Hlonda 2A/25, 02-972 Warszawa
wydawnictwoalbatros.com
Facebook.com/WydawnictwoAlbatros | Instagram.com/wydawnictwoalbatros

2019. Wydanie III
Druk: OZGRAF – Olsztyńskie Zakłady Graficzne S.A.

Książkę wydrukowano na papierze Ecco Book Cream 70 g, vol. 2.0
z oferty Antalis Poland

*Dla Clary*

# Prolog

Wciąż jeszcze śni mi się Strażnica Brodiego i jest to zawsze ten sam koszmarny sen. Stoję na żwirowanym podjeździe, a dom majaczy przede mną jak dryfujący we mgle statek widmo. Mgiełka snuje się i pełza wokół moich stóp, oblepiając mi skórę lodowatym szronem. Słyszę fale nadciągające od morza i uderzające o skały, a nad głową krzyki mew, które ostrzegają mnie, bym trzymała się z dala od tego miejsca. Wiem, że za tymi frontowymi drzwiami czai się Śmierć, ale nie cofam się, bo ten dom mnie wzywa. Być może już zawsze będzie mnie wzywał, sprawiając swym syrenim śpiewem, że raz jeszcze wejdę po schodkach na ganek, gdzie kołysze się skrzypiąca huśtawka.

Otwieram drzwi.

W środku wszystko wygląda nie tak, jak powinno. To nie jest już ten wspaniały dom, w którym kiedyś mieszkałam i który kochałam. Masywną rzeźbioną balustradą zawładnęła winorośl, oplatająca poręcze jak zielone węże. Podłogę pokrywa dywan martwych liści, naniesionych wiatrem przez rozbite okna. Słyszę powolne bębnienie kropel deszczu, skapujących nieustannie z sufitu, i patrząc w górę, widzę pojedynczy kryształowy sopel zwisający z resztek żyrandola. Na ścianach, pomalowanych kiedyś na kremowo i ozdobionych elegancką sztukaterią, są teraz smugi pleśni. Na długo zanim powstała tutaj Strażnica Brodiego, zanim ludzie, którzy ją zbudowali, sprowadzili drewno i kamienie i przybili do słupów belki stropu, wzgórze, na którym stoi, porastały drzewa i mech. Teraz las upomina się o swoje terytorium. Strażnica Brodiego ustępuje mu pola i w powietrzu czuć zapach rozkładu.

Słyszę gdzieś nade mną brzęczenie much i gdy zaczynam wchodzić po schodach, złowróżbny dźwięk przybiera na sile. Solidne dawniej stopnie, które pokonywałam każdej nocy, uginają się i skrzypią pod moim ciężarem. Poręcz, niegdyś satynowo gładka, jeży się cierniami i pnączami. Kiedy docieram na podest pierwszego piętra, pojawia się mucha; krąży i brzęczy mi nad głową. Gdy ruszam korytarzem w kierunku głównej sypialni, nadlatuje następna i jeszcze jedna. Słyszę przez zamknięte drzwi zachłanne bzyczenie much w pokoju, do którego coś zwabiło je na ucztę.

Otwieram drzwi i brzęczenie staje się ogłuszająco głośne. Atakują mnie tak gęstą chmarą, że krztuszę się i macham rękami, by je odpędzić, ale wciskają mi się we włosy, do oczu i ust. Dopiero wtedy zdaję sobie sprawę, co zwabiło je do tego pokoju. Do tego domu.

Ja. Jestem ich pożywieniem.

# Rozdział pierwszy

Nie czułam żadnego lęku tego dnia na początku sierpnia, gdy skręciłam w North Point Way i jechałam po raz pierwszy w kierunku Strażnicy Brodiego. Wiedziałam tylko, że droga wymaga konserwacji, a wyrastające z ziemi korzenie drzew wybrzuszają jej nawierzchnię. Zarządzająca posiadłością kobieta wyjaśniła mi przez telefon, że dom ma ponad sto pięćdziesiąt lat i jest jeszcze w remoncie. Przez kilka pierwszych tygodni będę musiała znosić towarzystwo dwóch cieśli, walących młotami w wieżyczce, i właśnie dlatego mogłabym zamieszkać za grosze w domu z tak imponującym widokiem na ocean.

– Kobieta, która go wynajmowała, musiała kilka tygodni temu wyjechać z miasta, wiele miesięcy przed upływem terminu umowy. Zadzwoniła więc pani do mnie w idealnym momencie – powiedziała pośredniczka. – Właściciel nie chce, żeby dom stał pusty przez całe lato, i zależy mu na znalezieniu kogoś, kto o niego zadba. Ma nadzieję, że to będzie kobieta. Uważa, że kobiety są o wiele bardziej odpowiedzialne.

Tak się składa, że tą szczęśliwą nową najemczynią jestem ja. Na tylnym siedzeniu miauczy mój kot Hannibal, domagając się, bym wypuściła go z klatki, w której jest zamknięty, odkąd sześć godzin temu wyjechaliśmy z Bostonu. Spoglądam do tyłu i widzę, jak wpatruje się we mnie zza krat, wielki kocur majkun, z wkurzonymi zielonym ślepiami.

– Już dojeżdżamy – obiecuję, choć zaczynam się martwić, że skręciłam w niewłaściwą drogę. Nawierzchnia jest spękana z powodu korzeni i działania mrozu, a drzewa zdają się wyrastać coraz bliżej pobocza. Moje stare subaru, przeciążone już bagażem i sprzętem kuchennym, ociera się o asfalt, gdy podskakujemy na jezdni, jadąc przez coraz węższy tunel między sosnami i świerkami. Nie ma miejsca, żeby zawrócić. Mogę jedynie jechać dalej tą drogą, dokądkolwiek prowadzi. Hannibal znowu miauczy, tym razem bardziej natarczywie, jakby ostrzegał: „Stań natychmiast, zanim będzie za późno".

Przez zwisające gałęzie dostrzegam skrawek szarego nieba, a za lasem nagle pojawia się upstrzone porostami rozległe granitowe zbocze. Zużyty znak potwierdza, że dotarłam na podjazd do Strażnicy Brodiego, ale niewybrukowana droga pnie się w tak gęstej mgle, że nie widzę jeszcze domu. Jadę dalej i spod kół subaru sypie się żwir. Przez pasemka mgły dostrzegam poszarpane wiatrem zarośla i granitowe pustkowie. Słyszę krążące w górze mewy, lamentujące jak zgraja duchów.

Nagle tuż przede mną wyłania się dom.

Wyłączam silnik i siedzę przez chwilę, przyglądając się Strażnicy Brodiego. Nic dziwnego, że była niewidoczna z podnóża wzgórza. Szare deski stapiają się idealnie z mgłą i widzę tylko zarys wieżyczki wznoszącej się ku nisko zawieszonym chmurom. Musiała zajść jakaś pomyłka. Powiedziano mi, że to duży dom, ale nie spodziewałam się stojącej na szczycie rezydencji.

Wysiadam z samochodu i wpatruję się w poszarzałe ze starości deski. Na ganku kołysze się skrzypiąca huśtawka, jakby trącana niewidzialną ręką. Niewątpliwie w domu są przeciągi, a system ogrzewania jest przestarzały. Wyobrażam sobie natychmiast przesiąknięte wilgocią pokoje i powietrze cuchnące pleśnią. Nie, nie tak miało wyglądać moje letnie ustronie. Liczyłam na spokojne miejsce, gdzie mogłabym pisać, gdzie mogłabym się ukryć.

Miejsce na leczenie ran.

Tymczasem ten dom przypomina terytorium wroga, jego okna świdrują mnie nieprzyjaznym spojrzeniem. Mewy krzyczą coraz głośniej, ponaglając mnie, bym uciekała, póki jeszcze mogę. Cofam się i zamierzam już wrócić do samochodu, gdy słyszę chrzęst opon na żwirowym podjeździe. Za moim subaru zatrzymuje się srebrny lexus i wysiada z niego blondynka; macha do mnie i zmierza w moim kierunku. Jest mniej więcej w moim wieku, zadbana i atrakcyjna. Wszystko w jej postaci emanuje radosną pewnością siebie, od kostiumu firmy Brooks Brothers po uśmiech mówiący „Jestem twoją najlepszą przyjaciółką!".

11

– Pani Ava, prawda? – pyta, wyciągając rękę. – Przepraszam za małe spóźnienie. Mam nadzieję, że nie czekała pani zbyt długo. Jestem Donna Branca, zarządzam tą nieruchomością.

Gdy podajemy sobie ręce, szukam już wymówki, by wycofać się z transakcji. Ten dom jest dla mnie za duży. Zbyt odosobniony. Zbyt upiorny.

– Cudowne miejsce, prawda? – ekscytuje się Donna, wskazując na granitowe pustkowie. – Szkoda, że z powodu pogody nie widać teraz pejzażu, ale jak podniesie się mgła, widok oceanu rzuci panią na kolana.

– Przykro mi, ale ten dom nie jest dokładnie taki…

Donna wchodzi już po schodach na ganek, wymachując kluczami.

– Ma pani szczęście, że akurat teraz pani zadzwoniła. Tuż po naszej rozmowie miałam dwa kolejne zapytania o ten dom. Tego lata Tucker Cove to istny dom wariatów. Wszyscy turyści szukają czegoś do wynajęcia. Wygląda na to, że nikt nie chce w tym roku spędzać wakacji w Europie. Każdy woli być bliżej domu.

– Cieszę się, że są inne osoby zainteresowane tą posiadłością. Bo wydaje mi się, że dla mnie jest za…

– *Voilà!* Nie ma to jak w domu!

Frontowe drzwi otwierają się, ukazując lśniącą dębową podłogę i schody z misternie rzeźbioną poręczą. Wymówki, które miałam na końcu języka, nagle wyparowują i jakaś przemożna siła pcha mnie przez próg. W wejściowym holu wpatruję się w kryształowy żyrandol i wymyślnie otynkowa-

12

ny sufit. Wyobrażałam sobie, że dom jest zimny i wilgotny, cuchnie kurzem i pleśnią, a tymczasem czuję świeżą farbę i lakier do drewna. I zapach morza.

– Remont jest prawie zakończony – oznajmia Donna. – Cieśle mają jeszcze trochę pracy w wieżyczce i na tarasie na dachu, ale postarają się pani nie przeszkadzać. Poza tym pracują jedynie w dni powszednie, więc w weekendy będzie pani sama. Właściciel zgodził się obniżyć czynsz na lato, bo wie, że cieśle sprawiają trochę kłopotu, ale będą tu tylko przez parę tygodni. Potem do końca lata będzie pani miała ten bajeczny dom wyłącznie dla siebie. – Zauważa, że przyglądam się z zaciekawieniem sztukaterii pod sufitem. – Nieźle to odrestaurowali, prawda? Ned, nasz cieśla, jest mistrzem rzemiosła. Zna każdy zakątek i każdą szparę w tym domu lepiej niż ktokolwiek. Chodźmy, pokażę pani resztę rezydencji. Ponieważ będzie pani zapewne eksperymentowała z przepisami, domyślam się, że zechce pani wypróbować tę fantastyczną kuchnię.

– Czy wspominałam o mojej pracy? Nie przypominam sobie, żebym o niej mówiła.

Śmieje się z zażenowaniem.

– Powiedziała pani przez telefon, że pisze o gastronomii, więc nie mogłam oprzeć się pokusie, by poszukać pani w Google'u. Zamówiłam już pani książkę na temat oliwy. Mam nadzieję, że mi ją pani podpisze.

– Z przyjemnością.

– Myślę, że ten dom będzie dla pani idealny do pisania. – Prowadzi mnie do kuchni, jasnego i przestronnego pomieszczenia z posadzką z tworzących geometryczny wzór czarno-

13

-białych płytek. – Są tu sześciopalnikowa kuchenka i bardzo duży piekarnik. Niestety, wyposażenie kuchni jest dość podstawowe, tylko parę garnków i patelni, ale wspominała pani, że przywozi własny sprzęt.

– Tak. Mam długą listę przepisów, które muszę wypróbować, i nigdzie się nie ruszam bez moich noży i patelni.

– Co jest tematem pani nowej książki?

– Tradycyjna kuchnia Nowej Anglii. Badam zwyczaje kulinarne ludzi morza.

Donna się śmieje.

– Jadali głównie solone dorsze i niewiele więcej.

– Chodzi też o to, jak żyli. Te długie zimy, mroźne noce i niebezpieczeństwa, na jakie byli narażeni rybacy, gdy wypływali na połowy. Niełatwo było utrzymać się z pracy na morzu.

– Z pewnością. Mamy tego dowód w kolejnym pomieszczeniu.

– Co pani ma na myśli?

– Pokażę pani.

Przechodzimy do kameralnego frontowego salonu, gdzie w kominku, gotowym już do rozniecenia ognia, leżą drewno i podpałka. Nad kominkiem wisi olejny obraz statku, przechylonego na wzburzonym morzu i przecinającego dziobem spienione od wiatru fale.

– To tylko reprodukcja – wyjaśnia Donna. – Oryginał znajduje się w miasteczku, w Towarzystwie Historycznym. Mają tam również portret Jeremiaha Brodiego. Był imponującą postacią. Wysoki, z kruczoczarnymi włosami.

– Brodie? To dlatego dom nazywany jest Strażnicą Brodiego?

– Tak. Zarobił majątek jako kapitan statku, pływając stąd do Szanghaju. Zbudował ten dom w tysiąc osiemset sześćdziesiątym pierwszym roku. – Spogląda na obraz statku prującego fale i wzdryga się. – Dostaję choroby morskiej na sam widok tej sceny. Za żadne skarby nie postawiłabym nogi na pokładzie statku. Żegluje pani?

– Robiłam to jako dziecko, ale od wielu lat nie pływam.

– Tutejsze wybrzeże jest podobno jednym z najlepszych na świecie miejsc do żeglowania, jeśli to panią interesuje. Mnie z pewnością nie. – Donna podchodzi do podwójnych drzwi i otwiera je na oścież. – A to mój ulubiony pokój w całym domu.

Przestępuję przez próg i widok za oknami natychmiast przykuwa mój wzrok. Widzę snujące się pasma mgły i za ich kurtyną dostrzegam to, co znajduje się dalej: ocean.

– Kiedy wzejdzie słońce, ten widok pozbawi panią tchu – mówi Donna. – Teraz nie widać oceanu, ale proszę zaczekać do jutra. Mgła powinna do tego czasu zniknąć.

Chcę postać chwilę przy oknie, ale Donna idzie już dalej i ponagla mnie, bym przeszła do jadalni, wyposażonej w ciężki dębowy stół i osiem krzeseł. Na ścianie wisi jeszcze jeden obraz statku, zdecydowanie mniej zdolnego artysty. Na ramie umieszczona jest nazwa jednostki.

*Minotaur.*

– To był jego statek – wyjaśnia Donna.

– Kapitana Brodiego?

– To właśnie na pokładzie *Minotaura* poszedł na dno. Ten obraz namalował jego pierwszy oficer i dał mu go w prezencie rok przed tym, jak obaj zaginęli na morzu.

Wpatruję się w *Minotaura* i włosy jeżą mi się nagle na karku, jakby do pokoju wpadł podmuch zimnego wiatru. Odwracam się, by zobaczyć, czy któreś okno nie jest otwarte, ale wszystkie są dokładnie zamknięte. Donna też najwyraźniej czuje chłód, bo obejmuje się ramionami.

– Nie jest to najlepszy obraz, ale pan Sherbrooke twierdzi, że jest częścią tego domu. Ponieważ namalował go sam pierwszy oficer, zakładam, że szczegóły statku są pokazane dokładnie.

– Trochę to niepokojące, że tutaj wisi – mruczę pod nosem. – Skoro wiadomo, że kapitan z tym statkiem zatonął...

– Tak właśnie powiedziała Charlotte.

– Charlotte?

– Kobieta, która wynajmowała ten dom przed panią. Była tak ciekawa jego historii, że zamierzała pomówić o tym z właścicielem. – Donna się odwraca. – Pokażę pani sypialnie.

Podążam za nią po krętych schodach, muskając dłonią wypolerowaną poręcz. Zrobiona jest z wykończonego po mistrzowsku dębowego drewna; wydaje się solidna i trwała. Ten dom zbudowano, by przetrwał wieki i służył wielu pokoleniom, a jednak stoi pusty, czekając, aż zamieszka w nim samotna kobieta ze swoim kotem.

– Czy kapitan Brodie miał dzieci? – pytam.

– Nie, nigdy się nie ożenił. Gdy zginął na morzu, dom został przejęty przez jednego z jego bratanków, a potem kilkakrotnie zmieniał właścicieli. Teraz jest nim Arthur Sherbrooke.

– Czemu tu nie mieszka?

– Ma dom w Cape Elizabeth, blisko Portlandu. A ten odziedziczył przed laty po ciotce. Gdy dostał Strażnicę Brodiego, była w kiepskim stanie i pan Sherbrooke wydał już majątek na jej renowację. Ma nadzieję, że ktoś ją kupi i wybawi go z kłopotu. – Donna przerywa i spogląda na mnie. – Gdyby była pani zainteresowana...

– Nie byłoby mnie stać na utrzymanie takiego domu.

– Hm... pomyślałam, że o tym wspomnę. Ale ma pani rację, utrzymanie takiej zabytkowej rezydencji to koszmar.

Gdy przechodzimy korytarzem na piętrze, wskazuje po drodze dwie skąpo umeblowane sypialnie i staje przy tej, która znajduje się na końcu.

– To była sypialnia kapitana Brodiego – oznajmia.

Wchodzę do środka i znów wdycham intensywny zapach morza. Poczułam go już na dole, ale tutaj jest obezwładniający, jakby spryskiwały mi twarz rozbijające się o skały fale. Nagle zapach znika, jak gdyby ktoś zamknął okno.

– Będzie pani uwielbiała widok z tego miejsca o poranku – zapewnia mnie Donna, wskazując za szybę, choć w tym momencie widać za nią tylko mgłę. – Latem słońce wschodzi nad wodą, więc można podziwiać świt.

Marszczę czoło, widząc gołe okna.

– Nie ma tu zasłon?

– Cóż, prywatność nie stanowi problemu, bo nikt pani tutaj nie podejrzy. Teren posiadłości rozciąga się aż do linii przypływu. – Odwraca się i wskazuje głową na kominek. – Wie pani, jak rozpalać ogień, prawda? Zawsze otwieramy najpierw przewód kominowy.

– Bywałam na farmie mojej babci w New Hampshire, więc mam spore doświadczenie z kominkami.

– Pan Sherbrooke po prostu chce mieć pewność, że będzie pani ostrożna. Te stare domy łatwo płoną. – Wyciąga z kieszeni brelok z kluczami. – Na tym chyba skończymy wizytę.

– Mówiła pani, że na górze jest wieżyczka?

– Och, nie ma po co tam iść. Panuje tam teraz bałagan, wala się mnóstwo narzędzi i różnych gratów. I zdecydowanie proszę nie wychodzić na taras na dachu, dopóki cieśle nie wymienią podłogi. Nie jest tam bezpiecznie.

Nie wzięłam jeszcze kluczy, które chce mi wręczyć. Myślę o pierwszym wrażeniu, jakie zrobił na mnie ten dom, o jego oknach wpatrujących się we mnie niczym martwe szklane oczy. Strażnica Brodiego nie obiecywała komfortu ani ukojenia i moją pierwszą reakcją była chęć ucieczki. Ale teraz, gdy weszłam do środka, wciągnęłam w płuca powietrze i dotknęłam drewna, wszystko wydaje się inne.

Ten dom mnie zaakceptował.

Biorę klucze.

– Gdyby miała pani jakieś pytania, jestem w biurze od środy do niedzieli, a w awaryjnych przypadkach zawsze może pani zadzwonić na komórkę – mówi Donna, gdy wychodzimy na zewnątrz. – Charlotte wywiesiła w kuchni listę przydatnych numerów. Hydraulika, lekarza, elektryka.

– A gdzie odbiera się pocztę?

– Na początku podjazdu jest przydrożna skrzynka na listy. Albo może pani wynająć skrytkę na poczcie w miasteczku. Tak robiła Charlotte. – Przystaje obok mojego samochodu i wpatruje się w klatkę kota na tylnym siedzeniu. – Wow! Ma pani dużego kotka.

– Załatwia się tylko do kuwety – zapewniam ją.

– Jest ogromny.

– Wiem. Muszę go odchudzić. – Gdy sięgam na tylne siedzenie, by wyciągnąć klatkę, Hannibal syczy na mnie przez kraty. – Nie jest zadowolony, że przez cały czas siedział zamknięty w aucie.

Donna przykuca, by mu się przyjrzeć.

– Ma dodatkowe palce? To majkun, prawda?

– W każdym gramie ze swoich trzynastu kilogramów!

– Jest dobrym łowcą?

– Kiedy tylko ma okazję.

Donna uśmiecha się do Hannibala.

– Więc będzie mu się tu bardzo podobało.

# Rozdział drugi

Wnoszę klatkę do domu i zwalniam w niej zamek. Hannibal wydostaje się na zewnątrz, spogląda na mnie i człapie do kuchni. Oczywiście to pierwsze pomieszczenie, do którego się udaje. Nawet w obcym domu wie dokładnie, gdzie dostanie kolację.

Muszę wrócić kilkanaście razy do samochodu, by zabrać walizkę, kartonowe pudła wypełnione książkami, pościelą i sprzętem kuchennym oraz dwie torby żywności, którą kupiłam w miasteczku Tucker Cove, by mieć zapas na pierwszych parę dni. Z mieszkania w Bostonie przywiozłam wszystko, czego potrzebuję przez najbliższe trzy miesiące. Powieści, które zbierały kurz na półkach, książki, które zawsze zamierzałam przeczytać i w końcu mi się to uda. Słoiki z bezcennymi ziołami i przyprawami, bo obawiałam się, że mogę ich nie znaleźć w małym spożywczym sklepiku w Maine. Zapakowałam nie tylko stroje kąpielowe i letnie sukienki, ale także swetry i puchową kurtkę, bo w tej części stanu Maine nawet w lecie trudno przewidzieć pogodę. Tak przynajmniej słyszałam.

Gdy udaje mi się wnieść wszystko do domu, jest już dobrze po siódmej i czuję, że przemarzłam. Pragnę teraz jedynie napić się czegoś przy trzaskającym ogniu, rozpakowuję więc trzy butelki wina, które przywiozłam z Bostonu. Otwieram kuchenną szafkę, by znaleźć kieliszek, i odkrywam, że poprzednia lokatorka musiała mieć podobne zachcianki jak ja. Na półce, obok egzemplarza książki *Radość gotowania*, stoją dwie butelki szkockiej słodowej whisky – jedna z nich jest prawie pusta.

Odstawiam wino i wyciągam niemal opróżnioną butelkę whisky.

To moja pierwsza noc w tym wielkim starym domu, więc czemu nie? Jestem u siebie, miałam wyczerpujący dzień, a na taki wilgotny, zimny wieczór whisky jest idealna. Daję jeść Hannibalowi i wlewam odrobinę szkockiej do kryształowej szklanki, którą znajduję w szafce. Stojąc przy kuchennym blacie, delektuję się pierwszym łykiem i wzdycham z przyjemnością. Dopijając drinka, przeglądam od niechcenia *Radość gotowania*. Książka jest poplamiona i pochlapana tłuszczem – najwyraźniej była często używana i bardzo lubiana. Na stronie tytułowej jest dedykacja:

*Najlepsze życzenia w dniu urodzin, Charlotte! Teraz, gdy jesteś samodzielna, ta książka będzie Ci potrzebna.*
*Uściski, Nana*

Zastanawiam się, czy Charlotte zdaje sobie sprawę, że zostawiła tę książkę. Odwracając kartki, widzę wiele notatek, które zrobiła na marginesach przepisów. *Potrzeba więcej proszku curry... Zbyt pracochłonne... Harry'emu bardzo smakowało!* Wiem, jak ja bym się martwiła, gdyby gdzieś mi się zapodziała jedna z moich ulubionych książek kucharskich, zwłaszcza ta, którą dostałam od babci. Charlotte z pewnością zechce ją odzyskać. Będę musiała wspomnieć o tym Donnie.

Whisky spełnia swą magiczną funkcję. Moje policzki nabierają rumieńców, ramiona odprężają się i opada ze mnie napięcie. Jestem wreszcie w Maine, tylko w towarzystwie kota, samotna w domu nad morzem. Nie chcę myśleć o tym, co mnie tutaj sprowadziło, ani o tym, kogo i co pozostawiłam za sobą. Zajmę się tym, co nieodmiennie przynosi mi pociechę: gotowaniem. Dziś wieczorem zrobię risotto, bo jest proste i sycące, a przygotowanie go wymaga tylko dwóch garnków i cierpliwości. Popijam whisky, smażąc grzyby, szalotki i surowy ryż; mieszam go, aż ziarenka zaczynają skwierczeć. Dolewam białego wina do rondla i trochę do pustej już szklanki po whisky. Nie piję może trunków we właściwej kolejności, ale nie ma tu nikogo, kto by wyraził zdziwienie. Wlewam do garnka gorący rosół i mieszam. Popijam wino. I mieszam dalej. Kolejna chochla gorącego rosołu. I kolejny łyk wina. Nie przestaję mieszać. Może inni kucharze narzekają na monotonię przyrządzania risotta, ale ja uwielbiam to robić. Nie można niczego przyspieszać. Trzeba być cierpliwym.

Trzymam więc wartę przy kuchence, mieszając risotto drewnianą łyżką, zadowolona, że mogę się skupić wyłącznie na tym, co wrze na palniku. Wrzucam do rondla świeży groszek, pietruszkę i tarty parmezan. Wszystko pachnie tak, że ciekrie mi ślinka.

Gdy stawiam w końcu risotto na stole w jadalni, jest już noc. W Bostonie światła miasta zawsze zakłócają ciemność, ale tutaj nie widzę nic za oknami, ani przepływających statków, ani pulsującego światła latarni morskiej, tylko czarny jak smoła ocean. Zapalam świece, otwieram butelkę chianti i wlewam do kieliszka. Tym razem prawdziwego kieliszka na wino. Stół nakryty jest jak należy: świece, lniana serwetka i srebrne sztućce obok miski z posypanym pietruszką risottem.

Odzywa się moja komórka.

Zanim jeszcze spojrzę na ekran, już wiem, kto dzwoni. Oczywiście ona. Wyobrażam sobie Lucy w jej mieszkaniu przy Commonwealth Avenue, jak czeka z telefonem przy uchu, aż odbiorę. Widzę biurko, przy którym siedzi: z oprawioną w ramki ślubną fotografią, wypełnioną spinaczami porcelanową wazą i zegarem z palisandru, który dałam jej, gdy ukończyła studia medyczne. Telefon nie przestaje dzwonić, a ja siedzę z zaciśniętymi pięściami, czując narastające mdłości. Gdy w końcu komórka milknie, cisza przynosi błogosławioną ulgę.

Próbuję risotta. Choć przyrządzałam je już kilkanaście razy, smakuje jak klej do tapet, a pierwszy łyk chianti jest gorzki. Powinnam otworzyć butelkę prosecco, ale nie zdążyło się jeszcze schłodzić, a musujące wino musi mieć odpowiednio niską temperaturę; najlepiej włożyć je do lodu.

Tak jak szampan, którego podawałam w ostatniego sylwestra.

Słyszę znów brzęk kostek lodu, jazzową muzykę ze stereo i rozmowy przyjaciół, krewnych i znajomych zebranych w moim mieszkaniu w Bostonie. Starałam się urządzić niezapomniane przyjęcie, wydałam fortunę na ostrygi z Damariscotty i całą ekskluzywną hiszpańską szynkę Ibérico de Bellota. Pamiętam, jak przyglądałam się moim rozbawionym gościom, odnotowując, z którymi z mężczyzn już spałam, i zastanawiając się, z kim pójdę być może do łóżka tej nocy. Był w końcu Nowy Rok i nie można go świętować samotnie.

Przestań, Avo. Nie myśl o tamtej nocy.

Nie mogę się jednak pohamować i rozdrapuję znów tę ranę, która zaczyna krwawić pod zerwanym strupem. Napełniam ponownie kieliszek winem i wracam do wspomnień. Śmiechy, chrzęst skorup ostryg, bąbelki szampana musujące przyjemnie na języku. Przypominam sobie, jak mój wydawca, Simon, wsuwa do ust lśniącą ostrygę. Jak Lucy, mająca tej nocy szpitalny dyżur pod telefonem, popija grzecznie tylko wodę mineralną.

Pamiętam też Nicka odkorkowującego zręcznie butelkę. Wyglądał wtedy tak beztrosko, z przekrzywionym krawatem i podwiniętymi do łokci rękawami. Gdy myślę o tamtej nocy, zawsze wspominam Nicka.

Świeca na stole wypala się. Spoglądam na butelkę chianti i stwierdzam ze zdziwieniem, że jest pusta.

Gdy podnoszę się z krzesła, dom kołysze się, jakbym stała

na rozbujanym pokładzie statku. Nie otwierałam okien, ale zapach morza znów przenika do pokoju i nawet czuję sól na wargach. Mam halucynacje albo jestem bardziej wstawiona, niż sądziłam.

Czuję się zbyt zmęczona, by sprzątnąć naczynia, zostawiam więc ledwo napoczęte risotto na stole i wchodzę na schody, gasząc po drodze światło. Hannibal śmiga mi pod nogami i potykam się o niego, uderzając golenią o podest na piętrze. Ten cholerny kot zna już dom lepiej niż ja. Gdy docieram do sypialni, leży na kołdrze. Nie mam siły go przenosić. Gaszę lampę i rozciągam się na łóżku obok niego.

Zasypiam z zapachem morza w nozdrzach.

□   □   □

W nocy czuję, jak przesuwa się materac, i wyciągam rękę, szukając Hannibala, ale go tam nie ma. Otwieram oczy i przez chwilę nie pamiętam, gdzie jestem. Nagle sobie przypominam: w Tucker Cove. Dom kapitana. Pusta butelka chianti. Dlaczego sądziłam, że moja ucieczka cokolwiek zmieni? Dokądkolwiek zmierzasz, ciągniesz za sobą swoją niedolę jak gnijące ścierwo, a ja przywlokłam moją na wybrzeże do tego samotnego domu w Maine.

Domu, w którym najwyraźniej nie jestem sama.

Leżę obudzona, nasłuchując odgłosu drapania małych łapek. Wygląda na to, że dziesiątki, może setki myszy używają ściany za moim łóżkiem jako autostrady. Hannibal też nie śpi, miauczy i krąży po pokoju, doprowadzony do szału kocim instynktem zabójcy.

Zwlekam się z łóżka i otwieram drzwi sypialni, żeby go wypuścić, ale nie chce wyjść. Chodzi tam i z powrotem, miaucząc. Wystarczy mi hałasowanie myszy, więc jak mam spać, słysząc jeszcze jego biadolenie? Zdążyłam całkiem się obudzić, siadam na bujanym fotelu i patrzę w okno. Mgła podniosła się i niebo jest oszałamiająco przejrzyste. Morze rozciąga się po horyzont, a fale srebrzą się w blasku księżyca. Myślę o pełnej butelce whisky w kuchennej szafce i zastanawiam się, czy kolejny drink pomógłby mi przespać resztę nocy, ale teraz jest mi zbyt wygodnie w fotelu, żeby chciało mi się wstać. Widok srebrzystej tafli morza jest tak piękny. Czuję na policzku delikatną bryzę, muskającą mi skórę jak chłodny pocałunek, i wdycham znów ten zapach: zapach morza.

Nagle w domu zapada cisza. Nawet myszy w ścianach nieruchomieją, jakby coś je wystraszyło. Hannibal wydaje głośny syk, a ja dostaję na rękach gęsiej skórki.

Ktoś jest w tym pokoju.

Z bijącym sercem staję na nogi. Fotel buja się w przód i w tył, gdy cofam się w kierunku łóżka, lustrując ciemność. Widzę tylko kontury mebli i błyszczące ślepia Hannibala, w których odbija się światło księżyca, gdy wpatruje się w coś w narożniku. Coś, czego ja nie dostrzegam. Wydaje dziki wrzask i znika w ciemnościach.

Stoję i nasłuchuję, nie wiem jak długo. Światło księżyca wpada przez okno i rozlewa się po podłodze, lecz w jego srebrzystej poświacie nic się nie porusza. Fotel przestał się bujać. Zapach morza zniknął.

W pokoju nie ma nikogo oprócz mnie i mojego tchórzliwego kota.

Kładę się ponownie i przykrywam po szyję, ale nawet pod kołdrą drżę z zimna. Dopiero gdy Hannibal wyłania się w końcu spod łóżka i rozciąga obok mnie, przestaję się trząść. Kiedy przywiera do ciebie mruczący ciepły kot, świat nagle odzyskuje równowagę. Z westchnieniem wsuwam palce w jego sierść.

Myszy znów zaczynają biegać wewnątrz ściany.

– Jutro – mruczę – musimy wynająć inny dom.

# Rozdział trzeci

Obok moich kapci leżą trzy zdechłe myszy.

Nadal odurzona i skacowana, spoglądam na makabryczne prezenty, które Hannibal przyniósł mi nocą. Siedzi obok swoich darów, dumnie wypinając pierś, a ja przypominam sobie wczorajszą uwagę zarządczyni posiadłości, gdy powiedziałam jej, że mój kot lubi polować.

*Będzie mu się tu bardzo podobało.*

Przynajmniej jednemu z nas się tu podoba.

Wkładam dżinsy i podkoszulkę i schodzę na dół po papierowe ręczniki, żeby zrobić porządek z myszami. Gdy biorę truchła do ręki, wyczuwam nawet przez wiele warstw papieru, że są odrażająco miękkie. Pakuję je, a Hannibal patrzy na mnie z wyrzutem, jakby chciał powiedzieć: „Co, do cholery, robisz z moim prezentem?". Kiedy znoszę je na dół, za frontowe drzwi, podąża za mną.

Jest cudowny poranek. Świeci słońce, powietrze jest rześkie, rosnące w pobliżu krzaki róż są w pełnym rozkwicie. Zastanawiam się, czy nie wyrzucić myszy w zarośla, ale

Hannibal kręci się w pobliżu, niewątpliwie czekając, by odzyskać swą zdobycz, idę więc na tyły domu, by rzucić je do morza.

Widok oceanu oślepia mnie przez chwilę. Mrużąc oczy przed słońcem, stoję na skraju urwiska i wpatruję się w nadpływające fale i lśniące wstęgi wodorostów przywierających do skał u podnóża klifów. W górze nurkują mewy, a w oddali sunie po wodzie łódź do połowu homarów. Jestem tak zafascynowana tym widokiem, że niemal zapominam, po co wyszłam z domu. Wydobywam z papieru martwe myszy i rzucam je w przepaść. Spadają na skały i zabiera je odpływająca fala.

Hannibal umyka chyłkiem, niewątpliwie po to, by dalej polować.

Zaintrygowana, dokąd pójdzie, wciskam zmięte papierowe ręczniki pod skałę i podążam za nim. Skradając się wzdłuż krawędzi urwiska, po wąskiej ścieżce wśród mchów i wystrzępionej trawy, sprawia wrażenie kota, który ma do wykonania jakąś misję. Ziemia jest tu jałowa, granitowe podłoże zdobią porosty. Ścieżka schodzi stopniowo w dół, w kierunku otoczonej głazami niewielkiej, półkolistej plaży. Hannibal nadal mnie prowadzi, trzymając ogon w górze jak futrzany proporzec; zatrzymuje się tylko raz, by obejrzeć się i sprawdzić, czy idę za nim. Wyczuwam różany zapach i dostrzegam kilka krzaków róży japońskiej, które kwitną jakimś cudem mimo wiatru i słonego powietrza. Ich płatki mają na tle granitu intensywnie różowy kolor. Przeciskam się obok nich, zadrapując sobie cierniami gołe kostki, i zeskakuję ze skał na plażę. Nie ma tam piasku, są tylko niewielkie kamyki, które stukają o siebie niesione falami. Po obu stronach niewielkiej zatoki wystają z wody wysokie głazy osłaniające plażę.

Mogłabym tu mieć swoją kryjówkę.

Planuję już piknik. Przyniosę tu koc, lunch i oczywiście butelkę wina. Jeśli będzie gorąco, odważę się może nawet na kąpiel w zimnej wodzie. Słońce ogrzewa mi twarz, powietrze pachnie różami – od wielu miesięcy nie czułam się tak spokojna i szczęśliwa. Może to rzeczywiście jest miejsce dla mnie. Miejsce, gdzie powinnam być, gdzie będę w stanie pracować. Gdzie w końcu znów odnajdę wewnętrzny spokój.

Czuję nagle, że zgłodniałam. Nie pamiętam, kiedy po raz ostatni byłam taka głodna. W ciągu ostatnich paru miesięcy straciłam tyle na wadze, że obcisłe kiedyś dżinsy wiszą mi teraz na biodrach. Wspinam się z powrotem po ścieżce, myśląc o jajecznicy, tostach i litrach gorącej kawy ze śmietanką i cukrem. Burczy mi w żołądku i czuję już smak domowej roboty dżemu z jeżyn, który przywiozłam z Bostonu. Hannibal mknie przede mną, wskazując drogę. Albo wybaczył mi już, że wyrzuciłam jego myszy, albo też myśli o śniadaniu.

Wdrapuję się na urwisko i podążam ścieżką w kierunku skalnego cypla. Tam gdzie ląd wchodzi w morze jak dziób statku, stoi samotny dom. Wyobrażam sobie, jak nieszczęsny kapitan Brodie wpatruje się w morze z tarasu na dachu, pełniąc wachtę w dobrą i złą pogodę. Tak, kapitan statku z pewnością wybrałby na swoją rezydencję takie właśnie miejsce, smagane wiatrem urwisko…

Unoszę brwi, spoglądając na taras. Czy mi się wydawało, czy ktoś tam stał? Teraz nikogo nie widzę. Może to jeden z cieśli, ale Donna powiedziała, że pracują tylko w dni powszednie, a dziś jest niedziela.

Ruszam pospiesznie ścieżką i obszedłszy dom, docieram do frontowego ganku, ale na podjeździe stoi tylko moje subaru. Gdyby to był cieśla, jak by się tu dostał?

Wchodzę do domu, tupiąc po schodach, i wołam:

– Halo?! Jestem nową lokatorką!

Nikt nie odpowiada. Na piętrze, idąc korytarzem, nasłuchuję odgłosów pracy w wieżyczce, lecz nie słyszę uderzeń młotów ani zgrzytu piły, ani nawet trzeszczenia podłogi pod nogami. Drzwi prowadzące na górę głośno skrzypią, kiedy otwieram je, odsłaniając mroczne wąskie schodki.

– Halo?! – krzyczę w mrok.

Nadal nikt nie odpowiada.

Nie wchodziłam jeszcze na wieżyczkę. Spoglądając w ciemność, dostrzegam, że przez zamknięte drzwi u szczytu schodów przenikają nikłe smugi światła. Jeśli ktoś tam pracuje, zachowuje się dziwnie cicho. Rozważam przez chwilę niepokojącą możliwość, że intruzem nie jest cieśla. Że ktoś inny wślizgnął się do domu przez otwarte frontowe drzwi i czai się teraz u góry, czekając na mnie. Nie jestem jednak w Bostonie, tylko w małym miasteczku w stanie Maine, gdzie ludzie nie zamykają drzwi na klucz i zostawiają kluczyki w samochodach. Tak mi przynajmniej mówiono.

Pierwszy schodek skrzypi złowieszczo, gdy stawiam na nim stopę. Nieruchomieję, nasłuchując. U góry wciąż panuje cisza.

Podskakuję, słysząc głośne miauczenie Hannibala. Oglądam się i widzę go u swoich stóp. Nie jest bynajmniej zaniepokojony. Prześlizguje się obok mnie, biegnie do zamkniętych drzwi u szczytu schodów i czeka na mnie w ciemnościach. Mój kot jest odważniejszy niż ja.

Idę w górę na palcach i z każdym krokiem przyspiesza mi puls. Kiedy docieram do ostatniego stopnia, mam spocone ręce i gałka drzwi wydaje mi się śliska. Przekręcam ją powoli i szturcham drzwi.

Światło słońca zalewa mi oczy.

Oślepiona, mrużę powieki i po chwili widzę już wyraźnie pokój w wieżyczce. Na szybach są pasemka soli. Z sufitu zwisają jedwabiste pajęczyny i kołyszą się w przeciągu. Hannibal siedzi przy stercie desek, spokojnie liżąc łapę. Wszędzie leżą narzędzia do obróbki drewna: piła taśmowa, cykliniarki, kozły do piłowania. Ale nie ma tam żywej duszy.

Drzwi prowadzą na taras na dachu, z którego jest widok na morze. Otwieram je i wychodzę. Czuję porywisty wiatr. W dole widzę ścieżkę na urwisku, którą niedawno szłam. Odgłos fal wydaje się tak bliski, jakbym stała na dziobie statku – bardzo starego. Poręcz tarasu wygląda chwiejnie; farba zeszła z niej dawno temu pod wpływem warunków atmosferycznych. Robię kolejny krok i drewno ugina się nagle pod moimi nogami. Cofam się odruchowo i spoglądam na zbutwiałe deski. Donna ostrzegała mnie, bym trzymała się z daleka od tarasu. Gdybym poszła dalej, deski mogłyby się załamać pod moim ciężarem. A przecież zaledwie chwilę temu wydawało mi się, że ktoś stoi na tym tarasie, którego podłoga jest krucha jak tektura.

Wracam do wieżyczki i zamykam drzwi przed wiatrem. Okna pokoju wychodzą na wschód, więc poranne słońce zdążyło go już ogrzać. Napawam się złotymi promykami światła, próbując zrozumieć, co widziałam z urwiska, nie znajduję jednak odpowiedzi. Może był to jakiś refleks. Dziwne złudzenie optyczne wywołane przez stare szyby. Tak, to musiało być coś takiego. Gdy patrzę przez okno, widok zniekształcają pofałdowania szkła, jakbym spoglądała w taflę wody.

Nagle na peryferiach pola widzenia coś migocze.

Obracam się, ale widzę tylko wirujący kurz, lśniący w słońcu jak milion galaktyk.

# Rozdział czwarty

Gdy wchodzę do Agencji Nieruchomości Branca, Donna rozmawia przez telefon. Wita mnie zapraszającym gestem i kieruje do poczekalni. Siadam przy oknie, przez które wpadają promienie słońca, i podczas gdy pośredniczka kontynuuje rozmowę, przeglądam katalog posiadłości proponowanych na wynajem. Nie widzę w nim Strażnicy Brodiego, ale są inne kuszące propozycje, od domków przy kamienistej plaży, poprzez mieszkania w mieście, po imponującą rezydencję przy Elm Street za nie mniej imponującą cenę. Przerzucając kartki z pięknymi fotografiami domów, myślę o widoku z mojej sypialni w Strażnicy Brodiego i o porannym spacerze wzdłuż pachnącego różami urwiska. Ile domów w tym katalogu ma własną prywatną plażę?

– Witam, Avo. Zdążyła się już pani zadomowić?

Patrzę na Donnę, która skończyła wreszcie rozmawiać przez telefon.

– Mam parę... drobnych problemów, o których muszę z panią pomówić.

– Ojej! Jakich problemów?

– Na początek myszy.

– Ach. – Donna wzdycha. – Tak, to bolączka niektórych naszych starych domów. Ponieważ ma pani kota, nie polecam wykładania trucizny, ale mogę pani dostarczyć pułapki.

– Nie sądzę, żeby kilka pułapek rozwiązało problem. Wygląda na to, że w ścianach mieszka cała armia myszy.

– Poproszę Neda i Billy'ego... naszych cieśli... żeby zatkali wszystkie dziury, przez które mogą wchodzić. Ale to stary dom i w tej okolicy większość z nas uczy się po prostu żyć z myszami.

Biorę do ręki katalog z posiadłościami na wynajem.

– Więc nawet gdybym przeniosła się w inne miejsce, napotkam ten sam problem?

– W tej chwili nie ma w tym rejonie niczego wolnego. Jest szczyt sezonu i wszystko mamy zarezerwowane. Można znaleźć najwyżej jakąś ofertę na pojedyncze tygodnie. A pani chciała wynająć coś na dłużej, prawda?

– Tak, do października włącznie. Żebym miała czas skończyć książkę.

Donna kręci głową.

– Obawiam się, że nie znajdzie pani niczego, co zapewniłoby takie widoki i prywatność jak Strażnica Brodiego. Czynsz jest tak niski tylko z powodu remontu.

– Moje drugie pytanie dotyczy właśnie remontu.

– Tak?

– Mówiła pani, że cieśle pracują tylko w dni robocze.

– Zgadza się.

– Dziś rano, kiedy szłam ścieżką wzdłuż urwiska, widziałam chyba kogoś na tarasie na dachu.

– W niedzielę? Ale oni nie mają klucza do domu. Jak się tam dostali?

– Wychodząc na spacer, nie zamknęłam frontowych drzwi.

– To był Billy czy Ned? Ned jest pod sześćdziesiątkę, Billy ma dwadzieścia parę lat.

– Właściwie z nikim nie rozmawiałam. Jak wróciłam, w domu nikogo nie było. – Przerwałam na moment. – Przypuszczam, że to mogło być złudzenie optyczne. Być może mi się zdawało, że kogoś widzę.

Przez chwilę Donna milczy i zastanawiam się, co myśli. „Moja lokatorka jest stuknięta?" Zdobywa się jednak na uśmiech.

– Zadzwonię do Neda i przypomnę mu, żeby nie przeszkadzał pani w weekendy. Albo powie mu pani sama, jak go pani zobaczy. Obaj powinni się u pani zjawić jutro rano. A co do myszy, to jutro mogę przynieść pani pułapki… jeśli pani chce.

– Nie, kupię parę od razu. Gdzie w mieście można je tu kupić?

– W sklepie żelaznym Sullivana, na końcu ulicy. Proszę skręcić w lewo i na pewno pani trafi.

Jestem już niemal przy drzwiach, gdy przypominam sobie nagle, że miałam jeszcze o coś spytać. Odwracam się.

– Charlotte zostawiła w domu książkę kucharską. Chętnie jej ją prześlę, jeśli poda mi pani adres.

36

– Książkę kucharską? – Donna wzrusza ramionami. – Może już jej nie potrzebowała.

– To był prezent od jej babci i miała w niej mnóstwo odręcznych notatek. Jestem pewna, że chce ją odzyskać.

Donna przestaje już skupiać na mnie uwagę i wraca do biurka.

– Wyślę jej maila.

◻   ◻   ◻

Słońce przywiodło do miasteczka turystów i na Elm Street muszę lawirować między spacerowymi wózkami i omijać szerokim łukiem dzieciaki ściskające kurczowo w rękach rożki z kapiącymi lodami. Jak powiedziała Donna, jest szczyt sezonu i w całym mieście dzwonią radośnie sklepowe kasy, restauracje są zatłoczone, a dziesiątki nieszczęsnych homarów czeka egzekucja we wrzątku. Mijam siedzibę Towarzystwa Historycznego Tucker Cove i kilka sklepów, w których sprzedawane są identyczne podkoszulki i kolorowe cukierki ciągutki, aż w końcu dostrzegam szyld sklepu Sullivana.

Wchodzę do środka i przy drzwiach rozlega się dzwonek. Ten dźwięk przywołuje wspomnienia z dzieciństwa, gdy dziadek zabierał mnie i moją starszą siostrę Lucy do takiego właśnie sklepu żelaznego. Przystaję i wdychając znany zapach kurzu i świeżo piłowanego drewna, przypominam sobie, z jakim namaszczeniem dziadek oglądał zawsze młotki i śrubokręty, gumowe węże i uszczelki. Było to miejsce, w którym ludzie z jego pokolenia czuli się jak ryba w wodzie.

Nie widzę nikogo, ale słyszę, jak dwaj mężczyźni dysku-tują gdzieś na zapleczu o zaletach kranów z mosiądzu i stali nierdzewnej.

Przechodzę między półkami, szukając pułapek na my-szy, ale znajduję tylko sprzęt ogrodowy. Rydle i łopa-ty, rękawice i szufle. Skręcam w następną alejkę i widzę gwoździe, śruby i szpule z łańcuchami we wszystkich moż-liwych rozmiarach ogniw. Nie brakuje tam niczego do zbu-dowania sali tortur. Zamierzam już wejść w trzecią alejkę, gdy zza tablicy ze śrubokrętami wyłania się nagle czyjaś głowa. Zza osuwających się na nos okularów wpatruje się we mnie człowiek o siwych włosach sterczących jak pu-szek dmuchawca.

– Szuka pani czegoś?

– Tak. Pułapek na myszy.

– Mały problem z gryzoniami, tak? – Chichocząc, wy-chodzi zza rogu alejki i zbliża się do mnie. Chociaż ma ro-bocze buty i pas z narzędziami, wygląda na zbyt sędziwego, by mógł jeszcze wywijać młotem. – Trzymam pułapki na myszy tutaj, ze sprzętem kuchennym.

Pułapki jako sprzęt kuchenny… Niezbyt apetyczna myśl. Podążam za mężczyzną w głąb sklepu i widzę całą gamę pokrytych kurzem łopatek, tanich aluminiowych garnków i patelni. Bierze do ręki pakunek i wręcza mi go. Widzę ze zdumieniem, że są to tradycyjne, pakowane po sześć sztuk, sprężynowe łapki na myszy. Takie same, jakich moi dziad-kowie używali na farmie w New Hampshire.

– Ma pan coś bardziej… humanitarnego? – pytam.

– Humanitarnego?

– Pułapki, które nie zabijają myszy. Klatkowe?

– A co pani zamierza z nimi zrobić, jak je pani złapie?

– Wypuszczę je. Gdzieś na zewnątrz.

– Natychmiast wrócą. Chyba że wywiezie je pani gdzieś daleko. – Śmieje się głośno z tego pomysłu.

Patrzę na sprężynowe łapki.

– Wydają się takie okrutne.

– Proszę tam włożyć trochę masła orzechowego. Zwęszą je, wejdą na sprężynę i… trrrach! – Uśmiecha się szeroko, gdy podskakuję na ten dźwięk. – Obiecuję pani, że nic nie poczują.

– Nie sądzę, żebym chciała…

– Akurat mam w sklepie eksperta, który panią uspokoi. – Krzyczy na cały głos: – Hej, doktorku! Przekonaj tę młodą damę, że nie musi być taka wrażliwa!

Słysząc zbliżające się kroki, odwracam się i widzę mężczyznę mniej więcej w moim wieku. Jest w dżinsach i bawełnianej koszuli i wygląda tak schludnie, jakby wyszedł prosto z katalogu L.L. Bean. Aż dziw, że nie ma u boku golden retrievera. Trzyma w rękach mosiężną baterię łazienkową. Najwyraźniej to on zwyciężył w dyskusji, którą wcześniej słyszałam.

– W czym mogę pomóc, Emmett? – pyta.

– Powiedz tej miłej pani, że myszy nie będą cierpieć.

– Jakie myszy?

– Te, które mam w domu – wyjaśniam. – Przyszłam kupić pułapki, ale te tutaj… – Spoglądam na opakowanie sprężynowych łapek i wzruszam ramionami.

– Mówię pani, że dobrze działają, ale ona uważa, że są okrutne – wchodzi mi w słowo Emmett.

– No cóż. – Pan L.L. Bean wzrusza obojętnie ramionami. – Żadne urządzenie do zabijania nie jest w stu procentach humanitarne, ale te starego typu łapki mają tę zaletę, że dają niemal natychmiastowy skutek. Metalowy pręt łamie kręgosłup, uszkadzając rdzeń kręgowy. Oznacza to, że nie mogą być przekazywane do mózgu żadne sygnały bólu, co minimalizuje cierpienie zwierzęcia. Są badania, które pokazują…

– Przepraszam, ale skąd pan się na tym zna?

Uśmiecha się z zażenowaniem. Ma uderzająco błękitne oczy i godne pozazdroszczenia długie rzęsy.

– To podstawowe zasady anatomii. Jeśli sygnały nie mogą być przesyłane przez rdzeń kręgowy do mózgu, zwierzę niczego nie poczuje.

– Doktor Ben wie takie rzeczy – stwierdza Emmett. – Jest naszym miasteczkowym lekarzem.

– Tak naprawdę nazywam się Gordon. Ale wszyscy mówią na mnie doktor Ben. – Pan L.L. Bean przekłada baterię łazienkową pod lewe ramię i podaje mi rękę. – A pani?

– Mam na imię Ava.

– Ava, która ma problem z myszami – mówi i oboje wybuchamy śmiechem.

– Jeśli nie chce pani używać łapek, może sprawi pani sobie kota – radzi mi Emmett.

– Mam kota.

– I nie zajął się tą sprawą?

– Dopiero wczoraj wprowadziliśmy się do tego domu. Złapał już trzy myszy, ale nie sądzę, żeby poradził sobie ze wszystkimi. – Patrzę na łapki i wzdycham. – Chyba muszę je kupić. Uśmiercą pewnie myszy w bardziej humanitarny sposób, niż gdyby zjadł je mój kot.

– Dodam pani jeszcze jedno opakowanie, dobrze? Na koszt firmy. – Właściciel sklepu podchodzi do kasy i ta po chwili obwieszcza dzwonkiem mój zakup. – Powodzenia, młoda damo – mówi Emmett, wręczając mi plastikową torbę z łapkami. – Proszę ostrożnie je zastawiać, bo to nic zabawnego przyciąć sobie nimi palce.

– I radzę użyć masła orzechowego – dorzuca doktor Gordon.

– Tak, słyszałam już tę radę. To następna rzecz na mojej liście zakupów. Chyba wiąże się to nierozerwalnie z wynajmowaniem starego domu.

– Który to dom? – pyta Emmett.

– Ten na cyplu. Strażnica Brodiego.

Nagła cisza jest bardziej wymowna niż jakiekolwiek słowa, które mogliby wypowiedzieć. Dostrzegam spojrzenia, które mężczyźni wymieniają między sobą, i zauważam, jak Emmett ściąga brwi i na jego twarzy pojawiają się głębokie zmarszczki.

– A więc pani jest tą dziewczyną, która wynajmuje Strażnicę Brodiego. Na długo pani zostaje?

– Do końca października.

– Hm… Podoba się pani to miejsce?

Przyglądam im się, zastanawiając się, co przede mną

ukrywają. Wyczuwam, że chcą coś przemilczeć, coś ważnego.

– Problemem są tylko myszy – odpowiadam.

Emmett maskuje konsternację wymuszonym uśmiechem.

– No cóż, proszę wrócić, gdyby potrzebowała pani czegoś jeszcze.

– Dziękuję. – Zbieram się do wyjścia.

– Avo? – odzywa się doktor Gordon.

– Tak?

– Czy ktoś tam z panią mieszka?

Zaskakuje mnie tym pytaniem. W innych okolicznościach, gdyby nieznajomy mężczyzna dopytywał się, czy mieszkam sama, wzbudziłoby to moją podejrzliwość, bałabym się ujawnić, że jestem bezbronna, ale w jego pytaniu nie wyczuwam zagrożenia, jedynie troskę. Przyglądają mi się bacznie i wyczuwam w powietrzu dziwne napięcie, jakby obaj wstrzymywali oddechy, czekając na moją odpowiedź.

– Mam cały dom tylko dla siebie. I mojego kota. – Otwieram drzwi i przystaję. Odwracając się, dodaję: – Ogromnego, bardzo wrednego kota.

◻   ◻   ◻

Tej nocy wkładam do sześciu pułapek masło orzechowe i zostawiam trzy w kuchni, dwie w jadalni, a szóstą w korytarzu na piętrze. Nie chcę, żeby Hannibal włożył łapę do którejś z nich, więc zanoszę go do mojej sypialni. Spryciarz jest mistrzem ucieczek i umie obracać gałki w drzwiach, więc zasuwam rygiel, zamykając go w pokoju razem ze mną. Nie jest z tego zadowolony i krąży po sypialni, miaucząc, żebym wypuściła go na kolejne polowanie.

– Przykro mi, kotku – mówię do niego. – Tej nocy jesteś moim więźniem.

Gaszę lampę i widzę w świetle księżyca, jak nadal chodzi po pokoju. W tę kolejną jasną, cichą noc morze jest spokojne i gładkie jak stopione srebro. Siedzę w mroku przy oknie, sącząc przed snem whisky i zachwycając się pejzażem. Cóż może być bardziej romantycznego niż księżycowa noc w domu nad morzem? Myślę o innych nocach, gdy dzięki księżycowi i paru drinkom sądziłam, że ten właśnie mężczyzna mnie uszczęśliwi, zniesie próbę czasu. Ale kilka dni albo kilka tygodni później nieuchronnie zaczynały pojawiać się rysy i uświadamiałam sobie, że nie jest dla mnie odpowiedni. Czas szukać dalej. Zawsze znajdzie się przecież ktoś inny, ktoś lepszy, prawda? Nigdy nie akceptuj faceta, który jest tylko „wystarczająco dobry".

Siedzę teraz sama, mając skórę zaczerwienioną od słońca i alkoholu, który krąży w moich żyłach. Sięgam ponownie po butelkę i kiedy przypadkiem muskam ramieniem pierś, przechodzi mnie dreszcz.

Już od miesięcy nie dotykał mnie tam żaden mężczyzna. Od miesięcy nie czułam choćby cienia pożądania. Od sylwestrowej nocy. Moje ciało było uśpione, wszelkie żądze przeszły w stan hibernacji. Ale tego ranka, gdy stałam na plaży, poczułam, że coś we mnie ożywa.

Zamykam oczy i nagle powracają wspomnienia tamtej nocy. Blat w mojej kuchni, zastawiony kieliszkami po winie, brudnymi talerzami i półmiskami z muszlami po ostrygach. Zimne kafelki pod moimi nagimi plecami. Leżę przygnieciona jego ciałem, a on wchodzi we mnie wielokrotnie gwałtownymi pchnięciami. Ale nie będę myślała o nim. Nie mogę tego znieść. Wyobrażam sobie anonimowego, pozbawionego winy kogoś, kto nie istnieje. Mężczyznę, którego tylko pożądam, nie kocham. Którego się nie wstydzę.

Ponownie napełniam szklankę whisky, choć wiem, że tego wieczoru wypiłam już za dużo. Noga boli mnie nadal od uderzenia o podest poprzedniej nocy, a po południu zauważyłam świeży siniak na ramieniu; nie pamiętam, skąd go mam. To będzie mój ostatni drink tej nocy. Pochłaniam go i opadam na łóżko, gdzie moje białe jak śmietana ciało omywane jest przez światło księżyca. Rozsuwam nocną koszulę, by chłodne morskie powietrze muskało mi skórę. Wyobrażam sobie, że dotykają mnie wszędzie ręce mężczyzny. Pozbawionego twarzy, bezimiennego mężczyzny, który zna wszystkie moje pragnienia, idealnego kochanka, istniejącego tylko w moich fantazjach. Oddech mi przyspiesza. Zamykam oczy i słyszę swój jęk. Pierwszy raz od miesięcy moje ciało pragnie znowu poczuć w sobie mężczyznę. Wyobrażam sobie, jak chwyta mnie za nadgarstki i trzyma je w uścisku nad moją głową. Czuję jego bezlitosne dłonie i nieogoloną twarz przy mojej skórze. Wyginam plecy w łuk, uda unoszą się, wychodząc mu na spotkanie. Przez otwarte okno wpada bryza, wypełniając pokój zapachem morza. Jego dłoń obejmuje moją pierś, muska sutek.

– To na ciebie czekałem.

Głos jest tak bliski, tak realny, że nabieram gwałtownie powietrza i otwieram szeroko oczy. Patrzę z przerażeniem na unoszący się nade mną mroczny kształt. Jest to zaledwie cień, który powoli odpływa i znika jak mgła w świetle księżyca.

Siadam wyprostowana na łóżku i zapalam lampę. Z bijącym sercem rozglądam się gorączkowo po pokoju za intruzem. Widzę tylko Hannibala, który siedzi w kącie, obserwując mnie.

Zrywam się na nogi i rzucam do drzwi. Są nadal zamknięte na rygiel. Podchodzę do szafy, otwieram ją energicznie i przesuwam wiszące tam rzeczy. Nie znajduję czającego się wewnątrz intruza, ale dostrzegam w najgłębszym rogu szafy różową jedwabną chustę, która nie należy do mnie. Skąd się tam wzięła?

Jest tylko jeszcze jedno miejsce w pokoju, gdzie mogę zajrzeć. Przypominając sobie wszystkie dziecięce koszmary na temat potworów ukrywających się pod łóżkiem, przyklękam i zaglądam pod materac. Oczywiście nikogo tam nie ma. Znajduję tylko zgubiony klapek. Podobnie jak jedwabną chustę, zostawiła go zapewne kobieta, która mieszkała tu przede mną.

Oszołomiona, opadam na łóżko i próbuję zrozumieć, czego właśnie doświadczyłam. Z pewnością był to tylko sen, ale tak wyrazisty, że jeszcze drżę z wrażenia.

Dotykam przez koszulę piersi i myślę o ręce, która dotykała mojej skóry. Mój sutek przenika dreszcz na wspomnienie tego, co czułam. Co słyszałam. Co dotarło do moich nozdrzy. Patrzę na chustę, którą znalazłam w szafie. Dopiero teraz dostrzegam francuską metkę i zdaję sobie sprawę, że to chustka od Hermèsa. Jak Charlotte mogła ją zostawić? Gdyby należała do mnie, byłaby pierwszą rzeczą, którą włożyłabym do walizki. Musiała bardzo pospiesznie się pakować, skoro zostawiła ulubioną książkę kucharską i tę kosztowną chustę. Myślę o tym, czego przed chwilą doświadczyłam. O ręce gładzącej moją pierś i cieniu znikającym w mroku. I o głosie. Głosie mężczyzny.

Czy ty też go słyszałaś, Charlotte?

# Rozdział piąty

Do mojego domu wtargnęli dwaj mężczyźni. Nie wy-
imaginowani, lecz prawdziwi: Ned Haskell i Billy Conway.
Słyszę, jak walą młotami i piłują deski na dachu, wymienia-
jąc zbutwiałą podłogę na tarasie. Gdy pracują na górze, ja
w kuchni na dole ucieram masło z cukrem, siekam orzechy
włoskie i robię z tych składników surowe ciasto. Zostawiłam swój robot kuchenny w domu w Bostonie, więc muszę
teraz pichcić w tradycyjny sposób, używając mięśni i gołych
rąk. Fizyczna praca daje zadowolenie, chociaż wiem, że jutro będą mnie bolały ramiona. Wypróbowuję dzisiaj przepis
na ciasto toffi, który znalazłam w pamiętniku żony kapitana
z 1880 roku, i krzątam się z radością w tej jasnej i przestron-
nej kuchni, zaprojektowanej z myślą o licznym personelu.
Sądząc po rozmiarach pokoi, kapitan Brodie był zamożnym
człowiekiem i zatrudniał zapewne kucharkę, gosposię i kilka
pomocy kuchennych. Za jego czasów musiał tam być pie-
cyk na drewno, a lodówkę zastępowała ocynkowana szafka
schładzana lodem, uzupełnianym regularnie przez lokalnego

dostawcę. Gdy ciasto się już piecze, wypełniając kuchnię zapachem cynamonu, wyobrażam sobie pracujących w tym pomieszczeniu ludzi, siekających warzywa, skubiących drób. W jadalni stół nakrywano stylową porcelaną i ozdabiano świecami. Marynarze przywozili do domu prezenty z całego świata, zastanawiam się więc, gdzie są teraz wszystkie skarby kapitana Brodiego. Przekazane spadkobiercom czy zagubione gdzieś w antykwariatach i magazynach staroci? W tym tygodniu złożę wizytę w miejscowym Towarzystwie Historycznym i zobaczę, czy mają w swojej kolekcji coś z dobytku kapitana. Mojego wydawcę Simona zaintrygował opis domu i dziś rano prosił mnie w mailu, bym zdobyła więcej informacji o kapitanie Jeremiahu Brodiem. *Opowiedz nam, jakim był człowiekiem? Wysokim czy niskim? Przystojnym czy nieatrakcyjnym?*

*I jak zginął?*

Dzwoni timer piekarnika.

Wyciągam ciasto, wdychając intensywny zapach melasy i przypraw, te same aromaty, które wypełniały być może kiedyś tę kuchnię i rozchodziły się po domu. Czy kapitan lubił takie ciasta jak to, przybrane słodką ubitą śmietanką i podawane na gustownym porcelanowym talerzyku? Czy gustował raczej w pieczeni z ziemniakami? Wolę wyobrażać go sobie jako człowieka o podniebieniu żądnym nowych wrażeń. Był w końcu dość odważny, by stawiać czoło niebezpieczeństwom na morzu.

Kroję kawałek ciasta i próbuję pierwszy kęs. Tak, ten przepis zdecydowanie warto umieścić w mojej książce, razem z opowieścią o tym, jak go odkryłam. Był zapisany odręcznie na marginesie rozpadającego się czasopisma, które kupiłam na wyprzedaży nieruchomości. Ale choć ciasto jest pyszne, z pewnością nie zjem go całego sama. Tnę je na kawałki i niosę poczęstunek na górę dwóm mężczyznom, którzy ciężko pracując, musieli już zdrowo zgłodnieć.

Wieżyczka jest zagracona stertami drewna, kozłami do piłowania, skrzynkami na narzędzia i przecinarką. Lawiruję po tym torze przeszkód i w końcu otwieram drzwi na taras, gdzie cieśle przybijają młotkami deskę. Usunęli zbutwiałą poręcz i widok w dół z niezabezpieczonego miejsca, w którym pracują, przyprawia o zawrót głowy.

Nie mam odwagi wyjść nawet jedną nogą za próg, wołam tylko:

– Jeśli chcecie, panowie, spróbować ciasta, wyjęłam je właśnie z piekarnika!

– Idealna pora na przerwę – mówi Billy, młodszy z cieśli, i obaj odkładają narzędzia.

W wieżyczce nie ma krzeseł, chwytają więc kawałki ciasta i stoimy, gdy jedzą w pełnym skupienia milczeniu. Chociaż Ned jest trzydzieści lat starszy od Billy'ego, są do siebie tak podobni, że mogliby uchodzić za ojca i syna. Obaj mocno opaleni i muskularni, mają obsypane trocinami podkoszulki, a dżinsy opadają im pod ciężarem pasów na narzędzia.

Billy uśmiecha się do mnie szeroko z ustami pełnymi ciasta.

– Dziękujemy pani. Po raz pierwszy klientka coś dla nas upiekła!

49

– Tak naprawdę to moja praca – przyznaję się. – Zebrałam długą listę przepisów, które muszę przetestować, a z pewnością nie zjem wszystkiego, co upiekę.

– Jest pani z zawodu cukiernikiem? – pyta Ned. Siwowłosy i poważny, robi na mnie wrażenie człowieka, który zastanawia się nad każdym słowem, zanim coś powie. Gdziekolwiek spoglądam w tym domu, widzę dowody jego kunsztownego rzemiosła.

– Piszę książki o tematyce kulinarnej. Zajmuję się aktualnie tradycyjną kuchnią Nowej Anglii i muszę sprawdzić każdy przepis, zanim zostanie opublikowany.

Billy unosi rękę do czoła.

– Szeregowiec Billy Conway melduje się na rozkaz. Zgłaszam się na ochotnika jako królik doświadczalny. Zjem wszystko, co pani przygotuje – oznajmia i wszyscy wybuchamy śmiechem.

– Kiedy skończycie? – pytam, wskazując na taras.

– Wymiana desek i montaż nowej poręczy potrwają jeszcze z tydzień – odpowiada Ned. – Potem musimy wrócić do wieżyczki. Na kolejny tydzień.

– Sądziłam, że tu już wszystko zrobiliście.

– Też tak myśleliśmy. Dopóki Billy nie uderzył przypadkiem deską w tynk. – Wskazuje na dziurę w ścianie. – Tam w środku jest pusta przestrzeń.

– Jak duża waszym zdaniem?

– Poświeciłem latarką i nie widzę przeciwległej ściany. Arthur kazał nam dostać się do środka i zobaczyć, co tam jest.

– Arthur?

– Właściciel domu, Arthur Sherbrooke. Relacjonuję mu na bieżąco postępy prac i ta sprawa go naprawdę zaintrygowała. Nie miał pojęcia, że za tą ścianą coś jest.

– Może skrytka ze złotem – wtrąca Billy.

– Byle tylko nie zwłoki – mruczy pod nosem Ned, otrzepując ręce z okruszków. – Lepiej wracajmy już do pracy. Dziękujemy pani za ciasto.

– Proszę mówić mi po imieniu. Jestem Ava.

Ned skłania uprzejmie głowę i obaj ruszają z powrotem w kierunku tarasu.

– Czy któryś z panów zaglądał tu przypadkiem w niedzielę rano?! – wołam za nimi.

Ned kręci głową.

– Nie pracujemy w weekendy.

– Kiedy spacerowałam ścieżką wzdłuż urwiska, widziałam kogoś na tarasie.

– Donna nam o tym wspominała, ale nie możemy dostać się do domu, jak pani tu nie ma. Chyba że zechciałaby pani zostawić nam klucz… Tak robiła poprzednia lokatorka.

Wpatruję się w taras.

– To takie dziwne. Przysięgłabym, że on stał właśnie tam. – Wskazuję na krawędź tarasu.

– Byłoby to bardzo lekkomyślne z jego strony – mówi Ned. – Te deski są przegniłe. Nikogo by nie utrzymały. – Chwyciwszy łom, staje na nowej desce, którą właśnie przybili, i uderza nim w jedną ze starych. Metalowe ostrze wchodzi gładko w zbutwiałe drewno. – Gdyby ktoś tu stanął, deski by się pod nim załamały. Prawdę mówiąc, w sądzie

51

jest już jedna sprawa. Właściciel powinien naprawić tę podłogę wiele lat temu. Ma szczęście, że nie zdarzył się kolejny wypadek.

Wpatruję się w butwiejące drewno i dopiero po chwili docierają do mnie jego słowa. Spoglądam na niego.

– Kolejny wypadek?

– Nie wiem o żadnym wypadku – mówi Billy.

– Bo nosiłeś jeszcze pieluchy. To zdarzyło się dwadzieścia parę lat temu.

– Co się wydarzyło? – pytam.

– Dom był już w kiepskim stanie, gdy zmarła panna Sherbrooke. Wykonywałem dla niej różne dziwne zlecenia, ale w ostatnich latach życia nie chciała, żeby ktokolwiek przychodził tu coś naprawiać, więc wszystko się rozlatywało. Kiedy zmarła, dom stał przez lata pusty i przyciągał jak magnes miejscową dzieciarnię, zwłaszcza podczas Halloween. To stanowiło coś w rodzaju rytuału przejścia: spędzić noc w nawiedzonym domu, pijąc alkohol i udając bohatera.

Czuję nagle, że lodowacieją mi ręce.

– W nawiedzonym domu? – powtarzam.

Ned prycha z pogardą.

– Ludzie zawsze uważają, że stare domy, takie jak ten, są nawiedzone. W każde Halloween dzieciaki włamywały się tutaj i upijały. Tamtego roku jedna idiotka wspięła się przez poręcz na dach. Te dachówki z łupków robią się śliskie, gdy są mokre, a wtedy była mżawka. – Wskazuje na ziemię daleko w dole. – Spadła na granitowe podłoże. Nikt nie przeżyłby takiego upadku.

– Chryste, Ned. Nigdy nie słyszałem tej historii – mówi Billy.

– Nikt nie lubi o tym opowiadać. Jessie była uroczą dziewczyną i miała zaledwie piętnaście lat. Szkoda, że zadawała się z nieodpowiednim towarzystwem. Policja uznała to za wypadek i na tym się skończyło.

Wpatruję się w taras i wyobrażam sobie mglistą noc Halloween i pijaną nastolatkę o imieniu Jessie, wdrapującą się na balustradę i zwisającą z niej z dreszczykiem emocji. Czy przestraszyła się czegoś, co zobaczyła, i dlatego straciła równowagę? Czy tak to się stało? Myślę o tym, czego doświadczyłam minionej nocy w sypialni. Myślę też o Charlotte, pakującej się w pośpiechu i uciekającej z tego domu.

– Są pewni, że śmierć tej dziewczyny to był wypadek? – pytam Neda.

– Tak wszyscy uważali, ale ja miałem wtedy wątpliwości. Nadal zresztą mam. – Wyciąga z pasa na narzędzia młotek i skupia uwagę z powrotem na pracy. – Ale nikogo nie obchodzi, co myślę.

# Rozdział szósty

Hannibal gdzieś zniknął.

Dopiero gdy kończę jeść kolację, uświadamiam sobie, że nie widziałam mojego kota, odkąd Ned i Billy spakowali się i wyszli. Na dworze zapadł już zmrok, a w przypadku Hannibala można mieć pewność tylko do jednego: że w porze kolacji zawsze siada przy swojej misce.

Wkładam sweter i wychodzę na zewnątrz. Od morza wieje zimny wiatr. Wołając kota, obchodzę dom i idę w kierunku urwiska. Przystaję na granitowej półce, myśląc o dziewczynie, której ciało tam znaleziono. W świetle padającym z okna niemal widzę jej krew rozpryśniętą na skale, choć to oczywiście tylko ciemne kępki mchu. Zerkam na poręcz tarasu, z której dziewczyna zwisała, i wyobrażam sobie, jak runęła nagle w ciemność i spadła na twardy granit. Wolę nie myśleć, jakie urazy taki upadek powoduje w ludzkim ciele, ale nie mogę odpędzić od siebie wizji roztrzaskanego kręgosłupa i czaszki, która pęka jak jajko. Morze staje się nagle tak głośne, że mam wrażenie, jakby fala pędziła z hukiem wprost na mnie, cofam się więc z bijącym sercem od krawędzi urwiska. Jest zbyt ciemno, bym szukała dalej. Hannibal będzie musiał sam sobie poradzić. Czyż kocury nie spędzają całych nocy na polowaniach? Waży trzynaście kilogramów, więc może sobie odpuścić parę posiłków.

Naprawdę powinnam go wykastrować.

Wracam do domu i w chwili, gdy zamykam drzwi na klucz, słyszę ciche miauczenie. Dochodzi z góry.

To znaczy, że przez cały czas był w domu. Czyżby zatrzasnął się w którymś pokoju? Wchodzę na piętro i otwieram drzwi do nieużywanych sypialni. Tam go nie ma.

Słyszę kolejne miauknięcie, znowu z góry. Jest w wieżyczce.

Otwieram drzwi i włączam światło przy prowadzących na nią schodach. Jestem w połowie drogi na górę, gdy pojedyncza żarówka nagle się przepala i zapada kompletna ciemność. Nie powinnam była pić tego czwartego kieliszka wina. Idąc, muszę trzymać się poręczy. Mam wrażenie, że ciemność jest wodą, przez którą trzeba brnąć, by wydostać się na ląd. Gdy docieram w końcu na wieżyczkę, wymacuję ręką przełącznik na ścianie i zapalam światło.

— Tutaj jesteś, niedobry kocie.

Zadowolony z siebie Hannibal siedzi wśród poniewierających się ciesielskich narzędzi ze świeżo zabitą myszą u stóp.

— Chodź, jeżeli chcesz kolację.

Okazuje całkowity brak zainteresowania; najwyraźniej nie ma ochoty schodzić za mną na dół. Nawet na mnie nie patrzy, tylko wpatruje się uporczywie w okno wychodzące na taras. Dlaczego nie jest głodny? Czyżby zjadał myszy, które łowi? Wzdrygam się na myśl, że wskakuje do mojego łóżka z brzuchem pełnym gryzoni.

– No chodź – proszę. – Mam dla ciebie tuńczyka.

Rzuca na mnie tylko okiem, po czym znów skupia wzrok na oknie.

– No dobra. Czas się zbierać. – Schylam się, by wziąć go na ręce, i jestem zaszokowana, gdy wydaje dziki syk i rzuca się na mnie z pazurami. Odskakuję na bok, czując ból ramienia. Mam Hannibala, odkąd był kociątkiem, i nigdy dotąd mnie nie zaatakował. Czyżby sądził, że chcę mu ukraść mysz? Ale wciąż na mnie nie patrzy. Ma wzrok utkwiony w oknie, wpatruje się w coś, czego nie widzę.

Spoglądam na zadrapania na swojej skórze, które zaczynają krwawić.

– W porządku. Nie dostajesz kolacji.

Gaszę światło i kiedy zamierzam zejść po omacku ciemnymi schodami, słyszę dzikie warczenie Hannibala. Ten dźwięk sprawia, że nagle włosy jeżą mi się na karku. Widzę w ciemności upiorny blask ślepi mojego kota.

Ale zauważam coś jeszcze. Cień, który gęstnieje i tężeje w pobliżu okna. Nie jestem w stanie się poruszyć ani wydać żadnego dźwięku. Strach paraliżuje mnie na widok tego cienia, przybierającego powoli tak konkretny kształt, że nie widzę już okna, które jest za nim. Uderza mi w nozdrza zapach morza, tak intensywny, jakby przed chwilą obmyła mnie fala.

W oknie widnieje sylwetka mężczyzny, którego ramiona okala światło księżyca. Wpatruje się w morze, odwrócony do mnie plecami, jakby nie był nawet świadomy mojej obecności. Stoi, wysoki, wyprostowany, z grzywą falowanych czarnych włosów, ubrany w długi ciemny płaszcz, opinający jego szerokie ramiona i wąską talię. To musi być złudzenie optyczne spowodowane blaskiem księżyca. Ludzie nie materializują się tak nagle. Niemożliwe, żeby tam stał. Lecz ślepia Hannibala lśnią, gdy patrzy na ten wytwór mojej wyobraźni. Skoro tam niczego nie ma, w co wpatruje się mój kot?

Sięgam gorączkowo do przełącznika światła, ale wyczuwam pod palcami tylko gołą ścianę. Gdzie on jest?

Postać odwraca się od okna.

Zastygam w bezruchu, z dłonią na ścianie. Serce wali mi jak młotem. Mężczyzna stoi przez chwilę zwrócony do mnie profilem. Widzę jego spiczasty nos i sterczący podbródek. Potem odwraca się do mnie twarzą i choć dostrzegam jedynie nikły blask jego oczu, wiem, że mi się przygląda. Głos, który słyszę, wydaje się dochodzić znikąd i zewsząd.

– Nie bój się – mówi.

Powoli przechylam na bok głowę. Nie szukam już gorączkowo przełącznika światła. Skupiam uwagę tylko na nim, na mężczyźnie, który musi być wytworem mojej wyobraźni. Zbliża się tak cicho, że słyszę tylko szum krwi w uszach. Nawet gdy jest już przy mnie, nie potrafię się ruszyć. Zdrętwiały mi kończyny. Mam wrażenie, że unoszę się w przestrzeni, że moje ciało staje się cieniem. Jakbym była duchem lewitującym w obcym świecie.

– Pod moim dachem nic ci się nie stanie.

Dłoń, która dotyka mojego policzka, jest ciepła i równie żywa jak moja. Wciągam powietrze, drżąc z emocji, i wdycham słony zapach oceanu. To jego zapach.

Ale gdy delektuję się dotykiem nieznajomego, jego ręka nagle się dematerializuje. Nikła poświata księżyca przenika na wskroś jego postać. On obdarza mnie jeszcze jednym powłóczystym spojrzeniem, po czym odwraca się i odchodzi. Po chwili jest już tylko smugą cienia, równie ulotną jak chmura pyłu. Nie zatrzymuje się przy zamkniętych drzwiach – przechodzi przez drewno i szkło na pozbawiony podłogi taras, który jest w tej chwili tylko ziejącą dziurą. Nie potyka się ani nie spada, lecz kroczy przez pustą przestrzeń. Przez czas.

Mrugam i po chwili już go nie ma.

Nie ma też zapachu oceanu.

Chwytając raptownie powietrze, błądzę ręką po ścianie i tym razem znajduję przełącznik. W nagłej powodzi światła widzę piłę mechaniczną, ciesielskie narzędzia i stertę desek. Hannibal siedzi dokładnie tam gdzie wcześniej i spokojnie liże sobie łapy. Martwa mysz gdzieś zniknęła.

Podchodzę do okna i wyglądam na taras.

Nie ma tam nikogo.

# Rozdział siódmy

Donna siedzi przy swoim komputerze, stukając sprawnie palcami w klawiaturę. Nie podnosi wzroku, dopóki nie staję tuż przy jej biurku, a i wtedy rzuca mi tylko przelotne spojrzenie i automatyczny uśmiech, nie przerywając pisania.

– Za moment się panią zajmę. Dokończę tylko ten mail – oznajmia. – W jednej z naszych rezydencji mieliśmy awarię kanalizacji i muszę znaleźć zastępcze lokum dla bardzo niezadowolonych klientów…

Gdy kontynuuje pisanie, podchodzę do wywieszonej na ścianie listy nieruchomości oferowanych na sprzedaż. Gdybym przeniosła się do Maine, mogłabym pozwolić sobie na o wiele większy dom niż w Bostonie. Za cenę mojego trzypokojowego mieszkania kupiłabym dom na wsi z dwoma hektarami ziemi, wymagającą remontu pięciopokojową willę w mieście albo farmę w hrabstwie Aroostook. Piszę książki o tematyce kulinarnej i mogę mieszkać gdziekolwiek na świecie. Potrzebuję tylko laptopa, połączenia z internetem i działającej kuchni, by wypróbowywać przepisy. Jak wielu urlopowiczów, którzy odwiedzają stan Maine w lecie, snuję marzenia, by zapuścić tu korzenie i zacząć nowe życie. Wyobrażam sobie, jak wiosną sadzę groszek, latem zbieram pomidory, a jesienią jabłka. A długie mroczne zimy, kiedy na dworze sypie śnieg, piekę chleb, podczas gdy na kuchence dusi się potrawka. Byłabym zupełnie nową Avą, energiczną, szczęśliwą i aktywną, nieodurzającą się co noc alkoholem, by móc zasnąć.

– Przepraszam, że kazałam pani czekać, Avo, ale to był szaleńczy poranek.

Odwracam się do Donny.

– Mam kolejne pytanie. Na temat domu.

– Znów chodzi o myszy? Bo jeśli naprawdę pani przeszkadzają, być może znajdę pani mieszkanie w innym mieście. Jest w nowym budynku, bez widoku, ale…

– Nie, z myszami sobie poradzę. Złapałam ich już kilka w zeszłym tygodniu. Moje pytanie dotyczy wieżyczki.

– Och. – Wzdycha, domyślając się już, z czym przychodzę. – Billy i Ned powiedzieli mi, że remont potrwa dłużej, niż przewidywali. Muszą odsłonić tę ukrytą wnękę za ścianą. Jeśli pani tego nie akceptuje, mogę ich poprosić, by zrobili to w październiku, po pani wyjeździe.

– Nie, nie mam nic przeciwko temu, że remontują dom. Są bardzo mili.

– Cieszę się, że pani tak uważa. Ned nie miał lekko w ciągu ostatnich lat. Był naprawdę szczęśliwy, gdy pan Sherbrooke dał mu tę pracę.

– Sądziłabym, że dobry cieśla zawsze znajdzie tu zajęcie.

– Tak, ale… – Spuszcza wzrok na biurko. – Ja zawsze uważałam, że jest godny zaufania. I jestem pewna, że wieżyczka będzie fantastyczna, gdy skończy ją remontować.

– Skoro mowa o wieżyczce…

– Tak?

– Czy poprzednia lokatorka mówiła o niej… coś dziwnego?

– W jakim sensie?

– Czy wspominała o skrzypieniu? Hałasach? Zapachach? – Na przykład o zapachu oceanu, dodaję w myślach.

– Charlotte nic mi takiego nie mówiła.

– A któryś z dawniejszych lokatorów?

– Wynajmowałam ten dom tylko jej. Przedtem Strażnica Brodiego przez lata stała pusta. To dopiero pierwszy sezon, gdy jest dostępna do wynajęcia. – Donna przygląda mi się, próbując dociec, o co naprawdę pytam. – Pani wybaczy, Avo, ale nie bardzo rozumiem, z czym ma pani problem. W każdym starym domu słychać skrzypienie i inne hałasy. Czy chodzi o coś szczególnego, w czym mogłabym pomóc?

Zastanawiam się, czy powiedzieć jej prawdę: że moim zdaniem Strażnica Brodiego jest nawiedzona. Ale obawiam się, co ta rozsądna biznesmenka o mnie pomyśli. Wiem, co ja bym pomyślała na jej miejscu.

– Tak naprawdę nie ma żadnego problemu – odzywam się wreszcie. – Ma pani rację, to stary dom, więc od czasu do czasu coś tam dziwnie skrzypi.

– A więc nie mam szukać dla pani nowego mieszkania? W innym mieście?

– Nie, zostanę tu do końca października, jak planowałam. Powinnam mieć dość czasu, by skończyć sporą część książki.

– Będzie pani zadowolona. A październik jest najpiękniejszym miesiącem roku.

Jestem już przy drzwiach, gdy przychodzi mi na myśl jeszcze jedno pytanie.

– Właścicielem domu jest Arthur Sherbrooke?

– Tak. Odziedziczył go po ciotce.

– Czy miałby coś przeciwko temu, żebym skontaktowała się z nim w sprawie historii tej rezydencji? To byłoby ciekawe tło dla mojej książki.

– Przyjeżdża co jakiś czas do Tucker Cove, żeby sprawdzać, jak radzi sobie Ned. Dowiem się, kiedy będzie znów w mieście, ale nie jestem pewna, czy zechce rozmawiać o domu.

– Dlaczego?

– Ma sporo problemów ze sprzedaniem go. Na pewno by sobie nie życzył, żeby ktoś napisał, że są tam myszy.

□   □   □

Wychodzę z biura Donny na letni upał. Miasteczko tętni życiem, w restauracji Pułapka na Homary zajęte są wszystkie stoliki, a przed lodziarnią stoi długa kolejka turystów. Nikogo jednak nie interesuje biały oszalowany deskami budynek, w którym mieści się Towarzystwo Historyczne Tucker Cove. Gdy wchodzę do środka, nie widzę tam żywej duszy i w ciszy słychać tylko tykanie starego zegara. Turyści przyjeżdżają do Maine, by żeglować i wędrować po lasach, a nie żeby zaglądać do ponurych starych domów, wypełnionych zakurzonymi eksponatami. Przyglądam się szklanej gablocie z antykami: talerzami, kielichami na wino i srebrną zastawą. Jest to serwis do uroczystej kolacji mniej więcej z 1880 roku. Obok leży stara książka kucharska, otwarta na przepisie na soloną makrelę, pieczoną ze świeżym mlekiem i masłem. Właśnie tego typu potrawy przyrządzano w takich nadmorskich miasteczkach jak Tucker Cove. Proste jedzenie ze składników pochodzących z morza.

Nad szklaną gablotą wisi olejny obraz znajomego trzymasztowego statku z rozpostartymi żaglami, prującego spienione zielone fale. Identyczne malowidło znajduje się teraz w Strażnicy Brodiego. Pochylam się niżej i jestem tak skupiona na pociągnięciach pędzla artysty, że nie zdaję sobie sprawy, że ktoś podszedł do mnie od tyłu, dopóki nie rozlega się skrzypienie podłogi. Odwracam się wystraszona i widzę wielkie oczy kobiety, przyglądającej mi się przez grube szkła okularów. Ma przygarbione wiekiem plecy i sięga mi zaledwie do ramienia, ale jej spojrzenie jest spokojne i bystre. Na stopach ma brzydkie ortopedyczne obuwie, dzięki któremu nie musi podpierać się laską. Na plakietce ma wypisane nazwisko *Dickens*, które pasuje do niej tak idealnie, że chyba nie może być prawdziwe.

– Bardzo ładny obraz, prawda? – odzywa się.

Nadal zaskoczona jej niespodziewanym pojawieniem się, odpowiadam tylko skinieniem głowy.

– To *Mercy Annabelle*. Wypływała z Wiscasset. – Uśmiecha się i zmarszczki znaczą wysuszoną skórę na jej twarzy. – Witam w naszym małym muzeum. Jest pani po raz pierwszy w Tucker Cove?

– Tak.

– Zostanie pani na trochę?

– Przez całe lato.

– A, to dobrze. Zbyt wielu turystów przemyka tylko wzdłuż wybrzeża. Pędzą z miasta do miasta i wszystko im się potem miesza. Trzeba czasu, by poczuć klimat danego miejsca i poznać jego charakter. – Ciężkie okulary zsuwają się jej z nosa. Podsunąwszy je do góry, przygląda mi się uważniej. – Czy szuka pani czegoś konkretnego? Chciałaby pani poznać jakiś aspekt naszej historii?

– Mieszkam w Strażnicy Brodiego. Intrygują mnie dzieje tego domu.

– A, pisze pani książki kucharskie!

– Skąd pani wie?

– Spotkałam na poczcie Billy'ego Conwaya. Mówi, że nigdy nie chodził co rano do pracy z taką radością. Pani muffinki z jagodami stają się słynne w miasteczku. Ned i Billy mają nadzieję, że się pani tu osiedli i otworzy cukiernię.

Śmieję się.

– Pomyślę o tym.

– Podoba się pani na wzgórzu?

– Piękne miejsce. Idealne na rezydencję dla kapitana statku.

– To pewnie panią zainteresuje. – Wskazuje na kolejną gablotę. – Te rzeczy należały do kapitana Brodiego. Przywiózł je ze swoich rejsów.

Pochylam się, by obejrzeć kilkadziesiąt morskich muszli, które lśnią pod szkłem jak kolorowe klejnoty.

– Kolekcjonował muszle? Nigdy bym się nie domyśliła.

– Oglądała je pewna pani biolog z Bostonu. Powiedziała nam, że pochodzą z całego świata. Z Karaibów, Oceanu Indyjskiego, Morza Południowochińskiego. Urocze hobby jak na krzepkiego i postawnego kapitana, nie sądzi pani?

Dostrzegam leżący w gablocie otwarty dziennik, którego pożółkłe stronice pokryte są starannym pismem.

– To jego dziennik okrętowy z *Kruka*, statku, którym wcześniej dowodził. Kapitan był oszczędny w słowach. Większość wpisów dotyczy wyłącznie pogody i warunków żeglugi, trudno więc powiedzieć coś więcej o nim samym. Najwyraźniej jego największą miłością było morze.

I okazało się ostatecznie jego zgubą, myślę, wpatrując się w pismo dawno zmarłego człowieka. *Sprzyjające wiatry, fale w dobrym kierunku*, napisał tamtego dnia rejsu. Ale pogoda zawsze się zmienia, a morze jest zdradliwą kochanką. Zastanawiam się, jakie ostatnie słowa zapisał w dzienniku *Minotaura*, zanim ten statek zatonął. Czy wyczuł na wietrze zapach śmierci, usłyszał jej wycie w takielunku? Czy zdawał sobie sprawę, że już nigdy więcej nie postawi nogi w domu, w którym teraz nocuję?

– Ma pani w swojej kolekcji coś jeszcze, co należało do kapitana Brodiego? – pytam.

– Jest parę rzeczy na górze. – Rozlega się dzwonek u drzwi i kobieta odwraca się, bo wchodzi rodzina z małymi dziećmi. – Proszę się przejść i rozejrzeć. Wszystkie sale są otwarte dla zwiedzających.

Podczas gdy ona wita nowo przybyłych, przechodzę przez próg do salonu, gdzie wokół stolika do herbaty stoją obite czerwonym aksamitem krzesła, jakby przygotowane na damski podwieczorek. Na ścianie wiszą dwa portrety, siwego mężczyzny i kobiety, do których kiedyś należał ten dom. Mężczyzna siedzi sztywno, jakby uwierała go koszula z wysokim kołnierzykiem, a jego żona spogląda z portretu stalowym wzrokiem, pytając z wyrzutem, co robię w jej salonie.

W sąsiednim pokoju słyszę tupot dziecka i matkę mówiącą błagalnym tonem:

– Nie, nie, kochanie! Odłóż ten wazon!

Uciekam od hałaśliwej rodziny i udaję się do kuchni, gdzie woskowe ciasto, sztuczne owoce i gigantyczny plastikowy indyk imitują świąteczny posiłek. Zastanawiam się, jak wyglądało przyrządzanie takiego posiłku na opalanej drewnem żeliwnej kuchence, gdy trzeba było przydźwigać wodę, dorzucać drewno do pieca, oskubywać indyka. Nie, dziękuję, wolę współczesną kuchnię.

– Maaamo! Puść mnie! – Wrzaski dzieciaka słychać coraz bliżej.

Uciekam na tylną klatkę schodową i wchodzę po wąskich stopniach, których musiała używać kiedyś służba. W korytarzu na piętrze wiszą portrety szacownych mieszkańców Tucker Cove sprzed stulecia. Rozpoznaję nazwiska widniejące teraz w sklepowych witrynach miasteczka. Laite. Gordon. Tucker.

Nie widzę nazwiska Brodie.

W pierwszej sypialni stoi łóżko z baldachimem, a w następnej stara kołyska i konik na biegunach. W ostatnim pokoju, na końcu korytarza, dominują masywne łoże w kształcie sań oraz szafa z otwartymi drzwiami i wiszącą w środku koronkową suknią ślubną. Nie patrzę jednak w tę stronę. Moją uwagę przykuwa to, co znajduje się nad kominkiem.

Wisi tam obraz niezwykle przystojnego mężczyzny z falowanymi czarnymi włosami i krzaczastymi brwiami. Stoi przy oknie, a nad jego lewym ramieniem widać zacumowany w porcie statek z postawionymi żaglami. Jest w ciemnym płaszczu, prostym i pozbawionym ozdób, ale idealnie dopasowanym do jego szerokich ramion. W prawej ręce trzyma lśniący mosiężny sekstant. Nie muszę patrzeć na tabliczkę przytwierdzoną do obrazu. Wiem już, kim jest ten człowiek, bo widziałam go w świetle księżyca. Czułam, jak gładzi ręką mój policzek, i słyszałam jego głos szepczący do mnie w ciemności.

*Pod moim dachem nic ci się nie stanie.*

– O, widzę, że go pani znalazła – mówi kustoszka.

Podchodzi do kominka i staje przy mnie, a ja wpatruję się nadal w portret.

– To Jeremiah Brodie – odzywam się po chwili.

– Był bardzo przystojny, nie sądzi pani?

– Tak – przyznaję szeptem.

– Wyobrażam sobie, że kobiety z miasteczka musiały omdlewać, gdy schodził po trapie. Jaka szkoda, że nie zostawił spadkobierców.

Przez chwilę stoimy obok siebie, urzeczone widokiem człowieka, który nie żyje od prawie stu pięćdziesięciu lat. Człowieka, którego oczy zdają się wpatrywać we mnie. Tylko we mnie.

– To była straszna tragedia dla tego miasteczka, gdy jego statek zatonął – ciągnie pani Dickens. – Był taki młody, miał dopiero trzydzieści dziewięć lat, ale znał morze jak nikt inny. Dorastał na wodzie. Spędził więcej życia na morzu niż na lądzie.

– A jednak zbudował ten piękny dom. Teraz, gdy w nim zamieszkałam, zaczynam doceniać, jaki jest niezwykły.

– Więc podoba się pani?

Waham się.

– Tak – odpowiadam w końcu. I to prawda. Rzeczywiście mi się podoba. Z myszami, duchami i wszystkim innym.

– Niektórzy ludzie reagują na niego zupełnie inaczej.

– Co ma pani na myśli?

– Każdy stary dom ma swoją historię. Czasem ludzie uważają, że jest ona mroczna.

Jej spojrzenie sprawia, że czuję się niezręcznie. Odwracam głowę i ponownie wbijam wzrok w obraz.

– Muszę przyznać, że kiedy pierwszy raz zobaczyłam ten dom, nie byłam pewna, czy chcę w nim zamieszkać.

– Co pani czuła?

– Miałam wrażenie, że ten dom mnie… nie akceptuje.

– A jednak wprowadziła się pani.

– Bo to uczucie zniknęło, gdy tylko weszłam do środka. Nagle nie czułam się już tam intruzem. Jakby dom mnie zaaprobował.

Uświadamiam sobie nagle, że powiedziałam za dużo, i spojrzenie starszej pani wprawia mnie w zakłopotanie. Ku mojej uldze na korytarzu rozlega się nagle tupot nóg niesfornego dzieciaka i kustoszka odwraca się w momencie, gdy do pokoju wpada trzyletni chłopiec. Mały biegnie oczywiście wprost do kominka i chwyta błyskawicznie pogrzebacz.

– Travis? Travis, gdzie jesteś?! – woła z sąsiedniego pokoju jego matka.

Kustoszka wydziera chłopcu z ręki pogrzebacz, kładzie go na kominku, poza jego zasięgiem, i mówi przez zaciśnięte zęby:

– Młody człowieku, jestem pewna, że mamusia znajdzie ci o wiele lepsze miejsce do zabawy. – Chwyta chłopca za rękę i wyprowadza go, a właściwie wywleka, z pokoju. – Poszukajmy jej, dobrze?

Korzystam z okazji, żeby wymknąć się dyskretnie i wrócić po schodach do wyjścia. Nie chcę rozmawiać z tą kobietą ani z nikim innym o tym, co przydarzyło mi się w Strażnicy Brodiego. Jeszcze nie teraz. Skoro sama nie jestem pewna, co właściwie widziałam.

Lub czego nie widziałam.

Idę do samochodu, dołączając do tłumu turystów na ulicy. Do świata żyjących, oddychających ludzi, którzy nie przenikają przez ściany, którzy nie pojawiają się i nie znikają jak smugi cienia. Czy istnieje równoległy świat, którego nie widzę, zamieszkany przez tych, którzy żyli przed nami, a teraz kroczą tą samą drogą co ja? Mrużąc oczy przed blaskiem słońca, widzę niemal takie Tucker Cove, jakie kiedyś istniało – konie stukające kopytami o bruk, damy szeleszczące długimi sukniami. Mrugam i ten świat znika. Jestem z powrotem w swojej epoce.

A Jeremiah Brodie nie żyje od stu pięćdziesięciu lat.

Ogarnia mnie nagle smutek, poczucie tak bolesnej straty, że zwalniam kroku. Przystaję na zatłoczonym chodniku, gdzie mija mnie rzeka ludzi. Nie rozumiem, dlaczego płaczę. Dlaczego śmierć kapitana Brodiego napełnia mnie takim przygnębieniem. Opadam na ławkę i pochylam głowę, nie mogąc opanować szlochu. Wiem, że tak naprawdę nie opłakuję Jeremiaha Brodiego. Płaczę nad sobą, z powodu błędu, który popełniłam, i straty, którą poniosłam. Nie mogę przywrócić do życia kapitana Brodiego, tak jak nie mogę odzyskać Nicka. Obaj odeszli, są już tylko duchami, a moim jedynym lekarstwem na ból jest błogosławiona butelka, która czeka w kuchennej szafce. Jak łatwo z jednego drinka robią się dwa, potem trzy i cztery.

Od tego zresztą wszystko zaczęło się psuć. Od zbyt wielu kieliszków szampana w śnieżną sylwestrową noc. Mam nadal w uszach radosne pobrzękiwanie szkła i czuję na języku musujące bąbelki. Gdybym tak mogła wrócić do owej nocy i ostrzec tamtą Avę: „Przestań! Przestań, póki jeszcze możesz!".

Ktoś dotyka mojego ramienia. Prostuję się raptownie i widzę znajomą twarz. Przygląda mi się, unosząc brwi, lekarz, którego spotkałam w sklepie żelaznym. Nie pamiętam jego nazwiska. Nie mam ochoty z nim rozmawiać, ale siada koło mnie i pyta cicho:

– Dobrze się pani czuje, Avo?

Ocieram łzy.

– Nic mi nie jest. Trochę zakręciło mi się w głowie. Pewnie przez ten upał.

– Tylko tyle?

– Czuję się doskonale, dziękuję.

– Nie chcę być wścibski. Szedłem właśnie po kawę, a pani sprawiała wrażenie, jakby potrzebowała pomocy.

– Czyżby był pan miasteczkowym psychiatrą?

Niezrażony moją repliką, pyta łagodnie:

– A jest pani potrzebny?

Boję się przyznać nawet przed samą sobą, że być może tak. Może przeżycia, których doświadczyłam w Strażnicy Brodiego, to pierwsze oznaki, że z moją psychiką coś jest nie tak.

– Mogę spytać, czy coś pani dzisiaj jadła?

– Nie… To znaczy tak.

– Nie jest pani pewna?

– Wypiłam filiżankę kawy.

– Więc może na tym polega problem. Przepisałbym coś do jedzenia.

– Nie jestem głodna.

– A może ciasteczko? Za rogiem jest kawiarnia. Nie będę karmił pani na siłę. Po prostu nie chciałbym być zmuszony zakładać pani szwów, gdy pani zemdleje i uderzy się w głowę.

Zaskakuje mnie, wyciągając rękę w uprzejmym geście. Byłabym niegrzeczna, gdybym mu odmówiła.

Chwytam jego dłoń.

Prowadzi mnie za róg, a potem wąską boczną uliczką do kawiarni Bez Fanaberii, której nazwa rozczarowująco dobrze ją opisuje. W świetle fluorescencyjnych lamp widzę podłogę pokrytą linoleum i szklaną gablotę z nieapetycznym asortymentem ciast. Nie jest to lokal, do którego weszłabym z wyboru, ale zbierają się tu najwyraźniej miejscowi. Zauważam rzeźnika ze sklepu spożywczego, który zajada słodką bułkę z serem, i listonosza stojącego w kolejce, by zapłacić za kawę na wynos.

– Proszę usiąść – mówi doktor.

Nadal nie pamiętam, jak się nazywa, a jestem zbyt zakłopotana, by się do tego przyznać. Siadam przy najbliższym stoliku, mając nadzieję, że ktoś zawoła go po imieniu, ale dziewczyna zza lady wita go jedynie radosnym „Cześć, doktorku, co podać?".

Otwierają się drzwi i do kawiarni wchodzi kolejna osoba, którą rozpoznaję. Donna Branca nie ma na sobie kostiumu, a jej zwykle ułożone blond włosy są zmierzwione od wilgoci. Wygląda teraz młodziej i wyobrażam sobie ładną i opaloną dziewczynę, jaką kiedyś była, zanim dorosłość zmusiła ją do przywdziania uniformu biznesmenki. Zauważywszy doktora, rozpromienia się i mówi:

– Ben, miałam nadzieję, że cię spotkam. Syn Jena Oswalda składa podanie do szkoły medycznej i ty najlepiej coś mu doradzisz.

Ben. Przypomniałam sobie. Nazywa się Ben Gordon.

– Chętnie do niego zadzwonię – mówi. – Dzięki, że mi powiedziałaś.

Gdy Ben rusza w kierunku mojego stolika, Donna odprowadza go wzrokiem, a potem wpatruje się we mnie, jakby coś jej w tym obrazie nie pasowało. Jakbym nie miała powodu, by dzielić stolik z doktorem Gordonem.

– Proszę bardzo. To powinno podnieść pani poziom cukru we krwi – mówi Ben, kładąc przede mną ciastko. Jest wielkości spodka, grubo posypane wiórkami czekoladowymi.

Zupełnie nie mam ochoty go jeść, ale z grzeczności odgryzam kawałek. Jest potwornie słodkie i mdłe jak wata cukrowa. Nawet jako dziecko wiedziałam, że w każdym dobrym przepisie słodki smak musi być zrównoważony kwaśnym, słony – gorzkim. Przypominam sobie pierwszą partię owsianych ciasteczek z rodzynkami, które sama upiekłam, i jak ochoczo Lucy i ja próbowałyśmy ich, gdy wyjęłam je z piekarnika. Lucy, nigdy nieszczędząca pochwał, uznała je za najlepsze na świecie, ale ja wiedziałam swoje. Podobnie jak w życiu, w kuchni najważniejsza jest równowaga. Zdawałam sobie sprawę, że następnym razem muszę dodać do ciasta więcej soli.

Gdyby tak równie łatwo dało się skorygować życiowe błędy…

– Smakuje? – pyta doktor.

– Jest w porządku. Po prostu nie jestem głodna.

– Nie spełnia pani wysokich standardów? Podobno robi pani zabójcze jagodowe muffinki. – Śmieje się, widząc moją

73

uniesioną brew. – Słyszałem to od pani z poczty, a ona od Billy'ego.

– W tym mieście nic się nie ukryje.

– A jak radzi pani sobie z myszami? Emmett ze sklepu żelaznego przewiduje, że wróci pani w ciągu tygodnia po następne łapki.

Wzdycham ciężko.

– Zamierzałam kupić je dzisiaj. Ale zabawiłam dłużej w Towarzystwie Historycznym i… – Milknę, bo dostrzegam, że Donna, siedząca samotnie kilka stolików dalej, bacznie się nam przygląda. Napotykam jej spojrzenie i budzi ono mój niepokój. Patrzy tak, jakby mnie na czymś przyłapała.

Nagle odwracamy się wszyscy, gdy drzwi otwierają się z hałasem i do kafejki wchodzi chwiejnym krokiem mężczyzna w rybackim kombinezonie.

– Doktorku?! – woła do Bena. – Potrzebują cię w porcie.

– Teraz?

– Natychmiast. Pete Crouse przybił właśnie do przystani. Musisz zobaczyć, co wyciągnął z zatoki.

– Co takiego?

– Zwłoki.

□   □   □

Niemal wszyscy wychodzą z kafejki za Benem i rybakiem. Ciekawość jest zaraźliwa. Zmusza nas do patrzenia na to, czego naprawdę nie chcemy oglądać, więc – podobnie jak pozostali – dołączam do posępnego orszaku, który kroczy brukowaną ulicą w stronę portu. Wiadomość o zwłokach najwyraźniej już się rozeszła i wokół mola, do którego przybiła łódź poławiaczy homarów, zebrał się niewielki tłum. Policjant z Tucker Cove spostrzega Bena i macha do niego.

– Hej, doktorze! Zwłoki są na pokładzie, pod plandeką.

– Znalazłem je w pobliżu Scully's Rocks, zaplątane w wodorosty – wyjaśnia poławiacz homarów. – Początkowo nie wierzyłem własnym oczom, ale jak złapałem je na hak, wiedziałem, że się nie mylę. Bałem się wciągać je na pokład, żeby ich nie uszkodzić. Ale nie mogłem zostawić ich w wodzie, bo mogły zatonąć. Potem już byśmy ich nie znaleźli.

Ben wspina się na łódź i podchodzi do niebieskiej plastikowej plandeki, pod którą widać zarys ludzkiej sylwetki. Choć nie widzę, na co patrzy, dostrzegam jego przerażony wyraz twarzy, kiedy unosi jeden z narożników brezentu i wpatruje się w to, co leży pod nim. Przykucnąwszy, obserwuje przez dłuższy czas, jak okrutnie morze potrafi się obejść z ludzkim ciałem. Tłum na przystani milczy z szacunku dla powagi chwili. Nagle Ben opuszcza plandekę i patrzy na funkcjonariusza policji.

– Wezwał pan lekarza sądowego?

– Tak, proszę pana. Jest w drodze. – Policjant patrzy na plandekę i kręci głową. – Domyślam się, że ciało leżało w wodzie przez jakiś czas.

– Co najmniej kilka tygodni. A zważywszy na jego rozmiary i resztki odzieży, to najprawdopodobniej kobieta. – Krzywiąc się, Ben wstaje i opuszcza łódź. – Macie jakieś bieżące zgłoszenia zaginionych osób?

– Żadnych w ciągu ostatnich kilku miesięcy.

– O tej porze roku po zatoce pływa wiele łodzi. Mogła wypaść za burtę i utonąć.

– Ale skoro leżała w wodzie od tygodni, ktoś by już zgłosił jej zaginięcie – mówi policjant.

Ben wzrusza ramionami.

– Może żeglowała samotnie. I na razie nikt nie zauważył, że zniknęła.

Policjant odwraca się i spogląda w morze.

– Albo ktoś nie chciał, żeby ją znaleziono.

□   □   □

Wracając samochodem do Strażnicy Brodiego, jestem nadal wstrząśnięta tym, co zobaczyłam na przystani. Nie widziałam samego ciała, dostrzegłam jednak nieomylny kształt ludzkiej sylwetki pod niebieską plandeką i wyobraźnia podsuwa mi teraz wszystkie ponure szczegóły, które musiał oglądać Ben. Myślę o kapitanie Brodiem, którego ciało było poddane działaniu tych samych nieubłaganych sił oceanu. Zastanawiam się, jak to jest, kiedy człowiek tonie, wymachując rozpaczliwie kończynami, gdy słona woda dostaje się do płuc. Myślę o rybach i krabach, ucztujących na ludzkim ciele, o skórze i mięśniach wleczonych przez morskie prądy między ostrymi jak brzytwa koralowcami. Co pozostało po przystojnym mężczyźnie, który spoglądał na mnie z portretu, gdy przeleżał sto pięćdziesiąt lat w wodzie?

Skręcam na podjazd i wydaję jęk na widok zaparkowanej przed domem ciężarówki Neda. Zaczęłam zostawiać cieślom klucz i przyjechali oczywiście pracować, ale nie jestem w nastroju, żeby słuchać przez całe popołudnie walenia młotków. Wślizguję się do domu tylko na chwilę, by zapakować do koszyka chleb, ser i oliwki. Otwarta już butelka czerwonego wina kusi mnie z kuchennego blatu, więc ją też zabieram.

Dźwigając lunch i koc, przemykam po omszałych skałach jak górska kozica i podążam ścieżką na plażę. Odwracam się i widzę, jak Billy i Ned pracują na tarasie. Są zajęci instalowaniem nowej poręczy i nie dostrzegają mnie. Idę w dół ścieżką, mijając kwitnące róże, i zeskakuję na kamienistą plażę, którą odkryłam pierwszego dnia. Tu nikt mnie nie zobaczy. Rozkładam koc i rozpakowuję koszyk. Może tracę zmysły, ale nadal wiem, jak powinno się nakrywać do posiłku. Choć to zwykły piknik, staram się go celebrować. Rozścielam serwetę, wykładam widelec, nóż i kieliszek. Pierwszy łyk wina rozgrzewa mnie jak należy. Wzdychając, opieram się o głaz i wpatruję w morze. Tafla wody jest niesamowicie gładka, jak lustro. Tego właśnie mi dzisiaj trzeba: absolutnej bezczynności. Będę wygrzewała się w słońcu jak żółw i poddawała magii wina. Zapomnę o wydobytej z wody martwej kobiecie. O kapitanie Brodiem, którego kości leżą rozrzucone pod falami. Dziś jest czas, żeby leczyć rany.

I zapomnieć. Przede wszystkim zapomnieć.

Słone powietrze sprawia, że głodnieję, odrywam więc kawałek chleba, nakładam na niego ser brie, po czym zjadam w dwóch kęsach. Połykam też kilka oliwek i popijam kolejnym kieliszkiem wina Rioja. Gdy kończę posiłek, butelka jest pusta, a ja jestem tak wstawiona, że z trudem unoszę powieki.

Rozciągam się na kocu, przykrywam twarz kapeluszem przeciwsłonecznym i zapadam w głęboki, spokojny sen.

Budzi mnie zimna woda obmywająca mi stopy.

Zsuwam na bok kapelusz i widzę, że niebo pociemniało, przybierając fioletową barwę, a słońce zachodzi za skałą. Jak długo spałam? Przypływ zalał już połowę mojej plaży, a dolna część koca jest mokra. Skacowana i odurzona, zbieram niezdarnie resztki pikniku, wrzucam wszystko do koszyka i potykając się, uciekam od wody. Moja skóra jest rozgrzana i zaczerwieniona. Łaknę rozpaczliwie szklanki wody gazowanej. I może odrobiny różowego wina.

Wdrapuję się ścieżką na szczyt urwiska. Przystaję u góry, by złapać oddech, i spoglądam na taras. To, co widzę, paraliżuje mnie. Rozpoznaję mężczyznę, który tam stoi, choć nie widzę jego twarzy.

Zaczynam biec w kierunku domu. Pusta butelka po winie przetacza się z brzękiem w koszyku. Gdzieś po drodze gubię kapelusz, ale nie zawracam, by go podnieść. Biegnę przed siebie, wpadam na schody wiodące na ganek i wchodzę do domu. Cieśle już wyszli, więc powinnam być w nim tylko ja. Rzucony w przedsionku koszyk spada na podłogę z hałasem, nie słyszę jednak żadnego dźwięku poza dudnieniem mojego serca. Staje się coraz głośniejsze, gdy docieram na piętro i idę korytarzem do schodów prowadzących na wieżyczkę. U ich podnóża przystaję i nasłuchuję.

U góry panuje cisza.

Myślę o człowieku z obrazu, jego oczach wpatrzonych we mnie, tylko we mnie, i pragnę zobaczyć znowu jego twarz. Chcę – muszę – wiedzieć, czy istnieje naprawdę. Stawiam stopy na tonących w półmroku stopniach, wywołując ich znajome skrzypienie. W pokoju w wieżyczce owiewa mnie woń oceanu. Rozpoznaję, że to jego zapach. Kochał morze i to ono go zabrało. W jego objęciach znalazł miejsce wiecznego spoczynku, ale w tym domu pozostawił swój ślad.

Przemierzam zagracony narzędziami pokój i wchodzę na taras. Wszystkie zbutwiałe deski zostały wymienione i po raz pierwszy mogę stanąć na drewnianej podłodze. Nie ma tam nikogo. Ani cieśli, ani kapitana Brodiego. Czuję nadal zapach morza, lecz tym razem przynosi go wiejący znad wody wiatr.

– Kapitanie Brodie?! – wołam. Nie spodziewam się właściwie odpowiedzi, ale mam nadzieję ją usłyszeć. – Nie boję się pana. Chcę pana zobaczyć. Proszę mi się pokazać.

Wiatr targa mi włosy. Nie jest to zimny wicher, lecz delikatna letnia bryza, która niesie woń róż i ciepłej ziemi. Zapach lądu. Wpatruję się długo w ocean, tak jak kiedyś patrzył zapewne on, i czekam, aż usłyszę jego głos, nikt się jednak do mnie nie odzywa. Nikt się nie pojawia.

Kapitan zniknął.

# Rozdział ósmy

Leżąc w pogrążonej w mroku sypialni, znowu nasłuchuję przemykających w ścianach myszy. Od miesięcy alkohol jest moim środkiem znieczulającym i tylko wtedy, kiedy się nim odurzam, jestem w stanie zasypiać, ale dzisiaj nawet po dwóch szklankach whisky nie czuję się wcale senna. Wiem, przeczuwam, że tej nocy on mi się ukaże.

Hannibal, który drzemie obok, porusza się nagle i siada. Myszy w ścianach nieruchomieją. Cały świat milknie i nawet morze przestaje rytmicznie szumieć.

Do pokoju wpada znajomy zapach. Woń oceanu.

On tu jest.

Siadam na łóżku, czując, jak pulsuje mi tętno na szyi i lodowacieją ręce. Rozglądam się po pokoju, ale widzę tylko zielony blask oczu Hannibala, który mi się przygląda. Nie dostrzegam żadnego ruchu, nie słyszę żadnego dźwięku. Zapach oceanu staje się intensywniejszy, jakby przez pokój przepłynęła fala.

Nagle w pobliżu okna coś porusza się w mroku. Nie jest

to jeszcze postać, zaledwie zarys sylwetki przybierającej kształt w ciemnościach.

– Nie boję się pana – odzywam się.

Cień rozwiewa się jak dym i niemal tracę go z oczu.

– Niech pan wróci, kapitanie Brodie! – wołam. – Bo to pan, prawda? Chcę pana zobaczyć. Chcę wiedzieć, że pan istnieje.

– Pytanie, czy ty istniejesz?

Głos brzmi zdumiewająco wyraźnie i słyszę te słowa tuż obok mnie. Odwracam się, gwałtownie łapiąc oddech, i patrzę wprost w oczy Jeremiaha Brodiego. Nie jest duchem. Nie, to człowiek z krwi i kości, o gęstych czarnych włosach, posrebrzonych blaskiem księżyca. Jego głęboko osadzone oczy wpatrują sie we mnie tak przenikliwie, że czuję niemal żar tego spojrzenia. To tę twarz widziałam na obrazie, tę samą wydatną szczękę i jastrzębi nos. Ten człowiek nie żyje od stu pięćdziesięciu lat, a jednak właśnie na niego patrzę i jest na tyle realną – materialną – istotą, że ugina się pod nim materac, gdy siada obok mnie na łóżku.

– Jesteś w moim domu – mówi.

– Mieszkam tu teraz. Wiem, że to pański dom, ale…

– Zbyt wiele osób o tym zapomina.

– Ja nigdy nie zapomnę. To jest pana dom.

Mierzy mnie wzrokiem, przez chwilę wodząc kusząco spojrzeniem po mojej koszuli nocnej. Potem znów skupia uwagę na twarzy. Gdy dotyka mojego policzka, czuję na skórze zaskakujące ciepło jego palców.

– Ava.

– Zna pan moje imię.

– Wiem o tobie o wiele więcej. Wyczuwam twój ból. Słyszę, jak płaczesz przez sen.

– Obserwuje mnie pan?

– Ktoś musi się tobą opiekować. Nie masz nikogo innego?

Jego pytanie sprawia, że napływają mi do oczu łzy. Gdy gładzi moją twarz, nie czuję na policzku zimnej ręki trupa. Jeremiah Brodie jest żywy i jego dotyk przenika mnie dreszczem.

– W moim domu znajdziesz to, czego szukasz – obiecuje mi.

Zamykam oczy i drżę, gdy zsuwa ze mnie delikatnie koszulę nocną i całuje mnie w ramię. Czuję na skórze jego szorstką nieogoloną twarz i z westchnieniem odchylam głowę. Koszula ześlizguje mi się z drugiego ramienia i blask księżyca oblewa moje piersi. Dygoczę pod jego spojrzeniem, ale nie czuję lęku. Przywiera wargami do moich ust – jego pocałunek ma smak soli i rumu. Wciągam raptownie powietrze i czuję zapach wilgotnej wełny i morskiej wody. Zapach człowieka, który żył zbyt długo na statku i jest spragniony kobiety.

Podobnie jak ja jestem spragniona mężczyzny.

– Wiem, czego pragniesz – mówi.

Pragnę jego. Chcę zapomnieć przy nim o wszystkim, z wyjątkiem tego, co znaczy być w objęciach mężczyzny. Kładę się na plecy, a on natychmiast przygniata mnie do materaca swoim ciężarem, chwyta mnie za nadgarstki i unosi mi ręce nad głowę. Nie potrafię mu się oprzeć. Nie chcę mu się opierać.

– Wiem, czego potrzebujesz.

Oddycham nerwowo, gdy obejmuje dłonią moją pierś. Nie jest to łagodny uścisk, lecz roszczenie. Wzdrygam się, jakby wypalił mi na skórze swoje piętno.

– I wiem, na co zasługujesz.

Otwieram nagle oczy. Nie widzę nikogo ani niczego. Rozglądam się rozpaczliwie po pokoju i dostrzegam zarysy mebli oraz światło księżyca na podłodze. A także zielone i zawsze czujne oczy Hannibala, który bacznie się we mnie wpatruje.

– Jeremiah? – szepczę.

Nikt nie odpowiada.

□ □ □

Budzi mnie świst elektrycznej piły, a gdy otwieram oczy, widzę oślepiający blask słońca. Pościel mam zaplątaną wokół nóg, prześcieradło pod moimi udami jest mokre. Jeszcze teraz czuję wilgoć i pożądanie.

Czy on naprawdę tu był?

U góry, w wieżyczce, słychać skrzypienie ciężkich kroków i uderzenia młotka. Billy i Ned wrócili do pracy, a ja leżę w pokoju poniżej, z rozłożonymi nogami i skórą rozpaloną od żądzy. Czuję się nagle obnażona i zawstydzona. Wychodzę z łóżka i wkładam te same rzeczy, które nosiłam wczoraj. Leżą wciąż na podłodze. Nie pamiętam nawet, jak je zdejmowałam. Hannibal drapie już łapami zamknięte drzwi i miauczy niecierpliwie, domagając się, bym go wypuściła. Gdy tylko mu otwieram, wypada jak z procy i pędzi na dół do kuchni. Oczywiście na śniadanie.

Nie idę za nim, lecz udaję się do pokoju w wieżyczce, gdzie zauważam ze zdziwieniem dużą dziurę w ścianie. Billy i Ned odbili tynk i stoją, przyglądając się świeżo odsłoniętej wnęce.

– Co tam jest, u licha? – pytam.

Ned odwraca się i unosi brwi na widok moich rozczochranych włosów.

– Ojej… Mam nadzieję, że pani nie zbudziliśmy?

– Owszem. – Przecieram oczy. – Która godzina?

– Dziewiąta trzydzieści. Pukaliśmy do drzwi, ale pewnie nas pani nie słyszała. Sądziliśmy, że poszła pani na spacer.

– Co się pani stało? – pyta Billy, wskazując na moje ramię. Spoglądam na ślady po pazurach.

– O, to nic takiego. Hannibal mnie podrapał.

– Mam na myśli drugą rękę.

– Co? – Patrzę na brzydki siniak opasający moje przedramię jak niebieska bransoletka. Nie pamiętam, skąd się wziął, podobnie jak nie mam pojęcia, dlaczego mam posiniaczone kolano. Przypominam sobie, jak kapitan przygniatał mnie do łóżka. Pamiętam ciężar jego ciała, smak ust. Ale to był tylko sen, a po snach nie zostają siniaki. Czyżbym potknęła się w ciemnościach w drodze do łazienki? A może to stało się wczoraj na plaży? Odurzona winem, uderzyłam ramieniem o skałę, nie czując nawet bólu.

Tak zaschło mi w gardle, że z trudem odpowiadam na pytanie Billy'ego.

– Mogłam zrobić sobie siniaka w kuchni. Czasem jestem tak zajęta gotowaniem, że nie zauważam nawet, kiedy sobie coś robię. – Odwracam się do wyjścia, bo chcę szybko się ulotnić. – Bardzo potrzebuję kawy. Nastawię czajnik, jeśli też macie ochotę się napić.

– Najpierw proszę rzucić okiem na to, co odkryliśmy za tą ścianą – mówi Ned. Zrywa kolejny fragment płyty gipsowo--kartonowej, odsłaniając widok na wnękę, która jest za nią.

Zaglądam przez otwór i widzę lśniący mosiężny kinkiet i ściany pomalowane na miętowy kolor.

– To niewielka alkowa – rzucam. – Dziwne.

– Podłoga jest nadal w dobrym stanie. I proszę spojrzeć na sztukaterię pod sufitem. Jest oryginalna. Ta wnęka jest jak kapsuła czasu… zachowała się przez te wszystkie lata.

– Po co, do diabła, ktoś miałby zamurowywać alkowę?

– Arthur i ja rozmawialiśmy o tym i żaden z nas nie ma pomysłu. Sądzimy, że zrobiono to, zanim zamieszkała tu ciotka obecnego właściciela.

– Może ukrywano tam przemycany alkohol – sugeruje Billy. – Albo jakieś skarby.

– Nie ma żadnych drzwi, więc jak by się tam wchodziło? – Ned kręci głową. – Nie, to była zamknięta przestrzeń, jak grobowiec. Jakby ktoś próbował zataić przed światem istnienie tej wnęki.

Nie mogę opanować drżenia, zaglądając do alkowy, w której co najmniej przez pokolenie czas zatrzymał się w miejscu. Jaka skandaliczna historia mogła skłonić kogoś, żeby zamurował to pomieszczenie, usunął wszelkie ślady jego istnienia? Jaką tajemnicę próbowano ukryć?

– Arthur chce, żebyśmy odsłonili tę wnękę i pomalowali jej ściany tak jak pozostałe w wieżyczce – mówi Ned. – Będziemy musieli wycyklinować i polakierować podłogę, co zajmie nam kolejny tydzień lub dwa. Pracujemy już w tym domu od miesięcy i zaczynam myśleć, że nigdy nie skończymy.

– Zwariowany stary dom – rzuca Billy, podnosząc dwuręczny młot. – Ciekawe, co jeszcze ukrywa?

◻    ◻    ◻

Billy i Ned siedzą przy moim kuchennym stole; szeroko się uśmiechają, gdy stawiam przed nimi dwie parujące miski, z których unosi się zapach wołowiny i liści laurowych.

– Czułem ten aromat od samego rana – mówi Billy, którego bezgraniczny apetyt zawsze mnie zadziwia. Chwyta ochoczo łyżkę. – Zastanawialiśmy się, co pani tam przyrządza.

– Potrawkę – odpowiadam.

– Wygląda na wołową. – Wkłada do ust pełną łyżkę i wzdycha, przymykając oczy z bezbrzeżnym zadowoleniem. – Cokolwiek to jest, czuję się tak, jakbym umarł i znalazł się w niebie.

– To tak zwana marynarska potrawka – wyjaśniam, gdy obaj mężczyźni pałaszują lunch. – Przepis pochodzi z czasów wikingów, ale oni używali ryb. Gdy przewędrował z marynarzami po całym świecie, ryby zastąpiono wołowiną.

– Hurrra, nie ma to jak krówka! – mamrocze Billy.

– I piwo – dodaję. – W tej potrawie jest mnóstwo piwa.

Billy unosi zaciśniętą dłoń.

– Hurrra, piwko!

– No, Billy, nie ma nic za darmo – mówię. – Musisz mi powiedzieć, jak oceniasz to danie.

– Zjadłbym jeszcze jedną porcję.

Oczywiście. W kwestiach jedzenia Billy jest najmniej wybredną osobą, jaką w życiu spotkałam. Skonsumowałby pieczoną podeszwę, gdybym mu ją podsunęła. Ned natomiast wkłada powoli do ust kolejne kęsy ziemniaków i wołowiny i przeżuwa je z namysłem.

– Sądzę, że pani potrawka jest o wiele smaczniejsza niż ta, którą jadali kiedyś marynarze – stwierdza. – Przepis zdecydowanie powinien znaleźć się w pani książce, Avo.

– Też tak uważam. Cieszę się, że uzyskałam oficjalną aprobatę Neda Haskella.

– Co ugotuje nam pani w przyszłym tygodniu? – pyta Billy.

Ned szturcha go w ramię.

– Pani Ava nie gotuje dla nas. Wypróbowuje przepisy do książki.

Książki, do której zgromadziłam już dziesiątki wartościowych przepisów, między innymi na znany od pokoleń, soczysty i ociekający jedwabistym tłuszczem francusko-kanadyjski placek z wieprzowym nadzieniem, comber z dziczyzny z jagodami jałowca i nieskończoną gamę potraw z solonego dorsza. Teraz mogę przetestować je wszystkie na rodowitych mieszkańcach stanu Maine, mężczyznach obdarzonych wilczym apetytem.

Billy pierwszy pochłania jedzenie i wraca na górę do pracy, ale Ned zostaje przy stole dłużej i delektuje się ostatnimi łyżkami jedzenia.

– Będzie mi naprawdę przykro, jak skończymy remont wieżyczki – mówi.

– A mnie będzie żal stracić moich degustatorów.

– Jestem pewien, że znajdzie pani cały tłum gorliwych ochotników.

Dzwoni moja komórka i na ekranie wyświetla się imię wydawcy. Unikałam jego telefonów, ale nie mogę tego robić w nieskończoność. Jeśli teraz nie odbiorę, będzie wydzwaniał dalej.

– Cześć, Simon – rzucam.

– A więc jednak nie pożarł cię niedźwiedź?

– Przepraszam, że nie oddzwoniłam. Jutro wyślę ci kilka kolejnych rozdziałów.

– Scott uważa, że powinniśmy podjechać do ciebie i ściągnąć cię do domu.

– Wcale nie mam na to ochoty. Chcę dalej pisać. Musiałam uciec.

– Od czego?

Milknę, bo nie wiem, co odpowiedzieć. Spoglądam na Neda, który dyskretnie wstaje od stolika i niesie do zlewu pustą miskę.

– Mam sporo do przemyślenia, to wszystko – mówię.

– O? Jak on ma na imię?

– Tym razem naprawdę się mylisz. Zadzwonię w przyszłym tygodniu.

Rozłączam się i patrzę na Neda, który starannie zmywa naczynia. W wieku pięćdziesięciu ośmiu lat ma nadal smukłą, sportową sylwetkę człowieka, który pracuje fizycznie. Ale dostrzegam nie tylko jego tężyznę. Milczenie Neda jest wymowne. Ten człowiek patrzy i słucha. Zauważa o wiele więcej, niż innym się wydaje. Zastanawiam się, co o mnie myśli. Czy dziwi go, że zamknęłam się w tym samotnym domu w towarzystwie niesfornego kota?

– Nie musi pan zmywać.

– Nie ma sprawy. Nie lubię zostawiać bałaganu. – Opłukuje miskę i bierze do ręki ścierkę do naczyń. – Taką mam naturę.

– Wspomniał pan, że pracujecie w tym domu od miesięcy?

– Już od pół roku.

– Znał pan lokatorkę, która mieszkała tu przede mną? Chyba miała na imię Charlotte.

– Miła kobieta. Nauczycielka z Bostonu. Wyglądało na to, że jej się tu podoba, więc byłem zaskoczony, gdy spakowała się i wyjechała z miasteczka.

– Nie powiedziała panu, z jakiego powodu?

– Ani słowa. Pewnego dnia przyszliśmy do pracy i jej nie było. – Kończy wycierać miskę i wstawia ją do szafki, na właściwe miejsce. – Billy się w niej podkochiwał, więc było mu naprawdę przykro, że nawet się nie pożegnała.

– Wspomniała kiedykolwiek, że zauważyła w tym domu... coś dziwnego?

– Dziwnego?

– Jakieś dźwięki, zapachy, których nie potrafiła wyjaśnić? Albo inne zjawiska?

– Jakie zjawiska?

– Na przykład uczucie, że... ktoś ją obserwuje?

Odwraca się do mnie. Jestem wdzięczna, że zastanawia się przynajmniej nad moim pytaniem.

– Hm... pytała nas o zasłony – odzywa się w końcu.

– Jakie zasłony?

– Chciała, żebyśmy powiesili zasłony w sypialni, by jej nie podglądano. Przekonywałem ją, że okna wychodzą na morze i nikt jej stamtąd nie zobaczy, nalegała jednak, żebym pomówił o tym z właścicielem. Tydzień później wyjechała z miasteczka. Więc nie zawiesiliśmy tych zasłon.

Czuję, jak przechodzą mnie ciarki. A więc Charlotte też miała wrażenie, że nie jest sama w tym domu, że ktoś ją obserwuje. Ale zasłony nie mogą zabezpieczyć przez wzrokiem kogoś, kto już nie żyje.

Gdy Ned rusza po schodach na wieżyczkę, opadam na krzesło przy kuchennym stole; siedzę, masując skronie i próbując wymazać wspomnienie minionej nocy. W świetle dnia wydaje się ono tylko snem. To musiał być sen, ponieważ alternatywne wyjaśnienie jest absolutnie niemożliwe: że dawno zmarły człowiek próbował się ze mną kochać.

Nie, nie mogę tego tak nazwać. To, co zdarzyło się minionej nocy, nie było aktem miłości, lecz zniewolenia, dominacji. Choć byłam przerażona, pragnę to powtórzyć. *Wiem, na co zasługujesz.* Tak powiedział. Zna skądś mój sekret, źródło mojego wstydu. Dlatego, że mnie obserwuje.

Czyżby także w tej chwili?

Prostuję się na krześle i rozglądam nerwowo po kuchni. Oczywiście nikogo poza mną tu nie ma. Podobnie jak nie było zeszłej nocy w sypialni, z wyjątkiem ducha, którego wyczarowałam z mojej samotności. Duch jest w końcu idealnym kochankiem każdej kobiety. Nie muszę go uwodzić czy zabawiać, ani martwić się, że jestem za stara, za gruba albo przeciętna. Nie będzie rozpychał się nocą w łóżku ani rozrzucał po pokoju butów i skarpetek. Materializuje się, kiedy chcę się kochać – i to w sposób, jaki mi odpowiada – a rankiem rozwiewa się w powietrzu. I nigdy nie muszę przygotowywać mu śniadania.

W moim śmiechu pobrzmiewa przeraźliwy ton szaleństwa. Albo tracę zmysły, albo ten dom jest naprawdę nawiedzony.

Nie wiem, z kim porozmawiać, komu się zwierzyć. W desperacji otwieram laptopa. Ostatni tekst, który pisałam, jest nadal na ekranie – lista składników do kolejnego przepisu: tłusta śmietana, dwie łyżki masła, wyjęte z muszli ostrygi i to wszystko duszono na żeliwnych piecykach na całym wybrzeżu Nowej Anglii. Zamykam plik i otwieram wyszukiwarkę. Czego, do cholery, powinnam poszukać? Adresów miejscowych psychiatrów?

Wystukuję na klawiaturze: *Czy mój dom jest nawiedzony?*

Ku mojemu zaskoczeniu ekran wypełnia się listą stron internetowych. Klikam na pierwszy link.

Wiele osób sądzi, że ich dom jest nawiedzony, ale w większości przypadków istnieją logiczne wyjaśnienia zjawisk, których doświadczają. Do najczęściej opisywanych należą:
Dziwne zachowania zwierząt.
Niezwykłe hałasy (odgłosy kroków, skrzypienie), gdy
nikogo nie ma w domu.
Przedmioty znikające i pojawiające się w innym miejscu.
Wrażenie, że ktoś nas obserwuje...

Przerywam lekturę i rozglądam się ponownie po kuchni, myśląc o tym, co powiedział zeszłej nocy nieznajomy. *Ktoś musi się tobą opiekować.* Jeśli chodzi o dziwnie zachowujące się zwierzęta, Hannibal jest tak skoncentrowany na pożeraniu swego lunchu, że ani razu nie podniósł łba znad miski. To standardowe zachowanie Pana Grubasa.
Czytam dalej.

Pojawianie się zarysów ludzkich postaci albo ruchomych
cieni.
Uczucie, że jest się dotykanym.
Stłumione głosy.
Niewyjaśnione zapachy, które pojawiają się i znikają.

Wpatruję się w te ostatnie cztery symptomy nawiedzenia domu. Dobry Boże, doświadczyłam ich wszystkich. Nie tylko dotknięcia i stłumione głosy. Czułam na sobie jego ciężar. Czuję nadal dotyk jego ust. Biorę głęboki oddech, żeby się uspokoić. Jest wiele stron internetowych poświęconych tej tematyce, więc nie tylko ja mam taki problem. Ilu jeszcze ludzi przeszukuje gorączkowo internet, żeby znaleźć odpowiedzi? Ilu z nich zastanawia się, czy nie tracą zmysłów?

Skupiam ponownie uwagę na ekranie laptopa.

Co robić, gdy sądzisz, że twój dom jest nawiedzony?
Obserwuj i dokumentuj każde niezwykłe wydarzenie.
Zanotuj jego czas i miejsce.
Nagrywaj wszelkie zjawiska wizualne lub akustyczne.
Zawsze miej przy sobie komórkę.
Zasięgnij rady eksperta.

Ekspert. Gdzie, do cholery, mam go znaleźć?

– Do kogo powinnam zadzwonić? – mówię na głos, śmiejąc się jak wariatka.

Powracam do wyszukiwarki i piszę: *Łowcy duchów w Maine*.

Pojawia się nowa strona z linkami. Większość z nich dotyczy opowieści o nawiedzonych domach i wygląda na to, że w Maine było mnóstwo takich historii, a niektóre trafiły nawet do telewizji. Duchy w gospodach, na autostradach, w kinach. Z rosnącym sceptycyzmem przewijam linki. Są to raczej historyjki do opowiadania przy ogniskach niż relacje z prawdziwych nawiedzeń. Autostopowiczka w białej szacie. Mężczyzna w cylindrze. Przeglądam do końca stronę i już zamierzam wyjść z Google'a, gdy moją uwagę przyciąga link na samym dole.

*Pomagamy mieszkańcom nawiedzonych domów. Profesjonalne wykrywanie duchów, stan Maine.*

Klikam na link. Strona jest bardzo skromna, zawiera tylko lakoniczną informację o profilu firmy:

Badamy i dokumentujemy zjawiska paranormalne w stanie Maine. Działamy również jako biuro informacyjne oraz zapewniamy emocjonalne i logistyczne wsparcie osobom, które mają do czynienia ze zjawiskami paranormalnymi.

Jest formularz kontaktowy, ale nie ma numeru telefonu.

Wpisuję moje nazwisko i telefon. W rubryce POWÓD KONTAKTOWANIA SIĘ Z NAMI piszę: *Sądzę, że mój dom jest nawiedzony. Nie wiem, co z tym zrobić* I klikam na WYŚLIJ.

Wiadomość mknie w eter, a ja niemal natychmiast zaczynam czuć się głupio. Czyżbym naprawdę skontaktowała się właśnie z łowcą duchów? Myślę, co powiedziałaby na to moja zawsze racjonalna siostra Lucy. Lucy, której medyczna kariera opiera się na nauce. Potrzebuję teraz jej rady bardziej niż kiedykolwiek, ale nie mam odwagi do niej zadzwonić. Boję się, co mi powie, a jeszcze bardziej obawiam się tego, co ja powiem jej. Nie zwierzę się też Simonowi, mojemu długoletniemu przyjacielowi i wydawcy, bo z pewnością mnie wyśmieje i stwierdzi, że zwariowałam. A potem mi przypomni, że zalegam z książką.

Pragnąc koniecznie czymś się zająć, przekładam resztę potrawki do miski i zanoszę ją do lodówki. Otwieram energicznie drzwiczki i skupiam uwagę na lśniącej butelce sauvignon blanc. Wygląda tak kusząco, że czuję już niemal smak orzeźwiającego chłodnego wina. Przyzywa mnie tak uwodzicielsko, że prawie nie słyszę dźwięku sygnalizującego, że dostałam maila.

Wracam do laptopa. Mail jest z nieznanego adresu, ale i tak go otwieram.

Od: Maeve Cerridwyn
Temat: Nawiedzony dom

Kiedy chce się pani spotkać?

# Rozdział dziewiąty

Jazda z Tucker Cove do miasteczka Tranquility, w którym mieszka łowczyni duchów, zajmuje dwie godziny. Według mapy to zaledwie trzydzieści kilometrów w linii prostej, ale stare powiedzenie z Maine „Stąd się tam nie dostaniesz" okazuje się wyjątkowo trafne, gdy kluczę bocznymi drogami, kierując się powoli z wybrzeża w głąb lądu. Mijam opuszczone gospodarstwa ze zrujnowanymi oborami i przez zarośnięte krzakami ugory wjeżdżam w gęstwinę drzew nieprzepuszczających promieni słońca. GPS kieruje mnie drogami, które wydają się prowadzić donikąd, posłusznie jednak stosuję się do poleceń dochodzącego z głośnika drażniącego głosu, bo nie mam pojęcia, gdzie jestem. Przez wiele kilometrów nie napotkałam żadnego samochodu i zaczynam się zastanawiać, czy nie jeżdżę w kółko. Gdziekolwiek spojrzę, widzę tylko drzewa, a każdy zakręt wygląda tak samo.

Nagle spostrzegam przydrożną skrzynkę na listy z namalowanym na boku jasnoniebieskim motylem. Numer 41. Dotarłam na miejsce.

Samochód podskakuje na wyboistym podjeździe i drzewa rozstępują się, ukazując dom Maeve Cerridwyn. Wyobrażałam sobie, że lokum łowczyni duchów będzie wyglądało mrocznie i złowrogo, a tymczasem jest to leśny domek, przypominający raczej chatkę uroczych siedmiu krasnoludków. Wysiadając z samochodu, słyszę pobrzękiwanie dzwonków na wietrze. Za domem rośnie kilka brzóz, których białe pnie wyglądają jak groźni leśni wartownicy. Na nasłonecznionym skrawku dziedzińca przed wejściem jest ogród z ziołami, w którym kwitną szałwia i kocimiętka.

Idę przecinającą go kamienną ścieżką, rozpoznając moich dobrych przyjaciół z kuchni: tymianek, rozmaryn, pietruszkę, estragon, szałwię i oregano. Ale są tam także inne – nieznane mi – zioła i zastanawiam się w tym magicznym miejscu pod lasem, jakie mogą mieć tajemnicze zastosowanie. Może służą do wytwarzania eliksiru miłości albo do odpędzania demonów? Pochylam się, by obejrzeć bylinę z niebieskimi jagodami i drobnymi purpurowymi kwiatami.

Kiedy się podnoszę, zaskakuje mnie widok kobiety, która przygląda mi się z ganku. Ciekawe, jak długo tam stoi?

– Cieszę się, że pani dotarła, Avo – mówi. – Łatwo zgubić drogę.

Maeve Cerridwyn nie pasuje do mojego wizerunku łowczyni duchów. Jest drobną kobietą o zwyczajnej, miłej twarzy, ani tajemniczą, ani przerażającą. Słońce upstrzyło piegami jej skórę i wyryło głębokie zmarszczki wokół jasnobłękitnych oczu, a jej ciemne włosy są w połowie siwe. Nie

97

wyobrażam sobie, żeby miała stawiać czoło duchom albo walczyć z demonami. Raczej piekłaby im ciasteczka.

– Przepraszam, że musiała pani się do mnie fatygować. Zwykle dojeżdżam do klientów, ale mam samochód w warsztacie.

– Nic nie szkodzi. Potrzebowałam już ruszyć się z domu. – Patrzę na jej ogród. – Piękne miejsce. Piszę książki na tematy kulinarne i poluję zawsze na nowe zioła, których jeszcze nie próbowałam.

– Hm... tego nie chciałaby pani dodać do potrawy. – Wskazuje na roślinę, którą właśnie podziwiałam. – To belladona. Trująca psianka. Kilka tych jagód mogłoby panią zabić.

– Po co, u licha, ją pani uprawia?

– Wszystkie rośliny mają jakieś zastosowanie, nawet te trujące. Nalewka z belladony służy jako środek znieczulający i pomaga w gojeniu ran. – Uśmiecha się. – Proszę wejść. Obiecuję, że nie dodam pani niczego do herbaty, z wyjątkiem miodu.

Wchodzę do domu, przystaję na chwilę i spoglądam ze zdumieniem na lustra, które wiszą prawie na każdej ścianie. Niektóre są niewielkie, inne sięgają od podłogi do sufitu. Kilka oprawionych jest w bogato zdobione ramy. Gdziekolwiek spojrzę, dostrzegam ruchy mojego odbicia.

– Jak pani widzi, mam obsesję na punkcie luster – przyznaje gospodyni. – Niektórzy kolekcjonują porcelanowe żaby, a ja lustra z całego świata. – Wskazuje po kolei na każde z nich, gdy idziemy korytarzem. – To jest z Gwatemali.

A to z Indii. To z Malezji. Ze Słowenii. W każdym zakątku globu ludzie chcą się sobie przyglądać. Nawet perliczka siedzi i wpatruje się w swoje odbicie.

Zatrzymuję się przed jednym szczególnie intrygującym. Przed lustrem w cynowej ramie, ozdobionej groteskowymi i przerażającymi twarzami. Demony.

– Ma pani ciekawe hobby – mruczę pod nosem.

– To coś więcej niż hobby. Lustra zapewniają również ochronę.

Patrzę na nią, unosząc brwi.

– Ochronę przed czym?

– W niektórych kulturach panuje pogląd, że lustra są niebezpieczne. Że służą jako bramy do innego świata, przez które wędrują duchy wyrządzające szkody. Ale Chińczycy wierzą, że lustra zapewniają ochronę, i dlatego wieszają je przed domami, by odstraszyć złe moce. Kiedy demon widzi swoje własne odbicie, przeraża go to i zostawia człowieka w spokoju. – Wskazuje na lustro wiszące nad drzwiami do kuchni, z ramą pomalowaną na jaskrawozielony i złoty kolor. – To zwierciadło Ba Gua. Widzi pani, jakie jest wypukłe? Dzięki temu pochłania negatywną energię, by nie przedostawała się do kuchni. – Dostrzega wyraz powątpiewania na mojej twarzy. – Uważa pani, że to wszystko bzdury, prawda?

– Zawsze podchodziłam sceptycznie do zjawisk nadprzyrodzonych.

Uśmiecha się.

– A jednak pani tu jest.

Siadamy w kuchni, gdzie zwisają w oknie kryształki rzucające tęczowe refleksy na ścianę. W tym pomieszczeniu nie ma luster. Może Maeve uważa, że kuchni nie grozi inwazja demonów, skoro jest zabezpieczona torem przeszkód w postaci odstraszających je luster w korytarzu. Czuję ulgę, że nie muszę patrzeć na swoje odbicie. Podobnie jak demony, boję się go, boję się spojrzeć sobie w oczy.

Maeve stawia na stoliku dwie filiżanki gorącej herbaty rumiankowej i siada naprzeciwko mnie.

– Proszę mi teraz opowiedzieć o pani problemach z duchem.

Nie mogę się powstrzymać od pełnego zażenowania śmiechu.

– Proszę wybaczyć, ale czuję się idiotycznie.

– To zrozumiałe. Ponieważ nie wierzy pani w duchy.

– Racja. Nigdy nie wierzyłam. Zawsze uważałam, że ludzie, którzy widzą duchy, mają urojenia albo skłonność do fantazjowania, ale nie wiem, jak wyjaśnić to, co dzieje się w moim domu.

– Sądzi pani, że to zjawiska paranormalne?

– Nie mam pojęcia. Wiem jedynie, że nie są wytworem mojej wyobraźni.

– Z całą pewnością. Ale w starych domach często skrzypi podłoga. Drewno rozpręża się i kurczy. Z kranów kapie woda.

– Ale to nie wyjaśnia tego, co widziałam. I tego, co czułam, gdy mnie dotykał.

Maeve unosi brew.

– Czuła pani dotyk?

– Tak.

– Gdzie?

– Na twarzy. Dotykał mojej twarzy. – Nie powiem jej, czego jeszcze. Ani jak przygniótł mnie do łóżka swym ciężarem.

– Wspomniała pani przez telefon, że czuła również zapach. I to niezwykły.

– To niemal zawsze pierwsza rzecz, którą zauważam, zanim on się pojawia.

– Zapach uznaje się często za dowód obecności sił nadprzyrodzonych. Był nieprzyjemny?

– Nie. Przypominał woń wiatru znad oceanu. Zapach morza.

– Co jeszcze pani zauważyła? Podobno pani kot czasem dziwnie się zachowuje?

– Myślę, że też go widzi.

Maeve przytakuje i wypija łyk herbaty. Najwyraźniej nie jest zaskoczona tym, co jej opowiedziałam, i fakt, że przyjmuje tak stoicko moją dziwaczną historię, jakoś mnie uspokaja. Mam poczucie, że to, co mówię, nie jest całkowicie absurdalne.

– A co pani widzi, Avo? Proszę to opisać.

– Mężczyznę. Jest w moim wieku, wysoki, z gęstymi czarnymi włosami.

– Widzi pani całą jego postać.

– Tak, od stóp do głów. – I nawet więcej. – Jest w ciemnym płaszczu. Prostym, bez ozdób. Takim, jaki nosi na portrecie kapitan Brodie.

– Człowiek, który wybudował ten dom?

Przytakuję.

– Jego portret wisi w Towarzystwie Historycznym Tucker Cove. Mówią, że zginął na morzu, co wyjaśnia, dlaczego czuję zapach oceanu, kiedy się pojawia. Gdy przemówił do mnie, powiedział: „Jesteś w moim domu". Uważa, że to nadal jego dom. Nie wiem, czy ma w ogóle świadomość, że nie żyje... – Tak bardzo pragnę, by Maeve mi uwierzyła, że gdy opuszczam wzrok, widzę swoje dłonie zaciśnięte na stole. – To kapitan Brodie. Jestem tego pewna.

– Czuje się pani mile widziana w tym domu?

– Teraz już tak.

– A wcześniej nie?

– Kiedy zobaczyłam ten dom pierwszy raz, z zewnątrz, wydał mi się nieprzyjazny, jakby nie chciał, żebym w nim zamieszkała. Ale gdy weszłam do środka i poczułam zapach morza, wszystko się nagle zmieniło. Dom mnie zaakceptował.

– Nie czuje więc pani zupełnie strachu?

– Początkowo się bałam, ale teraz już nie. A powinnam?

– To zależy, z czym właściwie ma pani do czynienia. Czy to tylko duch.

– A co mogłoby to być?

Maeve waha się i po raz pierwszy wyczuwam jej niepokój, jakby nie chciała mi powiedzieć, co myśli.

– Upiory to duchy zmarłych, którym nie udało się opuścić całkowicie naszego świata – wyjaśnia. – Snują się między nami, bo nie dokończyli tutaj swoich spraw. Albo są tu uwięzieni, bo nie uświadamiają sobie, że nie żyją.

– Jak kapitan Brodie.

– Możliwe. Miejmy nadzieję, że jest tylko niegroźnym duchem.

– A są także groźne?

– To zależy, jakim człowiekiem był za życia. Przyjaźni ludzie stają się przyjaznymi duchami. Ponieważ on najwyraźniej pani nie przeraża, może jest duchem, który zaakceptował panią w swoim domu. Może nawet będzie się starał ochronić panią przed złem.

– To znaczy, że nie mam się czym martwić.

Sięga po swoją filiżankę i wypija łyk herbaty.

– Prawdopodobnie nie.

Nie podoba mi się brzmienie słowa „prawdopodobnie". I jego znaczenie.

– Czy jest coś, czym powinnam się martwić?

– Są inne byty, które mogą uczepić się domu. Czasem przyciąga je negatywna energia. Na przykład złośliwe duchy pojawiają się tam, gdzie mieszkają nastolatki. Albo gdzie rodziny mają problemy emocjonalne.

– Ja mieszkam sama.

– Przeżywa pani jakiś osobisty kryzys?

Od czego zacząć? Mogłabym jej powiedzieć, że przez ostatnich osiem miesięcy paraliżuje mnie poczucie winy. Że uciekłam z Bostonu, bo nie potrafię stawić czoła przeszłości. Ale nie mówię nic takiego, tylko oznajmiam po prostu:

– Próbuję skończyć książkę, którą piszę. Mam już prawie rok opóźnienia i wydawca wciąż na mnie naciska. A więc owszem, jestem w stresie. – Przygląda mi się tak intensywnie, że muszę odwrócić wzrok, gdy pytam: – Jak rozpoznać, czy to złośliwy duch?

– Ich obecność wiąże się czasem ze zjawiskami fizycznymi. Przedmioty poruszają się albo lewitują. Latają talerze, zatrzaskują się drzwi. Może nawet pojawić się przemoc.

Unoszę głowę.

– Przemoc?

– Ale pani jej nie doświadczyła, prawda?

– No… nie – odpowiadam z wahaniem.

Czy mi wierzy? Jej milczenie świadczy o tym, że ma wątpliwości, po chwili jednak się odzywa:

– Zbadam historię pani domu. Sprawdzę, czy zdarzyło się tam coś, co wyjaśniałoby, dlaczego jest nawiedzony. Potem możemy zdecydować, czy należy coś zrobić z tym duchem.

– Mówi pani o pozbyciu się go?

– Są sposoby, by zapobiec takim zjawiskom. Zdarzają się codziennie?

– Nie.

– Kiedy duch pojawił się po raz ostatni?

– Przed trzema dniami – odpowiadam, wpatrując się w swoją filiżankę.

Przez trzy noce nie spałam, czekając na ponowne pojawienie się kapitana. Zastanawiając się, czy jest tylko wytworem mojej wyobraźni.

I martwiąc się, że nigdy więcej go nie zobaczę.

– Nie chcę go przepędzać – mówię. – Chciałam się tylko upewnić, czy to, czego doświadczam, jest realne.

– Więc chce pani tolerować jego obecność?

– A co innego mogę zrobić?

– Poprosić go, żeby odszedł.

– Tak po prostu?

– Czasem to wystarczy. Miałam klientów, którzy zażądali od ducha, by opuścił ich dom, i poszedł sobie. I problem został rozwiązany. Jeśli chce pani zrobić coś takiego, mogę pomóc. Są na to sposoby.

Przez chwilę milczę, zastanawiając się, jak by to było, gdyby nie wyłonił się już nigdy z mroku. Gdybym już nigdy nie wyczuła, że mnie obserwuje. Że mnie chroni. *Pod moim dachem nic ci się nie stanie.*

– Chce pani mieszkać z tym duchem? – pyta Maeve.

Kiwam głową.

– O dziwo, czuję się bezpieczniejsza, wiedząc, że tam jest.

– Więc rozsądniej będzie nic nie robić. Tymczasem poszukam wszelkich informacji na temat Strażnicy Brodiego. W Bibliotece Stanu Maine w Auguście są archiwalne zbiory gazet, z rocznikami sprzed setek lat, a ja mam znajomą, która tam pracuje.

– Czego będzie pani szukała?

– Informacji o tragicznych wydarzeniach, które miały miejsce w tym domu. O przypadkach śmierci, samobójstw, morderstw. Artykułów o jakichkolwiek zjawiskach paranormalnych.

– Wiem już o jednej tragedii, która się tam wydarzyła. Powiedział mi o tym cieśla, który remontuje dom. Przed mniej więcej dwudziestu laty grupa nastolatków włamała się tam w Halloween, upili się i rozrabiali. Jedna z dziewczyn spadła z tarasu i zginęła.

– A więc ktoś stracił tam życie.

– Ale to był tylko wypadek. To jedyna tragedia, o której słyszałam.

Jej spojrzenie wędruje do kuchennego okna, gdzie zwisają kolorowe kryształki. Po chwili mówi cicho:

– Jeśli zmarły tam inne osoby, zaczęłabym się zastanawiać.

– Nad czym?

Patrzy na mnie.

– Czy pani problemem jest duch.

◻   ◻   ◻

Jest już późne popołudnie, gdy wracam do Tucker Cove. Po drodze zatrzymuję się, żeby coś zjeść i przemyśleć to, co powiedziała Maeve. *Jeśli chce pani zrobić coś takiego, mogę pomóc. Są na to sposoby.* Sposoby na to, by kapitan Brodie zniknął na zawsze. Ale nie tego chcę. Wiedziałam to, zanim jeszcze zaczęłam z nią rozmawiać. Chciałam po prostu, by mi uwierzono. Chciałam się upewnić, czy to, co widziałam i czułam w Strażnicy Brodiego, działo się naprawdę. Nie, nie boję się ducha kapitana Brodiego.

Przeraża mnie możliwość, że on nie istnieje, a ja tracę zmysły.

Czekając na kurczaka w panierce, przeglądam wiadomości w komórce. Wyciszyłam ją podczas spotkania z Maeve i widzę teraz kilka nowych połączeń. Znowu dzwonił mój wydawca Simon i pytał o zaległy tekst. „Rozdziały, które mi przysłałaś, są fantastyczne! Kiedy zobaczę następne? Musimy też pomówić o nowym terminie publikacji".

Wyślę mu jutro maila. Mogę przynajmniej napisać, że robię postępy. (A cieśle przybierają na wadze). Przeglądam dwie kolejne wiadomości głosowe, obie ze spamu, po czym natrafiam na znajomy numer.

O 13.23 dzwoniła Lucy.

Nie odtwarzam tego nagrania. Nie jestem w stanie słuchać jej głosu. Skupiam się na posiłku, który właśnie mi podano. Smażony kurczak jest suchy i łykowaty, a tłuczone ziemniaki smakują, jakby były z proszku. Choć jestem bez lunchu, nie mam apetytu, zmuszam się jednak do jedzenia. Nie będę myślała o Lucy, Simonie ani o książce, którą powinnam skończyć. Nie, pomyślę raczej o duchu, który stał się pożądaną odmianą. Maeve zapewniała mnie, że inni ludzie – normalni ludzie – również widzą zjawy. Z pewnością przyda mi się towarzystwo ducha, a dom jest wystarczająco duży dla nas obojga. Jaka samotna kobieta nie chciałaby dzielić łoża z przystojnym kapitanem?

Gdzie pan się podziewa, kapitanie Brodie? Czy zobaczę pana dziś w nocy?

Płacę za niedokończony posiłek i ruszam w dalszą drogę.

Dojeżdżam do domu już po zapadnięciu zmroku. Jest tak ciemno, że muszę wchodzić po omacku na ganek, a kiedy docieram do frontowych drzwi, przystaję z napiętymi nerwami. Nawet po ciemku dostrzegam, że są otwarte.

Jest piątek, więc Billy i Ned pracowali w domu, ale nigdy nie zostawiliby otwartych drzwi. Zastanawiam się, kto jeszcze może mieć do nich klucz. Donna Branca. Arthur Sherbrooke. Lokatorka, która mieszkała tu przede mną. Czyżby Charlotte zapomniała oddać klucz, kiedy się wyprowadzała? Czy ktoś mógł go przejąć?

Z wnętrza domu dochodzi głośne miauczenie i Hannibal wystawia łeb, by mnie powitać. Mój sprytny majkun potrafi otwierać drzwi, przekręcając gałkę, a teraz wydaje się całkowicie spokojny. Skoro nie jest zdenerwowany, z pewnością nie dzieje się nic złego.

Pcham delikatnie drzwi i otwierają się z przerażająco głośnym skrzypieniem. Pstrykam przełącznikiem światła i nie widzę, by w holu wejściowym było cokolwiek nie w porządku. Hannibal siedzi u moich stóp, machając ogonem i upominając się miauczeniem o kolację. Może to Ned jednak zapomniał zamknąć drzwi. Albo Hannibalowi udało się je otworzyć.

A może zrobił to duch.

Podążam do kuchni za Hannibalem i włączam światło. Kocur idzie wprost do szafki, bo wie, że tam jest jego żarcie, ale ja już na niego nie patrzę. Wpatruję się w grudkę błota na podłodze.

I odcisk buta. Spostrzegam kolejny i jeszcze jeden. Ślady prowadzą do kuchennego okna, które jest szeroko otwarte.

# Rozdział dziesiąty

Policja przeszukuje wszystkie pokoje, każdą szafę w domu. Mówiąc „policja", mam na myśli funkcjonariuszy Quinna i Tarra. Gdy zobaczyłam, jak wysiadają z radiowozu, przypomniała mi się natychmiast bajka o żółwiu i zającu: młodszy, Quinn, wyskoczył energicznie od strony pasażera, a pięćdziesięciolatek Tarr gramolił się powoli zza kierownicy. Skoro niezdarny Tarr prowadził, nic dziwnego, że potrzebowali czterdziestu minut, żeby zjawić się na moje wezwanie.

W końcu jednak przyjechali i traktują to włamanie z całą powagą, jakby prowadzili śledztwo w sprawie zabójstwa. Kiedy idą ze mną do sypialni na piętrze, Quinn szybko przeskakuje po stopniach, a Tarr się za nim wlecze. Potwierdzam, że najwyraźniej nic nie zginęło i wszystko jest na swoim miejscu. Tarr skrupulatnie zapisuje coś w notatniku, a Quinn przeszukuje szafy, po czym pędzi do wieżyczki, by sprawdzić, czy włamywacz nie czai się na górze.

Wróciwszy do kuchni, przyglądają się uważnie śladom butów, które są zbyt duże, bym to ja je zostawiła. Potem Tarr koncentruje uwagę na otwartym oknie, przez które włamywacz musiał wejść.

– Czy było otwarte, kiedy wychodziła pani z domu? – pyta.

– Nie jestem pewna. Wiem, że otwierałam je rano, kiedy robiłam śniadanie. – Nie mogę sobie przypomnieć, czy zamykałam je, nie zasuwając rygla. Ostatnio byłam tak rozkojarzona z powodu książki, z powodu ducha, że szczegóły, które powinnam pamiętać, umykają mojej uwadze. Na przykład skąd mam te siniaki.

– Widziała pani, żeby ktoś się tu ostatnio kręcił? Ktoś podejrzany?

– Nie... To znaczy w domu pracuje dwóch cieśli, ale nie wydają mi się podejrzani.

Tarr przerzuca kartkę w notesie.

– Ich nazwiska?

– Jeden ma na imię Ned, drugi Billy. – Ich nazwiska umknęły mi z pamięci.

Tarr spogląda na mnie.

– Ned? Ned Haskell?

– Właśnie. Tak się nazywa.

Przetrawia w milczeniu tę informację. Ta cisza mnie niepokoi.

– Obaj mają dostęp do domu – informuję go. – Zostawiam im klucz. Mogą wejść frontowymi drzwiami, więc nie musieliby wspinać się przez okno.

Tarr lustruje powoli kuchnię i zatrzymuje wzrok na moim laptopie, który leży spokojnie na kuchennym stole, nadal uruchomiony i podłączony do prądu. Potem, jakby od niechcenia, przenosi spojrzenie na blat, gdzie stoi miseczka z nietkniętą garścią monet. Jest może powolny, ale nie głupi i odczytuje wskazówki, które prowadzą do zdumiewającego wniosku.

– Włamywacz zdejmuje moskitierę i rzuca ją w krzaki – mówi, jakby myślał na głos. – Wchodzi przez otwarte okno i zostawia błoto na podłodze. – Przechyla swą żółwią głowę, wpatrując się w ślady, które znikają w połowie kuchni. – Wchodzi do pani domu, a jednak nie zabiera niczego wartościowego. Zostawia laptopa. Nie kradnie nawet monet.

– A więc to nie był rabunek? – wtrąca Quinn.

– Jeszcze nie jestem tego pewien.

– Dlaczego niczego nie zabrał?

– Może nie miał możliwości. – Tarr człapie z kuchni do holu wejściowego. Stękając, przykuca powoli. Dopiero wtedy zauważam, że przygląda się grudce błota na progu drzwi wejściowych, którą wcześniej przeoczyłam. – Odpadła z jego butów – stwierdza. – Zabawne, prawda? Nie zostawił błota nigdzie więcej. Tylko w kuchni i tutaj, wychodząc przez próg. Zastanawiam się…

– Nad czym? – pytam.

– Dlaczego wyszedł tak szybko? Niczego nie zabrał. Nie poszedł na górę. Dostał się przez okno, przeszedł przez kuchnię, a potem opuścił dom w takim pośpiechu, że nawet nie zamknął drzwi. – Tarr stęka, dźwigając się na nogi. Twarz ma czerwoną z wysiłku. – Zagadkowa sprawa, prawda?

Wszyscy troje milczymy przez chwilę, zastanawiając się, jak wyjaśnić dziwne zachowanie włamywacza. Hannibal prześlizguje się obok mnie i rozciąga u stóp Tarra, który jest równie flegmatyczny jak on.

– Najwyraźniej coś go wystraszyło – sugeruje Quinn. – Może zobaczył na podjeździe światła samochodu i uciekł.

– Ale ja nikogo nie widziałam – mówię. – A kiedy tu dotarłam, przed domem nie było żadnego auta.

– Jeśli to był jakiś dzieciak, może nie przyjechał samochodem – odpowiada Quinn. – Mógł dostać się tu ścieżką wzdłuż urwiska. Szlak turystyczny zaczyna się na publicznej plaży, półtora kilometra stąd. Tak, założę się, że o to chodzi. Jakiś małolat sądził, że włamuje się do pustego domu. Już takie rzeczy się zdarzały.

– Słyszałam. – Przypominam sobie, co Ned powiedział mi o włamaniu w Halloween i nieszczęsnej dziewczynie, która zabiła się, spadając z tarasu na dachu.

– Damy pani tę samą radę co tamtej kobiecie. Proszę zamykać drzwi i okna. I zawiadomić nas, gdyby…

– Jakiej kobiecie? – Mierzę wzrokiem obu funkcjonariuszy. – O kim panowie mówicie?

– O nauczycielce, która wynajmowała ten dom przed panią.

– Charlotte też miała włamanie?

– Była w łóżku i usłyszała jakiś hałas na parterze. Zeszła na dół i zobaczyła otwarte okno. Włamywacza nie było i nic nie zginęło.

Spoglądam na grudkę błota pozostawioną przez włamywacza, który tego wieczoru zakłócił spokój mojego domu. Który mógł jeszcze w nim przebywać, gdy wjeżdżałam na podjazd. Nagle przechodzi mnie dreszcz i krzyżuję ręce na piersiach.

– A jeśli tego nie zrobił jakiś dzieciak? – pytam cicho.

– Tucker Cove to bardzo bezpieczne miasto, proszę pani – zapewnia Quinn. – Jasne, że czasem zdarza się jakaś kradzież w sklepie, ale nie mieliśmy tu żadnego poważniejszego incydentu od...

– Zawsze lepiej jest być przezornym – wchodzi mu w słowo Tarr. – Proszę zamykać drzwi i okna. I pomyśleć o sprawieniu sobie psa. – Patrzy na Hannibala, który mruczy z zadowoleniem, ocierając się o jego but. – Nie sądzę, żeby pani kocur był w stanie odstraszyć złodzieja.

Ale znam kogoś, kto potrafi to zrobić. Duch.

◻　◻　◻

Zasuwam rygiel frontowych drzwi i przechodzę przez parter domu, zamykając i zaryglowując okna. Policja przeszukała wszystkie pokoje, wszystkie szafy, ale ja jestem nadal roztrzęsiona i z pewnością nie zasnę.

Idę więc do kuchni i nalewam sobie szklankę whisky. A potem kolejną.

Druga butelka jest już niemal pusta. Gdy przeprowadziłam się do Strażnicy Brodiego, była pełna. Czyżbym tak szybko ją opróżniła? Wiem, że powinnam ograniczać się do jednego drinka, ale po tym naprawdę denerwującym dniu potrzebuję pokrzepienia. Zabieram szklankę i to, co zostało w butelce, na górę.

W sypialni rozpinam bluzkę i ściągam dżinsy, cały czas się rozglądając. Kiedy jestem już w samej bieliźnie, czuję się obnażona, mimo że nie ma tu nikogo. Przynajmniej nikogo nie widzę. Ocean jest dziś wzburzony i przez otwarte okno słyszę szum fal obmywających brzeg. Czarne jak smoła morze rozciąga się po rozgwieżdżony horyzont. Choć okna wychodzą na bezludne urwisko i wodę, rozumiem, dlaczego Charlotte chciała mieć w sypialni zasłony. Noc wydaje się mieć oczy, które mnie obserwują, gdy stoję w blasku światła.

Wyłączam lampę i pogrążam się w mroku. Staję w oknie i pozwalam, by chłodne powietrze muskało mi skórę; nie czuję się już obnażona. Będzie mi tego brakowało po powrocie do Bostonu, tego zasypiania nocą przy dźwięku fal i powiewach słonej bryzy. A gdybym nie wróciła do miasta? Ostatnio coraz częściej rozważam taką możliwość. W końcu mogę pracować i pisać gdziekolwiek. Spaliłam za sobą mosty w Bostonie, nieopatrznie podłożyłam ogień pod moje dawne życie, jak pijany podpalacz. Może zostanę w Tucker Cove, w tym domu?

Wkładam koszulę nocną i gdy przeciągam ją przez głowę, dostrzegam za oknem jakieś światełko. Błyska tylko przez chwilę i znika.

Wpatruję się w mrok. Wiem, że są tam jedynie urwisko i morze. Skąd wzięło się to światło? Z jakiegoś okna? Jestem niewidoczna w mrocznej sypialni, ale przed chwilą ktoś, kto patrzył przez to okno, mógł mnie zobaczyć nagą; ta myśl sprawia, że cofam się w głąb pokoju. Nagle widzę kolejne błyski światła, migoczące w powietrzu jak unoszone przez wiatr rozżarzone węgielki. Przesuwają się za oknem i znikają w mroku.

To świetlik.

Sączę whisky i wspominam ciepłe letnie noce, gdy Lucy i ja polowałyśmy na świetliki na farmie dziadków. Biegając po łące, która lśniła tysiącem gwiazd, wywijałyśmy siatkami i chwytałyśmy do słoików całe galaktyki. Potem wracałyśmy na farmę jak dwie wróżki, niosąc nasze latarnie ze świetlikami. Wspomnienie tych chwil jest tak żywe, że czuję niemal trawę, która łaskocze mnie w stopy, i słyszę skrzypienie drzwi z moskitierą, przez które wchodziłyśmy do domu. Pamiętam, jak nie spałyśmy przez pół nocy, zachwycając się światełkami wirującymi w słoikach; jeden stał na jej szafce nocnej, a drugi na mojej. Tworzyły idealną parę, jak Lucy i ja.

Kiedyś tak było.

Wlewam do szklanki resztę whisky, wypijam ją jednym haustem i wyciągam się na łóżku.

Mija czwarta noc, odkąd kapitan Brodie pojawił się po raz ostatni. Nie spałam już zbyt wiele godzin, dręczona wątpliwościami, czy on istnieje. Zastanawiając się, czy moje zdrowie psychiczne zaczęło w końcu szwankować. Dziś, gdy odwiedziłam łowczynię duchów, oczekiwałam przede wszystkim jej zapewnienia, że nie mam urojeń, że to, czego doświadczyłam, zdarzyło się naprawdę. Teraz wątpliwości powróciły.

Boże, potrzebuję snu. Ileż bym dała za jedną dobrze przespaną noc. Mam ochotę zejść do kuchni i otworzyć nową butelkę wina. Może kolejny kieliszek wyciszyłby ten elektryczny szum w mojej głowie.

Hannibal, leżący obok mnie na łóżku, unosi nagle łeb. Nadstawia czujnie uszu z pędzelkami na końcach, patrząc w kierunku otwartego okna. Nie widzę tam niczego niezwykłego, żadnej wirującej mgiełki ani gęstniejącego cienia.

Gramolę się z łóżka i spoglądam na morze.

– Wróć do mnie – błagam. – Proszę, wróć.

Czuję muśnięcie na skórze, ale to z pewnością tylko wytwór mojej wyobraźni. Czyżby rozpaczliwa tęsknota wyczarowała z szeptu morskiej bryzy tę ulotną pieszczotę? Teraz jednak czuję na ramieniu dotyk ciepłej dłoni. Odwracam się i widzę, że on stoi tuż przy mnie. I jest absolutnie realny.

Mrugam, by powstrzymać łzy.

– Myślałam, że już nigdy cię nie zobaczę.

– Tęskniłaś za mną.

– Tak.

– Jak bardzo, Avo?

Wzdycham i przymykam oczy, gdy głaszcze mnie po policzku.

– Boże, ogromnie. Myślę tylko o tobie. Jesteś moim jedynym…

– Pragnieniem?

Pytanie, zadane tak cicho, przenika mnie dreszczem. Otwieram oczy i patrzę na twarz niewidoczną w mroku. W świetle gwiazd dostrzegam jedynie ostry kontur jego nosa i wydatne kości policzkowe. Co jeszcze kryje ciemność?

– Pożądasz mnie? – pyta.

– Tak.

Gładzi moją twarz i choć ma delikatne palce, skóra pali mnie od jego dotyku.

– Poddasz mi się?

Przełykam ślinę. Nie wiem, czego chce, ale jestem gotowa się zgodzić. Na wszystko.

– Co miałabym zrobić? – pytam.

– To, na co masz ochotę.

– Czyli?

– Nie jesteś dziewicą. Bywałaś z mężczyznami.

– Owszem.

– I grzeszyłaś z nimi.

– Tak – odpowiadam szeptem.

– I nie odpokutowałaś jeszcze za swoje grzechy. – Jego ręka, którą tak delikatnie gładził mi twarz, zaciska się nagle na mojej szczęce. Patrzę mu prosto w oczy. On wie. Zajrzał w głąb mojej duszy i zna moją winę. Mój wstyd.

– Wiem, co cię dręczy, Avo. I wiem, czego pragniesz. Poddasz mi się?

– Nie rozumiem.

– Powiedz to. – Przysuwa się bliżej. – Powiedz, że się poddasz.

– Tak – odpowiadam niemal bezgłośnie.

– I wiesz, jak się nazywam.

– Jeremiah Brodie.

– Jestem kapitanem statku. Ja wydaję rozkazy. Ty słuchasz.

– A jeśli odmówię?

– Wtedy zaczekam na kobietę, która bardziej zasługuje na moje względy. A ty opuścisz ten dom.

Przestaję wyczuwać jego dotyk i twarz kapitana rozpływa się w mroku.

– Proszę! – wołam. – Nie zostawiaj mnie!

– Musisz się zgodzić.

– Dobrze.

– Poddasz się?

– Tak.

– Będziesz mi posłuszna?

– Tak.

– Nawet gdy poczujesz ból?

W tym momencie milknę.

– Jak silny ból? – szepczę.

– Wystarczająco silny, byś odczuwała jeszcze większą przyjemność.

Gładzi moją pierś, jego dłonie są ciepłe i delikatne. Z westchnieniem odchylam głowę. Pragnę o wiele więcej. Ściska mój sutek i czuję, jak miękną mi kolana, gdy nieoczekiwany ból zakwita rozkoszą.

– Kiedy będziesz gotowa, zjawię się tutaj – szepcze.

Otwieram oczy i widzę, że zniknął.

Stoję sama w sypialni, drżąca, na chwiejnych nogach. Czuję mrowienie w piersi; sutek jest nadal obolały od uścisku. Jestem tak wilgotna z pożądania, że po udzie spływa mi strużka. Moje ciało domaga się, by je wypełnić, by nim zawładnąć, ale on mnie opuścił.

A może nigdy go nie było?

# Rozdział jedenasty

Następnego ranka budzę się z gorączką.

Słońce rozproszyło już mgłę i na dworze świergoczą ptaki, ale delikatna bryza, która wpada przez otwarte okno, jest jak podmuch arktycznego powietrza. Zziębnięta i drżąca, wypełzam z łóżka, by zamknąć okno, a potem wsuwam się z powrotem pod kołdrę. Nie chcę wstawać. Nie chce mi się jeść. Chcę tylko przestać się trząść. Zwijam się w kłębek i zapadam w niespokojny głęboki sen.

Spędzam cały dzień w łóżku; wstaję tylko do toalety albo żeby napić się wody. Huczy mi w głowie i razi mnie słońce, więc zakrywam się kołdrą.

Mam wrażenie, że ktoś mnie woła. Jakaś kobieta.

Gdy odsuwam kołdrę, widzę, że zapada już zmierzch i w pokoju zrobiło się ciemno. Leżę na wpół obudzona, zastanawiając się, czy naprawdę ktoś mnie wołał, czy tylko mi się to śniło. I jak to możliwe, że przespałam cały dzień? Dlaczego Hannibal nie obudził mnie, domagając się śniadania?

Rozglądam się po pokoju obolałymi oczami, ale kota nigdzie nie widać, a drzwi do sypialni są szeroko otwarte.

Ktoś dobija się do wejścia na dole i słyszę znów swoje imię. Więc to jednak nie był sen.

Nie mam ochoty zwlekać się z łóżka, wygląda jednak na to, że stojąca u drzwi kobieta nie zrezygnuje. Wkładam szlafrok i ruszam chwiejnym krokiem w kierunku schodów. Dom pogrążony jest w półmroku, schodzę więc po omacku, trzymając się poręczy. Gdy docieram do holu wejściowego, stwierdzam ze zdumieniem, że drzwi są otwarte, a mój gość stoi na progu w blasku reflektorów samochodu.

Włączam światło i robi się tak jasno, że muszę zmrużyć oczy. Nadal oszołomiona, potrzebuję chwili, by przypomnieć sobie, jak nazywa się ta kobieta, choć rozmawiałam z nią zaledwie wczoraj, w jej domu.

– Maeve? – udaje mi się w końcu wydusić.

– Próbowałam się do pani dodzwonić. Nie odbierała pani połączenia, więc pomyślałam, że podjadę, żeby rzucić okiem na dom. Zastałam drzwi otwarte na oścież. – Marszczy brwi, patrząc na mnie. – Dobrze się pani czuje?

Czuję nagle zawroty głowy, zataczam się i chwytam ręką za poręcz. Hol wiruje mi przed oczami i twarz Maeve spowija mgła. Podłoga usuwa mi się nagle spod nóg i zaczynam spadać w przepaść.

Słyszę krzyk Maeve:

– Avo!

A potem zapada cisza.

□   □   □

Nie wiem, jak znalazłam się na kanapie w salonie, ale właśnie na niej leżę. Ktoś rozpalił ogień w kominku i tańczące płomienie dają przyjemne złudzenie ciepła, które nie przeniknęło jeszcze pod okrywające mnie koce.

– Miała pani ciśnienie dziewięćdziesiąt na sześćdziesiąt. Teraz jest już o wiele lepsze. Myślę, że zemdlała pani z powodu odwodnienia.

Doktor Ben Gordon zdejmuje mi z ramienia rękaw ciśnieniomierza, który wydaje głośny szum. Rzadko się teraz zdarza, by lekarze odwiedzali pacjentów w domach, ale może w takich miasteczkach jak Tucker Cove jest to nadal praktykowane. Wystarczył telefon od Maeve i po dwudziestu minutach Ben Gordon, wyraźnie zatroskany, zjawił się ze swoją czarną torbą w moim domu.

– Była już przytomna, gdy do pana zadzwoniłam – wyjaśnia Maeve. – I absolutnie nie pozwoliła, żebym wezwała karetkę.

– To tylko omdlenie – tłumaczę. – Leżałam cały dzień w łóżku i nic nie piłam.

– Może pani przynieść jeszcze jedną szklankę soku pomarańczowego? – zwraca się do Maeve lekarz. – Napełnijmy jej bak.

– Już się robi – odpowiada ona i zmierza do kuchni.

– Tyle zamieszania… – Wzdycham ciężko. – Czuję się teraz o wiele lepiej.

– Nie wyglądała pani dobrze, kiedy przyjechałem. Byłem gotów wysłać panią na ostry dyżur.

– Z powodu grypy?

– Możliwe. Ale to może być coś innego. – Odsuwa koce, by mnie zbadać, i zwraca natychmiast uwagę na moje prawe ramię. – Co się pani stało? Skąd to się wzięło?

Spoglądam na szereg niewielkich pęcherzyków na mojej skórze.

– To nic takiego. Po prostu zadrapanie.

– Zauważyłem pani kota. Jest naprawdę duży. Siedział na ganku.

– Ma na imię Hannibal.

– Jak ten wódz, który przeprawił się przez Alpy?

– Nie, jak Hannibal Lecter, seryjny zabójca. Gdyby znał pan mojego kota, zrozumiałby pan, dlaczego go tak nazwałam.

– Kiedy ten seryjny zabójca panią podrapał?

– Chyba z tydzień temu. To nie boli. Tylko trochę swędzi.

Prostuje mi rękę i pochyla się, by ją obejrzeć; dokładnie obmacuje ramię. Trzyma głowę tak blisko mojej, że jest w tym coś bardzo intymnego. Pachnie szarym mydłem i dymem ze spalanego drewna i dostrzegam w jego ciemnych włosach pasemka siwizny. Ma delikatne, ciepłe dłonie, a ja uświadamiam sobie nagle, że pod koszulą nocną jestem naga.

– Pani węzły chłonne pod pachą są powiększone – mówi, marszcząc brwi.

– Co to oznacza?

– Sprawdzę z drugiej strony. – Gdy wyciąga rękę, by zbadać drugą pachę, muska niechcący moją pierś. Czuję w niej mrowienie i sutek natychmiast nabrzmiewa. Muszę odwrócić głowę, żeby nie zauważył, że się zaczerwieniłam. – Po tej stronie nie wyczuwam powiększonych węzłów i to dobra wiadomość. Jestem niemal pewny, że wiem, na czym polega problem...

Wzdrygamy się nagle, słysząc głośny trzask, i patrzymy oboje na leżące na podłodze rozbite fragmenty wazonu. Wazonu, który chwilę wcześniej stał na kominku.

– Przysięgam, że go nie dotykałam! – zapewnia Maeve, która wróciła właśnie do salonu ze szklanką soku pomarańczowego. Unosi brwi na widok odłamków szkła. – Jakim cudem spadł?

– Przedmioty nie sfruwają same z półek – mówi doktor Gordon.

– Nie. – Maeve przygląda mi się z dziwnym wyrazem twarzy i dodaje cicho: – Rzeczywiście.

– Wazon musiał stać na krawędzi – sugeruje lekarz i to wyjaśnienie brzmi całkiem logicznie. – Przewróciły go jakieś wibracje.

Instynktownie rozglądam się po pokoju, szukając niewidzialnego winowajcy. Wiem, że Maeve myśli to samo co ja: zrobił to duch. Ale nigdy nie powiedziałabym tego doktorowi Gordonowi, człowiekowi nauki. Wrócił do badania mnie. Obmacuje mi szyję, nasłuchuje bicia serca, dotyka brzucha.

– Śledziona wydaje się całkowicie w porządku. – Przykrywa mnie kocem i siada wyprostowany. – Chyba wiem, co pani dolega. To klasyczny przypadek bartonelozy. Infekcji bakteryjnej.

– O Boże, to brzmi groźnie – odzywa się Maeve. – Czy my też możemy się zarazić?

– Tylko jeśli ma pani kota. – Lekarz patrzy na mnie. – Ta infekcja nazywana jest również chorobą kociego pazura. Zwykle nie jest poważna, ale może prowadzić do gorączki i powiększenia węzłów chłonnych. A w rzadkich przypadkach do encefalopatii.

– Może oddziaływać na mózg? – pytam.

– Tak, ale pani wygląda na w pełni przytomną i świadomą. I z pewnością nie ma pani urojeń. – Uśmiecha się. – Zaryzykuję i uznam, że jest pani zdrowa psychicznie.

Być może byłby innego zdania, gdyby wiedział, co przeżywałam minionej nocy. Czuję, że Maeve mi się przygląda. Może zastanawia się, podobnie jak ja, czy wizje ducha kapitana Brodiego nie były jedynie wytworem mojego chorego umysłu?

Doktor Gordon sięga do swojej czarnej torby.

– Firmy farmaceutyczne zostawiają mi zawsze dużo darmowych próbek i mam tu chyba azytromycynę. – Wydobywa listek tabletek. – Nie jest pani uczulona na żadne leki?

– Nie.

– Więc ten antybiotyk powinien pomóc. Proszę stosować się do instrukcji na opakowaniu, aż zużyje pani wszystkie tabletki. W przyszłym tygodniu zapraszam do gabinetu, żebym mógł skontrolować węzły chłonne. Recepcjonistka zadzwoni do pani i umówi wizytę. – Zamyka czarną torbę i mierzy mnie wzrokiem. – Niech pani coś zje, Avo. Pewnie i z tego powodu jest pani osłabiona. Mogłaby pani przybrać parę kilogramów.

Gdy wychodzi z domu, Maeve i ja milczymy. Słyszymy, jak zamykają się drzwi, po czym Hannibal wkracza dumnie do pokoju i wyglądając absolutnie niewinnie, siada przy kominku i spokojnie liże sobie łapę. Kot, który jest źródłem moich problemów.

– Chciałabym, żeby mój lekarz był taki przystojny – odzywa się Maeve.

– Jak to się stało, że zadzwoniła pani właśnie do doktora Gordona?

– Jego nazwisko było na liście przy telefonie w kuchni. Razem z numerami do hydraulika i elektryka. Sądziłam, że to pani lekarz.

– Ach, na tej liście. Zostawiła ją poprzednia lokatorka. – Zdaje się, że doktor Gordon jest w miasteczku znaną osobą.

Maeve zagłębia się w fotelu naprzeciwko mnie i blask ognia z kominka okala aureolą jej włosy, eksponując srebrne pasemka.

– Całe szczęście, że panią dzisiaj odwiedziłam. Wolę nie myśleć, co by się stało, gdyby spadła pani ze schodów, nie mając nikogo do pomocy.

– Czuję się już dużo lepiej, dziękuję. Ale nie sądzę, żebym była w stanie oprowadzić panią dzisiaj po domu. Gdyby zechciała pani przyjechać kiedy indziej, pokażę pani wszystko. Także miejsce, gdzie widziałam ducha.

Spogląda na sufit, obserwując grę świateł i cieni.

– Chciałam po prostu poczuć klimat tego domu.

– I co? Coś pani poczuła?

– Przed chwilą tak mi się wydawało. Kiedy wróciłam do

tego pokoju, z sokiem dla pani. I wazon spadł nagle na podłogę. – Spogląda na miejsce, gdzie wylądował rozbity wazon, i przechodzi ją dreszcz. – Wtedy coś poczułam.

– Coś dobrego? Czy złego?

Wpatruje się we mnie.

– Nie było to zbyt przyjemne.

Hannibal wskakuje na kanapę i zwija się w kłębek u moich stóp. Mój ważący trzynaście kilogramów futrzak, którego nie widziałam przez cały dzień. Nie wygląda na głodnego i wydaje się w pełni zadowolony. Co ostatnio jadł? Przypominam sobie nagle, co powiedziała Maeve: że drzwi wejściowe były szeroko otwarte. Hannibal musiał wyjść na zewnątrz i upolować sobie kolację.

– Już po raz drugi drzwi były otwarte – mówię. – Wczoraj wieczorem po moim powrocie od pani też zastałam je otwarte. I wezwałam policję.

– Nie zamyka pani drzwi na klucz?

– Wiem, że wczoraj je zamknęłam, zanim poszłam spać. Nie rozumiem, dlaczego znów były otwarte.

– I to na całą szerokość, Avo. Jakby ten dom zapraszał mnie do środka, żebym się panią zajęła. – Zamyśla się nad dziwnymi wydarzeniami tego wieczoru. – Ale kiedy rozbił się wazon, poczułam coś zupełnie innego. Atmosferę wrogości, a nie przyjaznego powitania. – Patrzy na mnie. – Czuła pani coś takiego w tym domu?

– Wrogość? Nie. Nigdy.

– Więc może ten duch panią zaakceptował. Może nawet panią chroni. – Spogląda w kierunku holu wejściowego. –

I zaprosił mnie do domu, bo wiedział, że potrzebuje pani pomocy. Dzięki Bogu, że nie zostawiłam papierów na progu i nie odjechałam.

– Jakich papierów? – pytam.

– Wspominałam, że zamierzam poszukać w gazetach z archiwum informacji o pani domu. Wczoraj tuż po pani wyjściu zadzwoniłam do znajomej z Biblioteki Stanu Maine. Udało jej się wyszperać kilka dokumentów dotyczących kapitana Jeremiaha Brodiego z Tucker Cove. Zaraz je pani przyniosę. Są w samochodzie.

Czekając na jej powrót, czuję, że coraz bardziej galopuje mi tętno. Znam tylko parę szczegółów z życia kapitana i widziałam jeden jego portret w Towarzystwie Historycznym. Wiem, że zginął na wzburzonym oceanie, gdy jego statek zatopiły fale i wiatr.

Dlatego przynosisz ze sobą zapach morza, myślę.

Maeve wraca i wręcza mi skoroszyt.

– Moja znajoma zrobiła dla pani fotokopie.

Spoglądam na pierwszą z nich i widzę stronę wypełnioną odręcznym pismem pełnym ozdobnych zawijasów. Jest to fragment dziennika statku, z datą szóstego maja 1862 roku. Rozpoznaję natychmiast jego nazwę: *Minotaur*.

Statek Brodiego.

– Te papiery to dopiero początek – mówi Maeve. – Spodziewam się, że moja znajoma znajdzie ich dużo więcej, poszukam też w miejscowym Towarzystwie Historycznym. Ale na razie dowie się już pani czegoś o człowieku, którego duch być może nawiedza pani dom.

# Rozdział dwunasty

Do rana spada mi gorączka i budzę się wygłodniała, lecz nadal osłabiona. Schodzę chwiejnym krokiem do kuchni i zastaję tam Hannibala, który wyjada właśnie z miski ostatnie kulki suchej karmy dla kotów. Maeve musiała ją napełnić, zanim wyszła w nocy. Nic dziwnego, że nie obudziło mnie rankiem brutalne szturchanie łapą o moją pierś. Włączam ekspres do kawy, smażę trzy jajka z odrobiną śmietany i wrzucam do tostera dwie kromki chleba. Pochłaniam to wszystko i dopiero po drugiej filiżance kawy czuję się znowu jak człowiek i mogę skupić się na papierach, które zostawiła Maeve.

Otwieram skoroszyt i znajduję dziennik pokładowy *Minotaura*. W nocy miałam problem z odczytaniem ozdobnego pisma, ale teraz, w jasnym świetle poranka, jestem w stanie odcyfrować wypłowiały opis pechowego statku kapitana Brodiego. Został zwodowany czwartego września 1862 roku, a zbudowała go firma Goss, Sawyer i Packard Company z Bath w stanie Maine. Miał drewniany kadłub i został sklasyfikowany jako kliper. Był trzymasztowym żaglowcem o długości siedemdziesięciu sześciu i szerokości czternastu metrów. Ważył nieco ponad dwie tony. Jego załogę stanowiło trzydzieści pięć osób. Należał do koncernu Charlesa Thayera z Portlandu i był szybkim statkiem handlowym, na tyle wytrzymałym, by przetrwać trudy podróży wokół Przylądka Dobrej Nadziei, gdy kursował między wybrzeżem Maine i Dalekim Wschodem.

Przeglądam kolejne strony, gdzie wymienione są rejsy, porty, do których zawijał *Minotaur*, i przewożone ładunki. Pływając do Szanghaju, transportował skóry zwierzęce i cukier, wełnę oraz drewniane skrzynie z puszkami nafty. Do Ameryki wracał z herbatą i jedwabiem, kością słoniową i dywanami. Podczas dziewiczego rejsu dowodził nim kapitan Jeremiah Brodie.

Przez dwanaście lat to on był dowódcą *Minotaura* i pływał na nim do Szanghaju i Makao, San Francisco i Londynu. Choć w dokumentach statku nie ma wzmianki, ile kapitanowi płacono, to sądząc po domu, który zbudował – jego rozmiarach i jakości stolarki – dochody z tych rejsów musiały być znaczne, ale ciężko na nie zapracował. Jaką musiał czuć radość, gdy po tylu miesiącach harówki na morzu mógł w końcu wrócić do domu, spać w łóżku, które się nie kołysało, i jeść świeże mięso i groszek prosto z ogrodu?

Przerzucam następne kartki dziennika i znajduję fotokopię wycinka z czasopisma „Camden Herald" ze stycznia 1875 roku.

Jeszcze jeden statek z Maine spotkała tragedia na wzburzonych wodach Przylądka Dobrej Nadziei. Kliper *Minotaur*, który wypłynął sześć miesięcy temu z portu Tucker, prawdopodobnie zaginął na morzu. Po raz ostatni zawinął do portu w Rio de Janeiro ósmego września i trzy dni później wyruszył stamtąd do Szanghaju. Trasa jego rejsu przebiegała wokół zdradliwego przylądka, gdzie silne wiatry i monstrualne fale zagrażają życiu dzielnych żeglarzy. To na tych wodach *Minotaur* najprawdopodobniej napotkał swój straszliwy koniec. W Port Elizabeth, w pobliżu południowego krańca Afryki, fala wyrzuciła na brzeg strzępy worków pocztowych, które przewoził, i połamane fragmenty drewna. Wśród trzydziestu sześciu osób uznanych za zaginione był kapitan Jeremiah Brodie z portu Tucker, doświadczony żeglarz, pod którego dowództwem *Minotaur* bezpiecznie pokonywał już pięć razy tę samą trasę. Fakt, że taki los mógł spotkać wytrawnego kapitana i jego załogę na solidnym statku i na dobrze im znanym szlaku, stanowi przestrogę, że morze jest niebezpieczne i bezlitosne.

Otwieram laptopa i wpisuję w Google'a hasło *Przylądek Dobrej Nadziei*. To okrutnie myląca nazwa dla miejsca, które Portugalczycy zwali kiedyś Przylądkiem Burz. Oglądam zdjęcia przerażających fal rozbijających się o skaliste wybrzeże. Wyobrażam sobie wycie wiatru, skrzypienie drewna na statku i upiorny widok marynarzy zmywanych z pokładu przez fale, gdy z wody wyłaniają się skały. A więc tam zginął. Morze upomni się nawet o najzdolniejszego żeglarza.

Odwracam kartkę, spodziewając się przeczytać więcej szczegółów na temat tej tragedii. Tymczasem napotykam fotokopie kilku stron napisanego odręcznie listu, datowanego na rok przed zatonięciem *Minotaura*. W jego górnym rogu przyklejona jest żółta samoprzylepna karteczka, na której Maeve albo jej przyjaciółka bibliotekarka zanotowała wyjaśnienie:

Znalazłam to wśród papierów z posiadłości niejakiej Ellen Graham, zmarłej w 1922 roku. Jest tam wzmianka o „Minotaurze".

List wydaje się napisany kobiecą ręką; pismo jest staranne i wytworne.

*Najdroższa Ellen!*

*Przesyłam Ci najnowsze wiadomości, razem z belą chińskiego jedwabiu, na który czekałaś tak niecierpliwie od paru miesięcy. Ładunek przypłynął w zeszłym tygodniu na pokładzie „Minotaura", cała gama jedwabiów, a wszystkie tak kuszące, że mama i ja nie mogłyśmy zdecydować, które kupić. Musiałyśmy szybko dokonać wyboru, bo wszystkie młode damy w miasteczku rzucą się wkrótce, by rozdrapać co się da. Mama i ja zdecydowałyśmy się na kolor różowy i kanarkowy. Dla Ciebie wybrałam zielony, bo sądzę, że będzie idealnie pasował do Twoich rudych włosów. Ależ miałyśmy szczęście, mogąc zdobyć te skarby bezpośrednio* ze statku! W przyszłym tygodniu reszta tych bel trafi do sklepów na całym wybrzeżu.

Zawdzięczamy ten uśmiech losu serdecznym stosunkom mamy z naszą krawcową, panią Stephens, której mąż służy jako pierwszy oficer u kapitana Brodiego. Była na tyle uprzejma, że zawiadomiła mamę o transporcie jedwabiu, który właśnie dotarł, i zostałyśmy zaproszone do magazynu, żeby przejrzeć te skarby jeszcze w dniu wyładunku.

Przyznaję, że mimo tych wszystkich pięknych jedwabi i dywanów najbardziej moją uwagę przykuł inny widok: sam kapitan Brodie, który wkroczył do magazynu krótko po naszym przybyciu. Akurat pochylałam się nad skrzynią z jedwabiem, gdy usłyszałam, jak rozmawia z magazynierem. Podniosłam wzrok i zobaczyłam go w blasku światła na tle otwartych drzwi. Byłam tak zaskoczona, że musiałam wyglądać jak ryba z rozdziawioną paszczą. Początkowo mnie nie zauważył, więc mogłam swobodnie mu się przyglądać. Gdy po raz ostatni wypływał z portu Tucker, miałam dopiero trzynaście lat. Teraz jestem trzy lata starsza i potrafię w pełni docenić, jaki jest przystojny. Wpatrywałam się w jego szerokie ramiona i mocno zarysowaną szczękę przez dobrą minutę, zanim mnie zauważył i uśmiechnął się.

A wspominałam Ci, droga Ellen, że on nie jest żonaty?

Gdyby się do mnie odezwał, nie byłabym chyba w stanie wykrztusić ani słowa. Ale w tym momencie mama wzięła mnie pod ramię i powiedziała cicho: „Zrobiłyśmy już zakupy, Ioniu. Czas wyjść".

Nie chciałam wychodzić. Mogłabym stać w tym zimnym magazynie całą wieczność, wpatrując się w kapitana i grzejąc się w cieple jego uśmiechu. Mama nalegała, żebyśmy się pospieszyły, więc miałam tylko tych kilka bezcennych chwil, żeby go podziwiać. Byłam pewna, że odwzajemnił moje spojrzenie z równym zainteresowaniem, ale gdy powiedziałam to mamie, ostrzegła mnie, bym wybiła sobie z głowy takie myśli.

„Bądź rozsądna, na litość boską – usłyszałam. – Jesteś jeszcze dziewczynką. Jeśli nie będziesz ostrożna, jakiś mężczyzna cię wykorzysta".

Czy to nieprzyzwoite z mojej strony, że całkiem podoba mi się taka perspektywa?

W przyszłym tygodniu będzie w Strażnicy Brodiego przyjęcie dla oficerów statku. Zostałam zaproszona, ale mama nie pozwala mi iść! Będzie tam moja przyjaciółka Genevieve, i Lydia także, a mama się uparła, że muszę zostać w domu. Mam cierpliwie szydełkować, jak stara panna, którą z pewnością zostanę. Mam prawie tyle lat co inne dziewczyny i na pewno jestem wystarczająco dorosła, by uczestniczyć w przyjęciu z dżentelmenami, ale mama mi zabroniła! To takie niesprawiedliwe! Mówi, że jestem zbyt niewinna. Że nie znam fatalnej reputacji kapitana. Słyszała pogłoski na temat tego, co dzieje się w jego domu do późnej nocy. Ale gdy pytam ją o szczegóły, zaciska usta i nie chce nic więcej powiedzieć.

133

*Och, Ellen, jestem zrozpaczona, bo wiem, co mnie ominie. Myślę o tym wielkim domu na wzgórzu. O tych wszystkich dziewczętach, które będą uśmiechały się do kapitana (a co gorsza, których uśmiechy będzie odwzajemniał). Dręczy mnie obawa, że z którąś z nich zechce się ożenić. Co będzie, jeśli wybierze na żonę Genevieve albo Lydię?*

*To będzie wyłącznie wina Mamy.*

Przerywam lekturę, powracając wzrokiem do zdania u góry strony.

*Mama mówi, że nie znam fatalnej reputacji kapitana. Słyszała pogłoski...*

Jakie to mogły być pogłoski? Co mogło tak oburzyć matkę Ioni, że zabroniła szesnastoletniej córce wszelkich kontaktów z Brodiem? Oczywiście liczyła się na pewno różnica wieku. W roku, gdy napisany został ten list, Jeremiah Brodie miał trzydzieści osiem lat, ponad dwa razy więcej niż Ionia, a sądząc z jej relacji, był przystojnym mężczyzną w kwiecie wieku. Przypominam sobie jego portret, który widziałam w Towarzystwie Historycznym, i mogę sobie wyobrazić, jak musiał wprawiać w drżenie serca wszystkich młodych dam. Był światowym człowiekiem, kapitanem żaglowca i właścicielem wielkiego domu na wzgórzu. W dodatku nie miał żony. Która młoda dama nie chciałaby, żeby się nią zainteresował?

Wyobrażam sobie przyjęcie w Strażnicy Brodiego, kucharzy i służących krzątających się po kuchni, w której teraz siedzę. Jadalnię pełną oficerów, migoczące płomyki świec i młode damy, ubrane w lśniące jedwabie, które *Minotaur* przywiózł z Chin. Śmiech, wino i wiele zalotnych spojrzeń. I zajmującego miejsce u szczytu stołu Jeremiaha Brodiego, którego zszargana reputacja sprawiła, że musiała trzymać się od niego z daleka co najmniej jedna niewinna młoda dama.

Głodna wiedzy na jego temat, przechodzę na następną stronę listu. I stwierdzam z rozczarowaniem, że pozostał jeszcze tylko jeden akapit.

*Błagam, czy możesz wstawić się za mną u swojej mamy? Poprosić ją, żeby porozmawiała z moją? Czasy się zmieniły i nie jesteśmy już kwiatkami z cieplarni, jakimi one były w naszym wieku. Jeśli nie pójdę na to przyjęcie, będę musiała znaleźć inny sposób, żeby znów go zobaczyć. „Minotaur" wymaga remontu i pozostanie w doku co najmniej do maja. Na pewno nadarzy się inna okazja do spotkania, zanim mój kapitan znów wyruszy na morze!*

*Zawsze Twoja*
*Ionia*

Nie wiem, jak nazywała się ta dziewczyna ani co się z nią stało, wiem jednak, że trzy miesiące po napisaniu przez nią tego listu kapitan Brodie rozpoczął swój feralny rejs.

Odkładam kartki, rozważając jej słowa. *Mama mówi, że jestem zbyt niewinna. Słyszała pogłoski na temat tego, co dzieje się w jego domu do późnej nocy.* Przypominam sobie, jak stoi w mojej sypialni. Jak kładzie mi rękę na piersi i pyta:

135

*Poddasz mi się?*

Serce wali mi jak młotem, twarz czerwienieje. Nie, on nie jest odpowiednim mężczyzną dla takich niewinnych dziewcząt jak Ionia. Wie, czego chce. Pragnie kobiety, która ma ochotę spróbować jabłka z drzewa grzechu. Kobiety skłonnej wziąć udział w mrocznej grze, w której on trzyma wszystkie karty. Gdzie ostateczna rozkosz wymaga całkowitej uległości.

Jestem gotowa zagrać w jego grę.

# Rozdział trzynasty

Tej nocy popijam wino, biorąc długą kąpiel w wolno stojącej wannie. Gdy wychodzę z wody, jestem rozgrzana i zaróżowiona. Nacieram emulsją nogi i ramiona i wkładam cienką koszulę nocną, jakbym szykowała się na spotkanie z kochankiem, choć nie wiem, czy pojawi się tej nocy.

Nie wiem nawet, czy istnieje.

Leżę w łóżku w ciemnościach, wyczekując pierwszego podmuchu bryzy znad oceanu. W ten sposób będę wiedziała, że przybył – gdy poczuję zapach morza, które go zabrało i w którym spoczywają teraz jego kości. Hannibal leży zwinięty obok mnie i czuję na nodze wibracje od jego mruczenia. Dziś nie ma księżyca i w oknie lśnią tylko gwiazdy. Widzę w mroku jedynie kontury komody, szafki nocnej i lampy.

Hannibal podrywa nagle łeb i w tym momencie otacza mnie powiew zimnego, rześkiego powietrza, jakby do pokoju wtargnęła potężna fala. Tym razem nie ma żadnego zwiastującego przybycie ducha wiru, cienia ani wyłaniającej się powoli sylwetki. Podnoszę wzrok i widzę go. W pełni ukształtowana postać stoi nad moim łóżkiem. Milczy, ale jego spojrzenie przenika dzielącą nas ciemność i sprawia, że czuję się całkowicie obnażona.

Sięga po moją dłoń. Gdy mnie dotyka, podnoszę się z łóżka, jakbym w magiczny sposób osiągnęła stan nieważkości, i staję przed nim. Drżę zarówno z wyczekiwania, jak i z powodu wilgotnego morskiego powietrza.

– Zamknij oczy – rozkazuje.

Wykonuję jego polecenie i oczekuję następnego. Czekam, co się wydarzy. Tak, jestem gotowa.

– A teraz patrz, Avo – mówi szeptem.

Otwieram oczy i ze zdumieniem wciągam powietrze. Choć musimy być nadal w mojej sypialni, nie rozpoznaję zawieszonych na oknach zielonych aksamitnych zasłon ani chińskich tapet, ani masywnego łoża z baldachimem. W kominku trzeszczy ogień, a na ścianach tańczy światło płomieni, spowijając wszystko złotym blaskiem.

– Jak to możliwe? – szepczę. – Czy ja śnię?

Przytyka mi palce do warg, by mnie uciszyć.

– Chcesz zobaczyć więcej?

– Tak. Tak!

– Chodź. – Trzymając nadal moją rękę, wyprowadza mnie z sypialni.

Spoglądam na nasze splecione dłonie i widzę, że mam na nadgarstkach koronki. Dopiero teraz zdaję sobie sprawę, że zniknęła gdzieś moja cienka koszula nocna. Zastąpiła ją błękitna suknia z lśniącego jedwabiu, takiego jak ten, który przywieziono kiedyś na pokładzie *Minotaura*. To musi być sen. Czyżbym w tym momencie drzemała w łóżku, podczas gdy śniąca Ava jest wyprowadzana z sypialni?

W korytarzu też wszystko jest inne. Dywan zdobią motywy winorośli, a na ścianach płoną w mosiężnych kinkietach świece, oświetlając rząd portretów, których nie rozpoznaję. Kapitan prowadzi mnie w milczeniu obok obrazów i otwiera drzwi na schody wiodące na wieżyczkę.

Stopnie pogrążone są w mroku, lecz spod zamkniętych drzwi u góry widać smugę światła. Stawiając nogę na pierwszym schodku, spodziewam się usłyszeć znajome skrzypienie, ale deska nie wydaje żadnego odgłosu. Skrzypienie pojawi się dopiero później, w stuleciu, które jeszcze się nie zaczęło. Słyszę jedynie szelest jedwabiu ocierającego się o moje nogi i stukanie butów kapitana, gdy prowadzi mnie po schodach. Po co idziemy na wieżyczkę? Co mnie tam czeka? Nawet gdybym chciała się wycofać, nie mogę. Ściska mocno moją rękę i nie ma już ucieczki. Dokonałam wyboru i jestem zdana na jego łaskę.

Wchodzimy do pomieszczenia skąpanego w blasku świec.

Rozglądam się oczarowana. Na każdej ścianie wiszą lustra i widzę wszędzie swoje odbicia, ciągnący się w nieskończoność tłum kobiet w niebieskich sukienkach. Stałam wiele razy w tym pokoju i widziałam tam narzędzia cieśli i nieporządek. Nigdy nie wyobrażałam sobie, że może tak wyglądać, lśnić światłem, zachwycać lustrami i...

Alkową.

Czerwone aksamitne kotary zasłaniają przestrzeń, która do ubiegłego tygodnia znajdowała się za ścianą. Co kryje się za nimi?

– Boisz się – zauważa kapitan.

– Nie. – Przełykam ślinę, po czym wyznaję prawdę: – Tak.

– A mimo wszystko poddajesz mi się?

Wpatruję się w niego. To ten sam człowiek, którego widziałam na portrecie: potargane wiatrem czarne włosy, twarz jak wykuta z granitu. Teraz jednak dostrzegam więcej, niż może ujawnić obraz. W jego oczach widać zachłanny błysk, który ostrzega przed niebezpiecznymi żądzami. Mogę się jeszcze wycofać. Mogę uciec z tego pokoju, z tego domu.

Ale nie uciekam. Chcę wiedzieć, co się stanie.

– Poddaję ci się – odpowiadam.

Jego uśmiech przyprawia mnie o dreszcz. Sprawuje nade mną kontrolę i czuję się tak niewinna jak szesnastoletnia Ionia, dziewica w rękach mężczyzny, którego zachcianki dopiero mają się ujawnić. Gładzi mnie po twarzy wierzchem dłoni i jego dotyk jest tak delikatny, że przymykam oczy i wzdycham. Nie ma się czego obawiać. Czuję tylko radość wyczekiwania.

Prowadzi mnie do alkowy i rozsuwa kotarę, pokazując to, co znajduje się za nią: łoże przykryte czarnym jedwabiem. Lecz to nie łoże przykuwa moją uwagę, ale to, co zwisa z każdej z czterech dębowych kolumienek.

Skórzane kajdanki.

Chwyta mnie za ramiona i padam nagle do tyłu, na łóżko. Moja błękitna suknia rozpościera się na czarnej narzucie, jedwab na jedwabiu. Kapitan zakłada mi bez słowa skórzaną obręcz na prawy nadgarstek i zaciska ją tak mocno, że nie mam nadziei się z niej uwolnić. Obchodzi łóżko, by unieruchomić moją lewą rękę; porusza się z nieubłaganą determinacją. Po raz pierwszy czuję strach, bo gdy patrzę mu w oczy, widzę człowieka, który nad wszystkim panuje. Teraz nie mogę już nic zrobić, aby zapobiec temu, co ma się wydarzyć.

Staje w nogach łóżka, unosi rąbek mojej sukni i chwyta mnie za prawą stopę tak raptownie, że nerwowo zaczerpuję powietrza. W ciągu paru sekund zakłada mi na kostkę skórzaną obręcz i mocno ją zaciska. Trzy kończyny mam już unieruchomione. Gdybym nawet chciała, nie mogę się uwolnić. Jestem skrępowana i bezbronna, gdy owija ostatni rzemień wokół mojej lewej kostki i mocuje go do kolumienki łóżka. Leżę z rozłożonymi rękami i nogami; serce wali mi w piersi w oczekiwaniu, co teraz nastąpi.

Przez chwilę kapitan stoi tylko w nogach łóżka, podziwiając to, co widzi. Jest najwyraźniej podniecony, ale nic nie robi; delektuje się po prostu moją bezradnością, chłonąc wzrokiem moje skrępowane ciało i wymiętą suknię. Nie odzywa się ani słowem i samo jego milczenie jest wyrafinowaną torturą.

W końcu sięga do buta i wyjmuje nóż.

Patrzę z lękiem, jak zbliża ostrze do światła świecy i przygląda się lśniącej stali. Bez ostrzeżenia chwyta za dekolt mojej sukni i rozcina ją od góry do dołu. Potem zdziera ją ze mnie, obnażając moje ciało, i rzuca nóż na bok. Nie potrzebuje go, by mi grozić. Wystarczy jego wzrok, oczy obiecujące zarówno rozkosz, jak i karę. Wzdrygam się, gdy pochylony nade mną, gładzi moją twarz, muska palcami szyję, mostek, brzuch. Uśmiecha się, wsuwając mi rękę między nogi.

– Chcesz, żebym przestał?

– Nie, nie chcę. – Przymykam oczy i wzdycham. – Chcę więcej. Chcę ciebie.

– Nawet jeśli będziesz z tego powodu krzyczeć?

– Krzyczeć? – powtarzam, wpatrując się w niego.

– Czy nie tego chcesz? Być zniewoloną, ukaraną? – W migoczącym świetle świec jego uśmiech wydaje się nagle okrutny. Diaboliczny. – Wiem, czego pragniesz, Avo. Znam twoje najmroczniejsze, najbardziej wstydliwe żądze. Wiem, na co zasługujesz.

O Boże, czy to się naprawdę dzieje? Czy przeżywam to na jawie?

Mężczyzna, który ściąga właśnie koszulę i spodnie, jest bardzo prawdziwy i wygląda niezwykle imponująco. Czuję na sobie jego ciężar, który przygniata mnie do łóżka. Moje biodra unoszą się automatycznie, by go przyjąć, bo choć lękam się jego siły, ogarnia mnie niepohamowana żądza. Nie daje mi szansy, bym się przygotowała. Wdziera się we mnie jednym brutalnym pchnięciem, a potem czuję go coraz głębiej.

– Broń się! – rozkazuje.

Krzyczę, ale nikt mnie nie słyszy. W promieniu wielu kilometrów od tego smaganego wiatrem samotnego domu nie ma żywej duszy.

– Walcz! – Widzę oczy płonące dzikim ogniem. A więc na tym polega jego gra. Gra w zwycięzców i pokonanych.

Nie chce, żebym się poddała. Mam stawić mu opór. I zostać ujarzmiona.

Wiję się jak wąż, leżąc pod nim; wykręcam na prawo i lewo. Mój opór tylko go podnieca – napiera na mnie jeszcze mocniej.

– Tego właśnie chcesz, prawda?

– Tak – jęczę.

– Żebym cię zniewolił. Zapanował nad tobą.

– Tak…

– Żebyś pozostała bez winy.

Nie potrafię dłużej mu się opierać, bo zatraciłam się w jego grze. W tej iluzji całkowitej uległości. Odchylam głowę, a on przywiera ustami do mojej szyi, drapie mnie brodą. Szlocham i krzyczę, czując przenikające mnie fale rozkoszy. On wydaje z siebie triumfalny okrzyk i osuwa się na mnie bezwładnie. Jest tak ciężki, że nie mogę się ruszyć i z trudem oddycham.

W końcu zmienia pozycję i unosi głowę. Patrzę w jego oczy, które jeszcze przed chwilą płonęły żądzą, których spojrzenie przerażało mnie i podniecało, i widzę kogoś zupełnie innego. Mężczyznę, który spokojnie rozluźnia rzemienie wokół przegubów moich nadgarstków i kostek. Gdy masuję posiniaczone ciało, nie mogę uwierzyć, że to on był tą dziką bestią, która mnie zaatakowała. Teraz widzę innego człowieka. Jest spokojny, opanowany. Nawet czuły.

Chwyta mnie za rękę i podnosi z łóżka. Stoimy twarzą w twarz, nadzy i wpatrzeni w siebie, ale kiedy spoglądam mu w oczy, nic w nich nie mogę wyczytać. Jakbym patrzyła na portret na ścianie.

– Teraz znasz mój sekret – mówi. – Tak jak ja twój.

– Jaki sekret?

– Znasz moje potrzeby. Moje pragnienia. – Przenika mnie dreszcz, gdy przesuwa palcem wzdłuż mojego obojczyka. – Przestraszyłem cię?

– Tak – szepczę.

– Nie musisz się bać. Nigdy nie niszczę swojej własności.

– Czy tym dla ciebie jestem? Twoją własnością?

– I to cię podnieca, prawda? Być zniewoloną tak, jak zrobiłem to tej nocy? Dać się posiąść i nie mieć wpływu na to, co z tobą zrobię?

Przełykam ślinę i wciągam nerwowo powietrze.

– Tak.

– A zatem spodoba ci się moja następna wizyta. Będzie inaczej.

– Jak?

Unosi mój podbródek i patrzy mi w oczy wzrokiem, który przyprawia mnie o dreszcz.

– Dziś, droga Avo, czułaś rozkosz. Ale gdy wrócę... – Uśmiecha się. – Poczujesz ból.

# Rozdział czternasty

Sądząc z wyglądu, recepcjonistka doktora Bena Gordona mogłaby być jego babcią. W rzędzie zdjęć wiszących w poczekalni widzę jej o wiele młodszą twarz, w okularach z takimi samymi oprawkami w kształcie kocich oczu, jakie ma teraz, uśmiechającą się z fotografii zrobionej czterdzieści dwa lata temu, gdy w tym samym budynku mieścił się gabinet doktora Edwarda Gordona. Jest też na innym zdjęciu, o dwadzieścia lat późniejszym, gdzie – częściowo już posiwiała – pozuje z doktorem Paulem Gordonem. Doktor Ben Gordon należy do trzeciego już pokolenia rodu lekarzy, którzy praktykują w Tucker Cove, a panna Viletta Hutchins była recepcjonistką ich wszystkich.

– Ma pani szczęście, że zmieścił panią dzisiaj w grafiku – mówi, wręczając mi podkładkę do pisania z czystą kartą informacyjną pacjenta. – Zwykle nie przyjmuje w porze lunchu, ale powiedział, że pani pilnie potrzebuje konsultacji. Teraz, gdy w mieście jest tylu turystów, ma zajęte terminy na kilka tygodni naprzód.

– Mam też duże szczęście, że odbywa domowe wizyty – mówię, dając jej swoją legitymację ubezpieczeniową. – Nie sądziłam, że lekarze jeszcze to robią.

Panna Hutchins patrzy na mnie, unosząc brwi.

– Odwiedził panią w domu?

– W zeszłym tygodniu. Kiedy zemdlałam.

– Naprawdę? – To wszystko, co mówi, po czym raz jeszcze spogląda dyskretnie do książki przyjęć. W tej epoce elektronicznych kartotek dziwnie jest zobaczyć nazwiska pacjentów wypisane odręcznie. – Proszę usiąść, pani Collette.

Siadam w fotelu, by wypełnić kartę pacjenta. Nazwisko, adres, przebyte choroby. Gdy dochodzę do rubryki KONTAKT W NAGŁYCH WYPADKACH, waham się. Przez chwilę wpatruję się w tę rubrykę, w którą zawsze wpisywałam dotychczas nazwisko Lucy. Teraz podaję jednak imię, nazwisko i telefon Simona. Nie jest moim krewnym, ale pozostaje nadal przyjacielem. Tego mostu jeszcze za sobą nie spaliłam. Na razie.

– Avo? – Ben Gordon staje w drzwiach, uśmiechając się do mnie. – Obejrzyjmy to ramię, dobrze?

Zostawiam podkładkę recepcjonistce i podążam za nim korytarzem do gabinetu, gdzie cały sprzęt wygląda krzepiąco nowocześnie, w przeciwieństwie do staroświeckiej panny Hutchins. Gdy wchodzę na stół diagnostyczny, podchodzi do umywalki i myje ręce, jak przystało na profesjonalnego lekarza.

– Jak gorączka? – pyta.

– Minęła.

– Wzięła pani do końca antybiotyki?

– Do ostatniej pigułki. Zgodnie z pana zaleceniami.

– Jak apetyt? Energia?

– W zasadzie czuję się dobrze.

– Medyczny cud! Od czasu do czasu stawiam właściwą diagnozę.

– Naprawdę chcę panu podziękować.

– Za to, że robię, co do mnie należy?

– Że bardzo się pan stara mi pomóc. Rozmawiając z pana recepcjonistką, odniosłam wrażenie, że nie odwiedza pan zwykle pacjentów w domu.

– No cóż, mój dziadek i ojciec często to robili. Strażnica Brodiego nie jest aż tak daleko od miasta, więc bez problemu mogłem tam zajrzeć. Chciałem oszczędzić pani podróży na ostry dyżur. – Wyciera ręce i odwraca się do mnie. – A teraz spójrzmy na ramię.

Rozpinam mankiet bluzki.

– Wydaje mi się, że wygląda dużo lepiej.

– Ten dziki kocur już więcej pani nie zadrapał?

– Nie jest aż tak złośliwy, jak się wydaje. Tego dnia, kiedy mnie podrapał, był po prostu przestraszony. – Nie powiem mu, co przeraziło Hannibala, bo mógłby zakwestionować moją poczytalność. Podwijam rękaw powyżej łokcia. – Zadrapań już prawie nie widać.

Przygląda się zabliźnionym śladom po pazurach.

– Wysypka zdecydowanie ustępuje. Nie czuje pani zmęczenia, bólów głowy?

– Nie.

Rozprostowuje mi rękę i dotyka łokcia.

– Zobaczmy, czy węzły chłonne nie są powiększone. – Milknie, marszcząc brwi na widok siniaka wokół mojego nadgarstka. Jest bledszy, ale nadal wyraźny.

Odsuwam rękę i opuszczam rękaw koszuli.

– Naprawdę dobrze się czuję – rzucam.

– Skąd wziął się ten siniak?

– Musiałam się o coś uderzyć. Nawet nie pamiętam.

– Czy jest coś, o czym chciałaby pani ze mną porozmawiać? Cokolwiek?

Zadaje to pytanie spokojnym, łagodnym tonem. Gdzież mogę bezpieczniej wyznać prawdę niż tutaj, temu człowiekowi, którego praca polega na tym, by wysłuchiwać najbardziej wstydliwych sekretów pacjentów? Zapinając mankiet bluzki, nie odzywam się jednak ani słowem.

– Czy ktoś panią krzywdzi, Avo?

– Nie. – Zmuszam się, by spojrzeć mu w oczy, i odpowiadam spokojnie: – To naprawdę nic takiego.

Po chwili kiwa głową.

– Moim zadaniem jest troszczyć się o dobro pacjentów. Wiem, że mieszka pani na tym wzgórzu całkiem sama, więc chcę mieć pewność, że czuje się pani bezpieczna. Że jest pani bezpieczna.

– Jestem… pomijając to, że mam agresywnego kota.

Reaguje śmiechem na te słowa, rozładowując napiętą atmosferę. Wyczuwa zapewne, że nie wszystko mu powiedziałam, ale na razie nie naciska, bym wyznała prawdę. A co by

pomyślał, gdybym wyjawiła, co mi się przydarzyło w wieżyczce? Czy byłby zaszokowany, słysząc, że sprawiło mi to
przyjemność? Że od tamtej nocy wyczekuję z utęsknieniem
powrotu mojego kochanka ducha?

– Nie widzę już potrzeby kontrolnej wizyty, chyba że
powróci gorączka – oznajmia, zamykając moją kartę. – Jak
długo jeszcze zostaje pani w Tucker Cove?

– Wynajęłam dom do końca października, ale zaczynam
myśleć, że może zostanę dłużej. Okazuje się, że to dla mnie
idealne miejsce do pisania.

– Ach, tak – mówi, odprowadzając mnie do recepcji. –
Słyszałem wiele o pani książce. Billy Conway powiedział
mi, że zaserwowała mu pani potrawkę wołową, za którą warto by umrzeć.

– Czy jest w tym mieście ktokolwiek, kogo pan nie zna?

– Na tym polega urok mieszkania w Tucker Cove. Wiemy wszystko o wszystkich, a jednak nadal ze sobą rozmawiamy. Przynajmniej zazwyczaj.

– Co jeszcze pan o mnie słyszał?

– Oprócz tego, że wspaniale pani gotuje? Że bardzo się
pani interesuje historią naszego miasteczka.

– To pan wie od pani Dickens, tak?

Przytakuje, śmiejąc się z zażenowaniem.

– Tak, od pani Dickens.

– To nie fair. Pan wie o mnie wszystko, a ja o panu nic.

– Zawsze może pani dowiedzieć się więcej. – Otwiera
drzwi i oboje wychodzimy do poczekalni. – Interesuje się
pani sztuką?

– Dlaczego pan pyta?

– W galerii Seaglass w centrum jest dziś wieczorem wernisaż. To otwarcie wystawy dzieł miejscowych artystów. Będą tam dwa moje obrazy. Może zechce pani wpaść.

– Nie miałam pojęcia, że jest pan malarzem.

– Więc teraz coś już pani o mnie wie. Nie twierdzę, że jestem Picassem czy kimś takim, ale malowanie pozwala mi uciec od problemów.

– Może wpadnę i rzucę okiem.

– A jak już pani tam będzie, zobaczy pani ptaki, które wyrzeźbił Ned.

– Ma pan na myśli Neda cieślę?

– Jest kimś więcej niż cieślą. Przez całe życie rzeźbi w drewnie, a jego dzieła są sprzedawane w galeriach w Bostonie.

– Nigdy mi nie wspominał, że jest artystą.

– Wiele osób w tym mieście ma ukryte zdolności.

A także tajemnice, myślę, wychodząc z przychodni. Zastanawiam się, jak by zareagował, gdyby poznał moje sekrety. Jeśli znałby przyczynę mojego wyjazdu z Bostonu. Gdyby wiedział, co mi się przydarzyło w wieżyczce Strażnicy Brodiego. Od kilku nocy wyczekuję z utęsknieniem powrotu kapitana. Może to część kary, którą mi wymierza, zmuszając mnie do rozmyślania, czy kiedykolwiek znów się pojawi.

Idę ulicą pełną turystów, z których żaden nie wyobraża sobie nawet, jakie wspomnienia krążą mi po głowie. Czerwona aksamitna kotara. Skórzane kajdanki. Szelest rozcinanej jedwabnej sukni. Przystaję nagle, pocąc się w upale i czując pulsowanie w uszach. Czy tak objawia się szaleństwo, takim dzikim lawirowaniem między wstydem a żądzą?

Myślę o liście, który napisała sto pięćdziesiąt lat temu zakochana beznadziejnie nastolatka o imieniu Ionia. Ona też miała obsesję na punkcie Jeremiaha Brodiego. Jakie krążyły na jego temat skandaliczne pogłoski, skoro matka Ioni zabroniła jej się z nim kontaktować? Ile kobiet sprowadzał za życia do swojej wieżyczki?

Z pewnością nie jestem wyjątkiem.

◻ ◻ ◻

W Agencji Nieruchomości Branca zastaję Donnę przy biurku. Jak zwykle rozmawia przez telefon i wita mnie gestem, który oznacza „Zaraz się panią zajmę". Siadam w poczekalni i oglądam wiszące na ścianie zdjęcia nieruchomości. Farmy otoczone zielonymi polami. Domy nad morzem. Wiktoriańska rezydencja w stylu domku z piernika. Czy którakolwiek z tych posiadłości jest nawiedzana przez duchy albo ma potajemne komnaty umeblowane tak, by móc oddawać się tam skandalicznym rozkoszom?

– W domu wszystko w porządku, Avo? – Donna skończyła rozmowę i siedzi teraz z dłońmi splecionymi służbowo na blacie biurka, zawsze wytworna biznesmenka w granatowym kostiumie.

– Fantastycznie – odpowiadam.

– Dostałam właśnie od Neda ostateczny rachunek za prace ciesielskie. Chyba skończyli remont.

– Świetnie się spisali. Wieżyczka wygląda pięknie.

– I teraz ma pani dom wyłącznie dla siebie.

Niezupełnie. Milczę przez chwilę, próbując tak sformułować pytanie, by nie zabrzmiało zbyt kuriozalnie.

– Chciałabym… hm… skontaktować się z kobietą, która mieszkała w tym domu przede mną. Podobno miała na imię Charlotte? Nie znam jej nazwiska.

– Charlotte Nielson. Po co szuka pani z nią kontaktu?

– Zostawiła w domu nie tylko książkę kucharską. Znalazłam w szafie w sypialni jedwabną chustę od Hermèsa. Jest bardzo droga i Charlotte na pewno chciałaby ją odzyskać. Mam rachunek w FedExie i chętnie wyślę przesyłkę, jeśli da mi pani jej adres. I maila.

– Niestety, Charlotte nie odpowiada ostatnio na maile. Napisałam do niej już wiele dni temu o książce kucharskiej i dotąd się nie odezwała. – Donna obraca się na fotelu, by zajrzeć do komputera. – Tu mam jej adres. Commonwealth Avenue, czterdzieści trzy osiemnaście, mieszkanie trzysta czternaście – czyta na głos, a ja notuję to na skrawku papieru. – Musi mieć jakieś poważne problemy.

– Słucham? – Podnoszę wzrok.

– Po tym, jak wyjechała, przysłała mi wiadomość, że ma problemy rodzinne, i przepraszała, że nie dotrzymała warunków umowy. Zapłaciła czynsz do końca sierpnia, więc właściciel się nie sprzeciwiał. Ale muszę przyznać, że był to nagły wyjazd… i trochę dziwny.

– Nie powiedziała pani, jakie ma problemy?

– Nie. Dostałam tylko maila. Pojechałam sprawdzić, w jakim stanie jest dom, i już jej tam nie było. Musiała się bardzo spieszyć. – Donna obdarza mnie radosnym uśmiechem agentki nieruchomości. – Ale dzięki temu pani mogła ten dom wynająć!

Opowieść o lokatorce uciekającej nagle ze Strażnicy Brodiego wydaje mi się więcej niż dziwna. Brzmi alarmująco, ale nie mówię tego; wstaję i ruszam do wyjścia.

Jestem już przy drzwiach, gdy Donna mówi:

– Nie wiedziałam, że ma już pani w mieście znajomych.

Odwracam się.

– Znajomych?

– Przyjaźni się pani z Benem Gordonem, prawda? Widziałam was razem w kafejce.

– No, tak. – Wzruszam ramionami. – Zakręciło mi się wtedy trochę w głowie od upału i doktor bał się, że zemdleję. Sprawia wrażenie bardzo miłego człowieka.

– Owszem. Jest miły dla wszystkich – dodaje z oczywistym podtekstem: „Nie myśl, że jesteś wyjątkowa". Sądząc po lodowatym spojrzeniu, jakim mnie obdarza, doktor Ben Gordon stanowi temat, którego w przyszłości powinnyśmy unikać.

Sięga po telefon, a kiedy wychodzę, wystukuje już kolejny numer.

◦ ◦ ◦

Wyciągam z szafy sypialni jedwabną chustę, podziwiając raz jeszcze jej letni wzór z różami. Jest odpowiednia na przyjęcie w ogrodzie, do flirtowania i picia szampana. Stanowiłaby idealny rozjaśniający dodatek do jednej z moich banalnych czarnych sukienek i przez chwilę kusi mnie, by ją zatrzymać. W końcu Charlotte się o nią nie upomniała, więc aż tak jej nie zależy, by ją odzyskać. Ale to jej chusta, nie moja, a skoro zamierzam zapytać Charlotte o ducha z wieżyczki, to może być najlepszy temat na rozpoczęcie rozmowy.

Schodzę na dół, owijam chustę w bibułę, wsadzam ją, razem z książką kucharską, do koperty FedExu i dołączam list.

*Charlotte, jestem nową lokatorką w Strażnicy Brodiego. Zostawiłaś tu swoją książkę kucharską i tę prześliczną chustę i z pewnością chcesz je odzyskać.*

*Jestem pisarką i bardzo bym chciała pogawędzić z Tobą o tym domu i Twoich doświadczeniach z życia tutaj. Mogą to być użyteczne informacje do nowej książki, którą piszę. Czy możemy porozmawiać przez telefon? Proszę, zadzwoń do mnie. Albo ja zadzwonię do Ciebie.*

Dodaję swój numer telefonu i adres mailowy i zaklejam kopertę. Jutro ją wyślę.

Tego popołudnia krzątam się po domu; czyszczę kuchenkę, karmię Hannibala (ponownie) i piszę nowy rozdział książki, tym razem o zapiekankach z ryb. W miarę jak zegar odmierza godziny ku wieczorowi, przesyłka do Charlotte coraz bardziej mnie rozprasza. Myślę o tym, ile rzeczy zostawiła. Butelki whisky (które dawno już opróżniłam, wielkie dzięki). Chustę. Pojedynczy klapek. Egzemplarz *Radości gotowania* z dedykacją. To, że nie zabrała tej książki, najbardziej mnie zdumiewa. Zaplamiona tłuszczem, była najwyraźniej jej wierną towarzyszką w kuchni i nie mieści mi się w głowie, bym ja mogła kiedykolwiek zostawić którąś z moich bezcennych książek kucharskich.

Zamykam laptopa i uświadamiam sobie, że nie pomyślałam nawet o kolacji. Czy to będzie kolejna długa noc nadziei, że on się pojawi? Wyobrażam sobie, jak za dziesięć, dwadzieścia lat siedzę nadal samotna w tym domu, licząc, że uda mi się spojrzeć przelotnie na człowieka, którego tylko ja widzę. Ile nocy, ile lat będę tu czekała, mając do towarzystwa jedynie kolejne koty?

Zerkam na zegar i widzę, że jest już siódma. O tej porze w galerii Seaglass w centrum miasta ludzie piją wino i podziwiają dzieła sztuki. Rozmawiają nie ze zmarłymi, lecz z żywymi.

Chwytam torebkę i wychodzę z domu, by do nich dołączyć.

# Rozdział piętnasty

Przez okno galerii widzę tłum elegancko ubranych ludzi sączących szampana z wąskich kieliszków i kobietę w długiej czarnej spódnicy, grającą na harfie. Nie znam żadnej z tych osób i nie mam wieczorowej kreacji. Zastanawiam się, czy nie wsiąść do samochodu i nie wrócić do domu, ale nagle zauważam w tłumie Neda Haskella. Jego nazwisko widnieje na liście prominentnych artystów, umieszczonej w oknie galerii, i chociaż Ned jest jak zwykle w dżinsach, wystroił się na tę okazję w białą koszulę. Widok jednej znajomej twarzy zachęca mnie do wejścia.

W środku chwytam kieliszek szampana, by dodać sobie odwagi, i ruszam przez salę w kierunku Neda. Stoi obok ekspozycji wyrzeźbionych przez siebie ptaków, umieszczonych na postumentach. Jak mogłam nie wiedzieć, że cieśla, który remontował Strażnicę Brodiego, jest również artystą, i to znakomitym? Każdy z jego ptaków ma swą ekscentryczną osobowość. Pingwin cesarski stoi z odchylonym łebkiem i szeroko rozwartym dziobem, jakby ryczał ku niebu. Maskonur trzyma pod każdym skrzydłem rybę i spogląda groźnie, jak gdyby chciał powiedzieć: „Niech ktoś tylko ośmieli się mi je zabrać!". Rzeźby rozbawiają mnie i widzę nagle Neda w innym świetle. Jest nie tylko zdolnym cieślą, lecz także artystą, któremu nie brakuje fantazji. W otoczeniu tego eleganckiego tłumu czuje się najwyraźniej nieswojo i peszą go jego wielbiciele.

– Dopiero teraz dowiaduję się o pana ukrytym talencie – zwracam się do niego. – Pracował pan w Strażnicy Brodiego przez kilka tygodni i nigdy się pan nie przyznał, że jest artystą.

Wzrusza skromnie ramionami.

– To tylko jedna z moich tajemnic.

– Są jeszcze inne, które powinnam poznać?

Mimo pięćdziesięciu ośmiu lat Ned nadal się rumieni i uważam to za czarujące. Zdaję sobie sprawę, jak niewiele właściwie o nim wiem. Czy ma dzieci? Powiedział mi, że nigdy się nie ożenił, ale jestem ciekawa, czy kiedykolwiek w jego życiu była jakaś kobieta. Pokazał mi, jak zdolnym jest cieślą, ale poza tym niczego nie ujawnił.

Pod tym względem jesteśmy do siebie bardziej podobni, niż sądzi.

– Podobno sprzedaje pan swoje rzeźby także w Bostonie.

– Taaak, w tamtejszej galerii nazywają je „sztuką rustykalną" czy jakoś tak. Jeszcze nie doszedłem, czy to obraźliwe określenie.

Rozglądam się po tłumie gości popijających szampana.

– Ci ludzie nie wyglądają na wieśniaków.

– Nie, większość z nich jest z miasta.

– Podobno doktor Gordon wystawia tu dzisiaj kilka obrazów.

– W sąsiedniej sali. Słyszałem, że już jeden sprzedał.

– Nie miałam pojęcia, że on też jest artystą. Jeszcze jeden człowiek z ukrytym talentem.

Ned odwraca się i spogląda w głąb sali.

– Ludzie bywają skomplikowani, Avo – mówi cicho. – Nie zawsze widać, jacy są naprawdę.

Podążam za jego spojrzeniem i widzę, że do galerii właśnie weszła Donna Branca. Sięga akurat po szampana, gdy spotykają się nasze spojrzenia, i przez chwilę jej ręka zastyga nad tacą z drinkami. Unosi kieliszek do ust, wypija demonstracyjnie łyk i odchodzi.

– Czy Donnę Brancę i Bena Gordona… coś łączy? – pytam Neda.

– W jakim sensie?

– To znaczy… czy się spotykają?

Patrzy na mnie, unosząc brwi.

– Dlaczego pani pyta?

– Wydawała się trochę poirytowana, jak któregoś dnia zobaczyła mnie z Benem.

– A pani się z nim umawia?

– Po prostu mnie intryguje. Był na tyle uprzejmy, że odwiedził mnie w domu, kiedy zemdlałam w zeszłym tygodniu.

Ned milczy przez dłuższą chwilę i zastanawiam się, czy – będąc osobą z zewnątrz – nie poruszyłam jakiegoś zakazanego tematu. W takim małym miasteczku jak Tucker Cove wszyscy tak dobrze się znają, że każdy romans musi wydawać się niemal kazirodczym związkiem.

– Sądziłem, że ma pani faceta w Bostonie – odzywa się w końcu.

– Jakiego faceta?

– Słyszałem, że rozmawiała pani przez telefon z jakimś Simonem. Przypuszczałem…

Wybucham śmiechem.

– To mój wydawca. I jest w związku. Z bardzo miłym mężczyzną o imieniu Scott.

– O…

– Więc zdecydowanie nie rokuje nadziei.

Ned patrzy na mnie z zaciekawieniem.

– A szuka pani partnera?

Przyglądam się mężczyznom obecnym w galerii. Niektórzy są przystojni, a wszyscy jak najbardziej żywi. Od miesięcy już nie czułam żadnego zainteresowania płcią przeciwną i wszystkie moje żądze były w stanie hibernacji.

– Być może szukam. – Biorę kolejny kieliszek szampana i przechodzę do następnej sali, lawirując między kobietami w czarnych sukienkach. Podobnie jak one, jestem tu przejazdem, ale w tym tłumie czuję się obco. Nie mieszkam w stanie Maine ani nie kolekcjonuję dzieł sztuki. Należę do całkowicie odrębnej kategorii. Jestem kobietą, która mieszka z kotem w nawiedzonym domu.

Nie jadłam kolacji i szampan uderzył mi do głowy. Galeria wydaje mi się zbyt hałaśliwa, zbyt jasna. Zanadto wypełniona sztuką. Rozglądam się po ścianach, na których wiszą mroczne abstrakcyjne obrazy i gigantyczne fotografie starych samochodów. Mam szczerą nadzieję, że płótna Bena Gordona nie wzbudzą mojej niechęci, bo nie potrafię kłamać wystarczająco dobrze, by wykrzyknąć z fałszywym entuzjazmem: „Wspaniałe dzieło!". Nagle dostrzegam przyklejoną do jednej z ram charakterystyczną czerwoną etykietę, wskazującą, że obraz został sprzedany, i natychmiast rozumiem, dlaczego ktoś zapłacił za niego dwa i pół tysiąca dolarów. Na płótnie widnieją spieniona kipiel morza, miotane wiatrem fale i horyzont z niepokojącą mgławicą burzowych chmur. Podpis artysty, *B Gordon*, jest niemal niewidoczny na tle zmąconej zielonej wody.

Obok wisi drugi obraz B. Gordona, nadal wystawiony do sprzedaży. Ten nie przedstawia złowieszczego pejzażu morza, lecz plażę z omywającą kamienie spokojną wodą. Jest tak realistyczny, że można by go wziąć za fotografię. Pochylam się, by przyjrzeć się z bliska pociągnięciom pędzla. Każdy szczegół, od wykręconego pnia drzewa po obrośnięte wodorostami skały i wybrzeże wokół zakończonej cyplem zatoki, świadczy o tym, że to widok autentycznego miejsca. Zastanawiam się, ile godzin, ile dni Ben spędził na tej plaży, malując ją w półmroku zapadającego zmierzchu.

– Mam zdobyć się na odwagę i zapytać o pani opinię, czy powinienem się ulotnić?

Byłam tak oczarowana obrazem, że nie spostrzegłam, kiedy Ben stanął przy mnie. Choć otacza nas tłum ludzi, skupia uwagę tylko na mnie, a jego spojrzenie jest tak intensywne, że muszę odwrócić głowę. Nie patrzę na niego, tylko na jego płótno.

– Będę z panem absolutnie szczera – mówię.

– Chyba powinienem przygotować się na najgorsze.

– Kiedy powiedział mi pan, że jest artystą, nie wyobrażałam sobie, że pańskie obrazy są aż tak dobre. Ten pejzaż wygląda tak realistycznie, że czuję niemal pod stopami kamienie. Właściwie szkoda, że został pan lekarzem.

– Hm... medycyna nie była moim pierwszym wyborem.

– Więc po co poświęcił pan tyle lat na studia?

– Była pani w moim gabinecie. Widziała pani fotografie mojego ojca i dziadka. W Tucker Cove zawsze był jakiś doktor Gordon, więc jak mogłem złamać tę tradycję? – Śmieje się ze smutkiem. – Ojciec powtarzał, że mogę zawsze malować w wolnym czasie. Nie miałem dość odwagi, by sprawić mu zawód. – Wpatruje się w morski pejzaż, jakby dostrzegał w tej wzburzonej zielonej wodzie własne życie.

– Nigdy nie jest za późno, żeby się zbuntować.

Przez chwilę uśmiechamy się do siebie. Wokół nas kłębi się tłum, a salę wypełniają dźwięki harfy. Nagle ktoś poklepuje Bena po ramieniu, a gdy on się odwraca, stoi przed nim szczupła brunetka, która przyprowadziła właśnie parę starszych ludzi, by im go przedstawić.

– Przepraszam, że ci przeszkadzam, Ben, ale to państwo Weberowie z Cambridge. Są pod wielkim wrażeniem twojego obrazu *Widok z plaży* i chcieli poznać jego malarza.

– Czy to miejsce naprawdę istnieje? – pyta pani Weber. – Bo wygląda aż zbyt idealnie.

– Tak, to prawdziwa plaża, ale trochę ją podretuszowałem. Usunąłem wszystkie rupiecie. Zawsze maluję z natury.

Gdy Weberowie podchodzą do obrazu, aby mu się dokładniej przyjrzeć i zadać kolejne pytania, wycofuję się, by Ben mógł dokończyć transakcję. Ale on chwyta mnie za ramię i szepcze:

– Zostanie pani trochę dłużej, Avo? Może później coś razem przekąsimy?

Nie mam czasu się zastanowić, ponieważ Weberowie i brunetka przyglądają się nam. Kiwam tylko głową i odchodzę.

Kolacja z moim lekarzem. Nie takiego wieczoru się dzisiaj spodziewałam.

Przechadzam się po sali, sącząc szampana i rozmyślając, czy nie oczekuję więcej, niż powinnam, po zaproszeniu Bena. Jest ósma i w galerii panuje teraz taki tłok, że nie mogę się dopchać do najciekawszych eksponatów. Nie uważam się za znawczynię sztuki, ale wiem, co mi się podoba, i widzę w galerii parę prawdziwych skarbów. Wykonaną przez Neda rzeźbę maskonura zdobi już czerwona nalepka, a jego zapędziła do narożnika jakaś kobieta w jaskrawopurpurowej luźnej sukience. Po zbyt wielu nocach spędzonych samotnie w domu na wzgórzu czuję się tak, jakbym wybudziła się w końcu ze śpiączki. Ben Gordon zasługuje, bym mu za to podziękowała.

Zebrała się wokół niego grupka ludzi i stoi teraz w otoczeniu państwa Weberów, ciemnowłosej właścicielki galerii i kilkunastu wielbicieli. Rzuca mi przepraszające spojrzenie i to wystarcza, bym cierpliwie czekała, choć zaczyna mi się kręcić w głowie z głodu i nadmiaru szampana. Dlaczego wybrał akurat mnie, skoro mógł zaprosić na kolację tyle innych kobiet? Dlatego, że jestem nową dziewczyną w miasteczku? Może jako kawaler do wzięcia obawia się, że kobiety z Tucker Cove będą go prześladowały, a ja jestem tą jedyną, która się nim nie interesuje?

Ale czy rzeczywiście?

Spaceruję po galerii, zerkając na dzieła sztuki, ale moją uwagę przyciąga Ben. Jego głos, jego śmiech. Przystaję przed abstrakcyjną rzeźbą z brązu zatytułowaną *Pasja*. Przedstawia ciała o zaokrąglonych kształtach, splecione tak dokładnie, że nie wiadomo, gdzie jedno się zaczyna, a drugie kończy. Przypominam sobie wieżyczkę i Jeremiaha Brodiego. Myślę o skórzanych kajdankach wokół moich nadgarstków i o naszych ciałach, spoconych, przywierających do siebie. Zasycha mi w ustach. Czerwienieje mi twarz. Zamykam oczy, dotykając krągłości rzeźby. Brąz jest równie twardy i zimny jak mięśnie na karku kapitana. Błagam, przyjdź do mnie dziś w nocy. Pragnę cię.

– Gotowa do wyjścia, Avo?

Otwieram oczy i widzę Bena, który się do mnie uśmiecha. Szacowny doktor Gordon najwyraźniej się mną interesuje, ale czy z wzajemnością? Czy mężczyzna z krwi i kości potrafi zadowolić mnie tak samo jak Jeremiah Brodie?

Uciekamy z zatłoczonej galerii i wychodzimy w ciepłą letnią noc. Wygląda na to, że wszyscy mieszkańcy Tucker Cove spacerują tego wieczoru po ulicach. Sklepy z podkoszulkami są pełne ludzi, a przed lodziarnią stoi jak zwykle długa kolejka.

– Nie znajdziemy chyba nigdzie wolnego stolika – mówię, gdy przechodzimy obok kolejnej zatłoczonej restauracji.

– Znam miejsce, gdzie nie będzie nam potrzebny.

– Co to za miejsce?

Uśmiecha się szeroko.

– Jest tam najlepsze jedzenie w Tucker Cove. Proszę mi zaufać.

Opuszczamy centrum miasteczka i zmierzamy brukowaną ulicą w kierunku portu. Na przystani, gdzie przechadza się tylko paru turystów, jest spokojniej. Mijamy żaglowce ze skrzypiącymi cumami i ciągnącego sieci rybaka.

– Zbliża się przypływ. Pora na makrelę! – woła rybak.

Spoglądam na jego połów i w mdłym blasku latarni ulicznych dostrzegam wijące się w wiadrze srebrne ryby.

Ben i ja idziemy dalej, w kierunku niewielkiej grupki ludzi zebranych wokół mobilnego punktu sprzedaży jedzenia. Widzę parujące garnki i chwytam w nozdrza smakowite zapachy. Teraz już wiem, dlaczego Ben przyprowadził mnie na przystań.

– Żadnych srebrnych sztućców, żadnego obrusa, tylko homary – mówi. – Mam nadzieję, że to pani pasuje.

Więcej niż pasuje. Dokładnie tego pragnę.

Kupujemy homary prosto z wrzątku, kolby kukurydzy i frytki i niesiemy nasze wiktuały nad brzeg morza. Siadamy z nogami zwieszonymi ze skał i papierowymi tackami na kolanach. Brakuje tylko butelki wina, ale po wypiciu trzech kieliszków szampana mam już na ten wieczór dość alkoholu.

Jestem zbyt głodna, by prowadzić rozmowę, więc biorę się od razu do jedzenia; wydobywam wprawnie mięso ze skorupy i wtykam je do ust.

– Widzę, że nie potrzebuje pani instrukcji, jak jeść homary – zauważa Ben.

– Miałam sporo praktyki w kuchni. Powinien pan zobaczyć, jak szybko je oprawiam. – Ocieram z podbródka stopione masło i uśmiecham się szeroko. – To jest dla mnie idealny posiłek. Bez natarczywych kelnerów i pretensjonalnego menu. Prostota i świeżość zawsze górą.

– Tak twierdzi autorka książek kucharskich.

– Raczej miłośniczka jedzenia. – Odgryzam kawałek kukurydzy i jest taka, jak miałam nadzieję, słodka i chrupiąca. – Zamierzam poświęcić cały rozdział książki homarom.

– Wie pani, że uważano je kiedyś za śmieciowe pożywienie? Jeśli jadałeś homara na lunch, wszyscy zakładali, że jesteś biedny.

– Nieprawdopodobne! Jak można tak myśleć o pokarmie bogów?

Ben śmieje się.

– Nie wiem, czy to pokarm bogów, ale jeśli potrzebuje pani jakichkolwiek informacji na temat homarów, skontaktuję panią z kapitanem Andym. – Wskazuje na łódź kołyszącą się na falach w porcie. – To jego łajba. *Leniwa Dziewczyna*. Może panią zabrać w rejs i opowiedzieć o połowach homarów więcej, niż zdoła pani zapamiętać.

– Chętnie skorzystam. Dziękuję.

Ben wpatruje się w mroczny port.

– Jako chłopak pracowałem na niektórych z tych łodzi. Pewnego lata należałem do załogi *Mary Ryan*, która tam stoi. – Wskazuje na trzymasztowy szkuner, zacumowany na przystani. – Tata chciał, żebym pracował w szpitalu jako laborant, ale nie mogłem znieść myśli, że spędzę całe lato w zamkniętym pomieszczeniu. Musiałem być na powietrzu, na wodzie. – Wyrzucony przez niego kawałek pancerza homara ląduje w morzu z cichym pluskiem. – Żegluje pani?

– Siostra i ja pływałyśmy w dzieciństwie żaglówką po jeziorze w New Hampshire.

– A więc ma pani siostrę? Starszą czy młodszą?

– Dwa lata starszą.

– Czym się zajmuje?

– Jest lekarką w Bostonie. Chirurgiem ortopedą. – Czuję się niezręcznie, rozmawiając o Lucy, więc szybko zmieniam temat. – Nigdy jednak nie żeglowałam po oceanie. Szczerze mówiąc, morze trochę mnie przeraża. Jeden błąd i jest po wszystkim. A tak przy okazji… – Odwracam się do niego. – Wiadomo coś o tych zwłokach, które poławiacz homarów wyciągnął z wody?

Wzrusza ramionami.

– Nic nowego nie słyszałem. Prawdopodobnie to był wypadek. Ludzie wypływają na łodziach i piją za dużo. Są nierozważni. – Patrzy na mnie. – Ja na wodzie zachowuję ostrożność. Dobry żeglarz traktuje ocean z należytym szacunkiem.

Myślę o kapitanie Brodiem, który z pewnością znał ocean jak mało kto. A jednak nawet on zginął na morzu i teraz jego kości spoczywają pod falami. Przechodzi mnie dreszcz, jakby wiatr wyszeptał właśnie moje imię.

– Pomogę pani pokonać lęki, Avo.

– Jak?

– Proszę wybrać się ze mną w rejs. Pokażę pani, że trzeba tylko wiedzieć, czego oczekiwać, i być na to przygotowanym.

– Ma pan łódź?

– Dziesięciometrową drewnianą szalupę. To stara łajba, ale wypróbowana i wierna. – Wrzuca do wody kolejny kawałek pancerza homara. – I żeby wszystko było jasne, nie zapraszam pani oficjalnie na randkę.

– Nie?

– Lekarze nie powinni umawiać się z pacjentkami.

– Więc chyba będziemy musieli nazwać to jakoś inaczej.

– A więc popłynie pani ze mną?

Jak na coś, co nie jest randką, zaczyna to podejrzanie ją przypominać. Nie odpowiadam mu od razu, ale zastanawiam się nad jego propozycją, sprzątając serwetki i plastikowe sztućce po naszym posiłku. Nie wiem, czemu się waham. Nigdy dotąd nie byłam szczególnie ostrożna w kontaktach z mężczyznami, a z praktycznego punktu widzenia Ben Gordon jest świetną partią. Niemal słyszę zawsze rozsądny głos Lucy, która przez całe życie mnie pilnowała. „On ma wszelkie atuty, Avo! Atrakcyjny, inteligentny, a w dodatku jest lekarzem. To dokładnie taki mężczyzna, jakiego potrzebujesz po tych kolejnych Panach Pomyłkach, z którymi się umawiałaś". A Lucy słyszała o nich wszystkich, o każdym błędzie, jaki popełniłam po pijanemu, o każdym facecie, z którym spałam, by potem tego żałować.

Nie wie tylko o jednym z nich.

Zerkam na Bena.

– Mogę zadać panu pytanie?

– Oczywiście.

– Zaprasza pan na rejs wszystkie swoje pacjentki?

– Nie.

– No to dlaczego zaprosił pan mnie?

– A czemu nie? – Wzdycha, widząc moje pytające spojrzenie. – Proszę wybaczyć, nie chcę, żeby zabrzmiało to lekceważąco. Chodzi o to, że… Nie wiem, co pani ma w sobie. W miasteczku pojawia się latem wiele kobiet. Zostają na parę tygodni, miesięcy, a potem wyjeżdżają. Nigdy nie widziałem sensu, by inwestować swoją emocjonalną energię w relacje z którąkolwiek z nich. Ale pani jest inna.

– Pod jakim względem?

– Pani mnie intryguje. Jest w pani coś takiego, że chcę dowiedzieć się o pani więcej. Jakby pod zewnętrzną warstwą kryło się bardzo wiele do odkrycia.

Śmieję się.

– Kobieta z tajemnicami.

– Jest pani nią?

Przyglądamy się sobie i obawiam się, że spróbuje mnie pocałować, a lekarz nie powinien tego robić z pacjentką. Na szczęście odwraca głowę i patrzy znów na port.

– Przepraszam. To pewnie zabrzmiało dość dziwacznie – tłumaczy się.

– Czuję się jak jajko niespodzianka, które chce pan otworzyć.

– Nie to miałem na myśli.

– A co?

– Chcę panią poznać, Avo. Zgłębić wszystkie duże i małe sekrety, które zechce mi pani wyjawić.

Milczę, myśląc o tym, co czeka mnie w wieżyczce. Jak Ben byłby zszokowany, gdyby się dowiedział, jak gorliwie przyjmuję rozkosz i ból. Tylko kapitan Brodie zna mój sekret. Jest idealnym partnerem, by dzielić mój wstyd, bo nic nikomu nie powie.

Moje milczenie zanadto się przedłuża i Ben wyczuwa, co to oznacza.

– Robi się późno. Powinna pani wrócić do domu.

Oboje wstajemy.

– Dziękuję za zaproszenie. Było mi bardzo miło.

– Powinniśmy to powtórzyć. Może następnym razem na wodzie?

– Pomyślę nad tym.

Uśmiecha się.

– Dopilnuję, żeby była idealna pogoda. Wtedy nie będzie pani musiała o nic się martwić.

□   □   □

Gdy docieram do domu, Hannibal siedzi w holu wejściowym, czekając na mnie. Przygląda mi się swymi lśniącymi kocimi oczami. Co jeszcze widzi? Czy wyczuwa obecność ducha? Staję u podnóża schodów i wciągam w nozdrza powietrze, ale czuję tylko zapach świeżej farby i trocin, zapach remontu.

Rozbieram się w sypialni i gaszę światła. Stoję naga w ciemnościach, wyczekując z nadzieją. Dlaczego on nie wrócił? Co muszę zrobić, by znów go zwabić? Z każdą mijającą nocą, kiedy go nie widzę, zaczynam obawiać się coraz bardziej, że nigdy nie istniał, że był jedynie fantazją zrodzoną z nadmiaru wina i samotności. Przyciskam ręce do skroni, zastanawiając się, czy takie są symptomy obłędu. A może to powikłania z powodu choroby kociego pazura, zapalenie albo uszkodzenie mózgu? Lucy zaakceptowałaby takie logiczne wyjaśnienie. Mikroby można w końcu zobaczyć przez mikroskop i wyhodować w próbówkach. Nikt nie wątpi w ich istnienie ani w to, że mogą spustoszyć ludzki mózg.

Może to rzeczywiście wina Hannibala.

Wchodzę do łóżka i przykrywam się po szyję kołdrą. Wiem, że przynajmniej to jest prawdziwe: dotyk lnianej pościeli na skórze, odległy szum oceanu i mruczenie leżącego przy mnie kocura.

Mrok nie przybiera żadnych kształtów. Żaden gęstniejący cień nie zmienia się w sylwetkę mężczyzny. Wyczuwam jakoś, że tej nocy mnie nie odwiedzi. Może w ogóle nigdy go tu nie było. Ale istnieje mężczyzna, który mógłby się znaleźć w moim łóżku, gdybym zechciała. Mężczyzna z krwi i kości.

Pora, bym dokonała wyboru.

# Rozdział szesnasty

Grotżagiel napręża się na wietrze, a ja chwytam się mocno relingu prawej burty, gdy *Callista* przechyla się na wodzie, tnąc dziobem fale.

– Zdenerwowana?! – woła do mnie Ben, trzymając ster.

– Aha… trochę!

– Nie ma się czym martwić. Proszę usiąść i podziwiać widoki. Mam wszystko pod kontrolą.

I rzeczywiście. Od chwili, gdy wkroczyłam na pokład *Callisty*, wiedziałam, że jestem w dobrych rękach. Ben pomyślał o każdym szczególe, aby to popołudnie na morzu było idealne. Woda gazowana i wino chłodzą się w lodówce, a kosz piknikowy jest wypełniony serami, owocami i kanapkami z kurczakiem. Zaproponowałam, że przygotuję lunch, ale zapewnił mnie, że wszystkim się już zajął, i rzeczywiście tak było. Rozglądam się po nieskazitelnie czystym pokładzie, gdzie wszystkie liny są starannie zwinięte, każde mosiężne okucie lśni, a tekowe drewno błyszczy od świeżego lakieru.

– Ta łódź nie wygląda na pięćdziesiąt lat – mówię.

– Jest drewniana, więc wymaga ciągłej konserwacji, ale należała do mojego taty, który przekręciłby się w grobie, gdybym o nią nie dbał. – Spogląda na grotżagiel i rozwiązuje kliwerszot. – Okej, gotowi do zmiany kierunku!

Gdy robi zwrot pod wiatr, umykam na lewą burtę. Łódź pochyla się i jestem znów tuż nad wodą.

– Jak dawno zmarł twój ojciec? – pytam.

– Pięć lat temu. Miał siedemdziesiątkę i nadal pracował na pełnym etacie jako lekarz. Zmarł, robiąc obchód w szpitalu. Ja nie chcę tak umierać.

– Jak?

– Na pewno nie w pracy. Raczej pływając po morzu, jak dzisiaj. Spędzając miło czas z kimś, kogo lubię.

Jego odpowiedź wydaje się zdawkowa, ale słyszę, że akcentuje słowa „z kimś, kogo lubię". Odwracam głowę i spoglądam w kierunku brzegu, gdzie las schodzi aż do morza. Nie ma tu plaż, są tylko drzewa i granitowe urwiska, nad którymi krążą i pikują mewy.

– Tuż za tym cyplem jest urocza mała zatoczka – mówi. – Możemy tam zakotwiczyć.

– Co mogę zrobić, żeby pomóc?

– Nic, Avo. Przywykłem do samotnego żeglowania, więc daję radę.

Halsując umiejętnie, opływa cypel i kieruje *Callistę* do ustronnej zatoczki. Przyglądam się tylko, jak opuszcza żagle i rzuca kotwicę. Porusza się po pokładzie tak sprawnie, że gdybym nawet próbowała mu pomóc, pewnie raczej bym przeszkadzała. Zajmuję się więc tym, co robię najlepiej: od-korkowuję butelkę wina i rozkładam piknikowe rzeczy. Kie-dy Ben kończy zabezpieczać żagle i zwijać liny, jestem już gotowa, by wręczyć mu kieliszek wina. Podczas gdy *Callista* kołysze się łagodnie na kotwicy, relaksujemy się w kokpicie, popijając idealnie schłodzony różowy trunek.

– Chyba mogłabym to polubić – przyznaję.

Ben wskazuje ręką na bezchmurne niebo.

– Letni dzień i solidna łódka. Nie ma niczego lepszego. – Patrzy na mnie. – Dasz się namówić, żeby zostać dłużej niż do października?

– Może. Tucker Cove całkiem mi się podoba.

– Więc powinnaś przestać być moją pacjentką.

– Dlaczego?

– Bo mam nadzieję, że staniesz się dla mnie kimś innym.

Oboje rozumiemy, do czego to zmierza. A w każdym razie czego on chce. Ja jeszcze nie zdecydowałam. Wino szumi mi w głowie, a twarz różowieje przyjemnie od słońca. Ben Gor-don ma niesamowite błękitne oczy, które zdają się zbyt wiele dostrzegać. Nie odwracam głowy, gdy pochyla się w moim kierunku. I kiedy spotykają się nasze usta.

Jego pocałunek ma smak wina, soli i słońca. Oto mężczyz-na, który powinien mnie pociągać, który jest wszystkim, czego może pragnąć kobieta. To się wydarzy, jeśli tylko po-zwolę, ale czy naprawdę tego chcę? Czy chcę jego? Przycią-ga mnie do siebie, mam jednak dziwne poczucie dystansu, jakbym znajdowała się poza własnym ciałem i patrzyła, jak całuje się dwoje innych ludzi. Ben istnieje naprawdę, lecz

173

jego pocałunek nie wznieca we mnie żadnego płomienia. Wzbudza raczej jeszcze większą tęsknotę za kochankiem, którego mi brakuje. Kochankiem, którego istnienia nie jestem nawet pewna.

Czuję niemal ulgę, gdy dzwoni jego komórka.

Ben wzdycha i odsuwa się ode mnie.

– Wybacz, ale muszę odebrać.

– Oczywiście.

Wyciąga telefon z torby.

– Słucham, doktor Gordon.

Sięgam po butelkę z winem i napełniam ponownie swój kieliszek, gdy słyszę raptowną zmianę w tonie głosu Bena.

– To ostateczny raport? Jest tego pewien?

Odwracam się do niego, nie zauważa jednak, że mu się przyglądam. Twarz mu pociemniała, a usta zacisnęły się w posępnym grymasie. Kończy rozmowę i milczy przez chwilę, wpatrując się tylko w telefon, jakby ten go zdradził.

– Czy coś się stało?

– Dzwonili z biura lekarza sądowego. W sprawie zwłok, które wydobyto z zatoki.

– Wiedzą już, co to za kobieta?

– Jeszcze jej nie zidentyfikowali. Ale mają wyniki badań toksykologicznych i w jej organizmie nie wykryto narkotyków ani alkoholu.

– Więc nie była pijana, gdy utonęła.

– Nie utonęła. – Patrzy na mnie. – Twierdzą, że została zamordowana.

# Rozdział siedemnasty

Milczymy, płynąc z włączonym silnikiem z powrotem do portu; przetrawiamy w ciszy nowiny, które bez wątpienia pozna do wieczora całe Tucker Cove. Dla miasteczka utrzymującego się z turystyki, w stanie, którego motto brzmi „Tak powinno się żyć", nie są to dobre wiadomości. Przybijamy do przystani i kiedy wysiadam z łodzi, patrzę na Tucker Cove zupełnie innymi oczami. Z pozoru jest to nadal piękne miasteczko w Nowej Anglii, z budynkami z bielonego drewna i brukowanymi ulicami, ale teraz widzę wszędzie cienie. I tajemnice. Zamordowano kobietę, ciało wrzucono do morza, a jednak nikt nie zna – albo nie chce ujawnić – jej nazwiska.

Tego wieczoru pocieszam się w domu w tradycyjny sposób: gotując. Piekę kurczaka i kroję chleb w kosteczki na grzanki. Znam tę potrawę tak dobrze, że mogę ją przyrządzać we śnie. Siekam bezwiednie pietruszkę i czosnek, mieszam je z oliwą i grzankami, ale myślę wciąż o zamordowanej kobiecie. Przypominam sobie dzień, gdy znaleziono jej zwłoki. Pamiętam niebieski brezent, lśniący od morskiej wody, i wyraz przerażenia na twarzy Bena, gdy uniósł plandekę i zobaczył, co się pod nią znajduje.

Wyjmuję kurczaka z piecyka i nalewam sobie drugi kieliszek sauvignon blanc. Na szczęście dla mnie o dziewiątej wieczorem jestem dopiero przy drugim kieliszku. Po tym, co dzisiaj widziałam, zasługuję na niego, więc wypijam solidny łyk. Alkohol rozgrzewa mi krew jak żywy ogień, ale choć opuszcza mnie napięcie, myślę nadal o tej zamordowanej kobiecie. Czy była młoda, czy stara? Ładna czy przeciętna?

Dlaczego nikt nie zgłosił jej zaginięcia?

Gdybym spadła dzisiaj ze schodów i skręciła kark, kiedy ktoś zauważyłby moje zniknięcie? Oczywiście Donna Branca w końcu by się zorientowała, ale tylko dlatego, że zalegałabym z miesięcznym czynszem. Ludzie zawsze zauważają, że nie płacisz rachunków, ale to mogłoby potrwać parę tygodni. Do tego czasu moje zwłoki byłyby już w stanie rozkładu.

Albo pożarłby je kot, myślę, gdy Hannibal wskakuje na stół w jadalni, wpatrzony w kawałki kurczaka na moim talerzu.

Trzeci kieliszek wina. Staram się zachować umiar, ale tego wieczoru jest mi obojętne, czy piję za dużo. Nie dostanę od nikogo reprymendy. Tylko Lucy troszczyła się o mnie wystarczająco, by robić mi wyrzuty, że nie powinnam tyle pić, ale nie ma jej tutaj, by chroniła mnie przed samą sobą, jak to zwykle robiła.

Siedzę przy stole i patrzę na moją kolację, tak idealnie podaną: kawałki kurczaka polane sosem z pieczenia zmie-

176

szanego z białym winem. Pieczone młode ziemniaki. Sałata ze świeżymi grzankami i hiszpańską oliwą.

Ulubione danie Lucy. Takie samo przyrządziłam na jej urodziny.

Mam ich znowu przed oczami, jak uśmiechają się do mnie oboje zza stołu. Lucy i Nick, z kieliszkami wina, wzniesionymi w toaście za zdrowie szefa kuchni.

– Gdybym miała kiedykolwiek wybierać ostatni w życiu posiłek, chcę, żeby przyrządziła go Ava – powiedziała Lucy. A potem każdy z siedzących wokół stołu mówił, co by wybrał. Lucy „pieczonego kurczaka Avy". Ja rustykalne spaghetti *cacio e pepe*, z kieliszkiem orzeźwiającego schłodzonego frascati. Nick oczywiście wołowinę.

– Antrykot, średnio wysmażony. Albo nie, lepiej polędwicę *à la* Wellington. Skoro to mój ostatni posiłek, to czemu nie pozwolić sobie na luksus? – powiedział i wszyscy się roześmialiśmy, bo choć Nick nigdy nie jadł tej potrawy, sądził, że jej nazwa brzmi apetycznie.

Gdybym mogła powrócić do tamtej urodzinowej kolacji, tamtej nocy, kiedy byliśmy razem i czuliśmy się szczęśliwi. Teraz siedzę sama w tym przepastnym domu. Jeśli umrę tu samotna, będę mogła mieć pretensje tylko do siebie.

Zostawiam na stole prawie nietkniętą kolację, chwytam butelkę i zabieram ją ze sobą na górę. Wino nie jest już zimne, ale nie dbam teraz o to, jak smakuje. Pragnę tylko, by przyniosło mi zapomnienie. Dopijam butelkę i zwalam się na łóżko. Martwa kobieta w morzu, pijana kobieta w sypialni.

Gaszę światło i wpatruję się w ciemność. Ocean jest dziś niespokojny; słyszę fale bijące o skały. Wzbudził je sztorm gdzieś w głębi morza; teraz nadciągają pędzone wiatrem i uderzają z furią o klify. Hałas jest tak drażniący, że wstaję i zamykam okno, ale i tak nadal go słyszę. Czuję też zapach morza, tak intensywny, że mam wrażenie, jakbym tonęła. I wtedy coś sobie nagle uświadamiam. On tu jest.

Odwracam się od okna. Jeremiah Brodie stoi przede mną.

– Byłaś dziś z mężczyzną – mówi.

– Skąd…

– Czuję jego zapach.

– To tylko znajomy. Pływałam z nim łodzią.

Podchodzi bliżej i przenika mnie dreszcz, gdy unosi kosmyk moich włosów i przesuwa go między palcami.

– Byłaś dość blisko, by go dotykać.

– Tak, ale…

– Dość blisko, by odczuwać pokusę.

– To był tylko pocałunek. Nic nieznaczący.

– A jednak masz poczucie winy. – Jest teraz tak blisko, że czuję we włosach ciepło jego oddechu. – I wstydzisz się.

– Nie z powodu tego, co było dzisiaj.

– Z jakiejś przyczyny jesteś zawstydzona.

Patrzę mu w oczy, w których odbija się zimne i bezduszne światło gwiazd. Jego słowa nie dotyczą Bena Gordona i naszego niewinnego pocałunku. Nie, ma na myśli to, co zdarzyło się, zanim przyjechałam do stanu Maine. Sylwestrową noc i grzech, którego nigdy sobie nie wybaczę. Wyczuwa na mojej skórze jego trwały odór.

– Pozwoliłaś mu się dotknąć.

– Tak.

– Zostałaś skalana.

– Tak – odpowiadam, powstrzymując łzy.

– Pragnęłaś tego. Pożądałaś go.

– Nie chciałam, żeby to się stało. Gdybym mogła powrócić do tamtej nocy, przeżyć ją ponownie...

– Ale nie możesz. Dlatego tutaj jestem.

Patrzę mu w oczy, lśniące jak diamenty. Słyszę w jego głosie sprawiedliwy osąd i obietnicę tego, co nastąpi. Serce wali mi jak młotem, a dłonie drżą. Od wielu dni wyczekiwałam jego powrotu, pragnęłam jego dotyku. A teraz, gdy stoi przede mną, boję się, co mnie czeka.

– Do wieżyczki – rozkazuje.

Wychodzę z sypialni na chwiejnych nogach. Czy potykam się w korytarzu z powodu nadmiernej ilości wina, czy ze strachu? Podłoga pod moimi bosymi stopami jest śliska jak lód, a wilgotne powietrze przenika przez koszulę nocną. Otwieram drzwi na schody i zatrzymuję się, spoglądając w górę na migotliwe światło świec.

Stoję na progu jego świata. Z każdym pokonanym stopniem oddalam się coraz bardziej od mojego.

Gdy wchodzę po schodach, blask świec staje się jeszcze jaśniejszy. On idzie tuż za mną, uniemożliwiając mi odwrót. Słyszę ciężki, nieubłagany stukot jego butów. Mogę podążać tylko w jednym kierunku. Zmierzam do pokoju, gdzie, jak wiem, czeka mnie zarówno rozkosz, jak i kara.

U szczytu schodów otwieram szeroko drzwi wieżyczki i wchodzę do pokoju. Omywa mnie złociste światło świec, a kiedy spoglądam w dół, widzę szeleszczący u moich stóp miedziany jedwab sukni. Nie czuję już nocnego chłodu. W kominku płonie ogień, trzaskają brzozowe polana. Światło tuzina świec migocze z kinkietów. W oknach wychodzących na morze dostrzegam swoje odbicie. Suknia przylega do moich bioder, a nad głębokim dekoltem widać jędrne piersi koloru kości słoniowej.

Jestem w jego świecie. W jego epoce.

Podchodzi do zasłoniętej kotarą alkowy. Wiem już, co się za nią znajduje. Leżałam z rozłożonymi rękami i nogami na tym łożu, czułam rozkosz jego brutalnych pieszczot. Ale kiedy tym razem rozsuwa kotarę, widzę nie tylko łóżko i kurczę się w sobie.

Wyciąga do mnie rękę.

– Chodź, Avo.

– Co będziesz ze mną robił?

– A czego byś pragnęła?

– Sprawisz mi ból.

– Czy na to nie zasługujesz?

Nie muszę mu odpowiadać. Wie już, że nigdy nie wymierzę sobie należytej kary za to, co się wydarzyło. Wie, że właśnie poczucie winy i wstydu sprowadziło mnie do tego domu i do niego. Że zasługuję na wszelkie katusze, jakie zechce mi zadać.

– Boję się – szepczę.

– Ale czujesz też pokusę, prawda?

Wzdrygam się, gdy wyciąga rękę, by pogładzić mnie po policzku wierzchem dłoni.

– Nie uczyłem cię, że ból to jedynie drugie oblicze rozkoszy? Że okrzyki bólu i ekstazy brzmią tak samo? Dziś zaznasz jednego i drugiego, bez poczucia winy, bez wyrzutów sumienia, bo ja mam wszystko pod kontrolą. Nie pragniesz tego, nie tęsknisz za tym? Nie jesteś już wilgotna? Czy twoje ciało nie jest gotowe na to, co się wydarzy?

Kiedy to mówi, czuję gorące pulsowanie między nogami, ból pustki, która domaga się wypełnienia.

Sięga po moją dłoń. Chętnie mu ją podaję.

Przechodzimy przez pokój i wkraczam do alkowy, patrząc na zwisające z górnej belki kajdanki. Ale nie one mnie przerażają. Nie, mój strach wzbudza to, co widzę na ścianie. Skórzane bicze. Szpicruta. Cała kolekcja drewnianych policyjnych pałek.

Ciągnie mnie w kierunku kajdanek i zaciska mi je na lewym nadgarstku.

Nie mam już odwrotu. Jestem zdana na jego łaskę.

Chwyta moją prawą dłoń i zręcznie zakłada na nią drugie kajdanki. Stoję z rękami skutymi nad głową, a on patrzy, delektując się widokiem bezbronnej więźniarki. Potem podchodzi do mnie powoli od tyłu i bez ostrzeżenia rozdziera mi suknię, obnażając plecy. Gdy muska mi delikatnie skórę, przenika mnie dreszcz.

Nie widzę, jak sięga po bicz.

Pierwsze smagnięcie skórzanym rzemieniem po plecach jest tak szokujące, że szarpię odruchowo kajdanki. Czuję bolesne pieczenie.

– Czy nie na to zasługujesz?

– Przestań. Proszę…

– Powiedz prawdę. Wyznaj, że jest ci wstyd. – Bicz trzaska ponownie.

Znów krzyczę i wykręcam się, by uniknąć rzemienia.

– Przyznaj się.

Po trzecim smagnięciu biczem zaczynam szlochać.

– Tak! – krzyczę. – Jestem winna, ale nigdy nie chciałam, żeby to się stało. Nigdy nie zamierzałam…

Po kolejnym uderzeniu uginają się pode mną kolana. Zawisam bezwładnie na rękach, skrępowanych bezlitośnie kajdankami.

Nachyla się ku mnie i szepcze mi do ucha:

– Chciałaś jednak tego, Avo, prawda?

Podnoszę na niego wzrok i jego uśmiech mnie zmraża. Obchodzi mnie powoli i przystaje za moim plecami. Nie mam pojęcia, co teraz zrobi. Nie wiem, czy uniósł ponownie bicz, i nastawiam się na kolejne smagnięcie. On jednak rozpina mi kajdanki. Nie mogę ustać na nogach, więc opadam na kolana i drżąc, czekam na kolejną torturę.

Nie widzę, po co sięga, ale słyszę, jak uderza tym przedmiotem o dłoń. Spoglądam w górę i widzę, że trzyma drewnianą pałkę, wypolerowaną i lśniącą. Dostrzega mój przerażony wzrok.

– Nie, nie będę cię bił. Nigdy nie zostawiam blizn. To narzędzie służy do zupełnie innego celu. – Stuka nim o dłoń, podziwiając jego lśnienie w blasku świec. – To tylko wprowadzenie. Przyrząd treningowy, wystarczająco mały dla dziewicy z ciasną szparką. – Spogląda na mnie. – Ale ty nie jesteś dziewicą.

– Nie – mruczę w odpowiedzi.

Odwraca się do ściany i sięga po inną pałkę. Pokazuje mi ją, a ja nie potrafię skierować wzroku gdzie indziej, mogę patrzeć tylko na ten monstrualny przedmiot, który majaczy przede mną.

– Ten przeznaczony jest dla ladacznicy, którą nieraz dosiadano. Na tyle doświadczonej, by zadowolić każdego mężczyznę.

Przełykam ślinę.

– To niemożliwe.

– Czyżby?

– Żadna kobieta nie pomieści w sobie… tego.

Przesuwa pałką po moim policzku. Drewno jest gładkie i robi przerażające wrażenie.

– To kwestia odpowiedniej inicjacji. Tak robią dziwki, Avo. Uczysz się sprawiać rozkosz. Ponieważ nigdy nie wiesz, kto pojawi się w drzwiach i czego zażąda. Jedni mężczyźni chcą cię dosiadać. Inni wolą patrzeć. A są i tacy, którzy pragną zobaczyć, jak wiele potrafisz znieść.

– Nie tego chcę!

– Jestem tylko odbiciem twojego wstydu. Daję ci dokładnie to, czego pragniesz. Czego oczekujesz. Nawet jeśli tego nie wiesz. – Odrzuca na bok monstrualną pałkę, a ja wzdrygam się, gdy ten przedmiot pada z łoskotem na podłogę. – Jesteś dla siebie najsurowszym sędzią, Avo, i sama wymierzasz sobie karę. Ja tylko dostarczam narzędzia. Wypełniam twoją wolę, tak jak ty moją. Dzisiaj tego właśnie chcesz. Więc ci to zapewniam. – Zdziera ze mnie resztki sukni, obnażając moje pośladki. Nie stawiam oporu, gdy chwyta mnie za biodra i wykorzystuje jak dziwkę, którą jestem. Dziwkę, którą się okazałam. Jestem tylko ciałem kupowanym za pieniądze.

Wydaję okrzyk zaspokojenia i opadamy razem do przodu, gdy on osuwa się na mnie.

Przez dłuższy czas trwamy w bezruchu. Oplata mnie ramionami i czuję na nagich plecach bicie jego serca. Jak martwy człowiek może wydawać się tak żywy? Jego skóra jest równie ciepła jak moja, a obejmujące mnie ramiona są solidnie umięśnione. Nie dorówna mu żaden mężczyzna z krwi i kości.

I żaden nie zrozumie moich pragnień tak jak on.

Zsuwa się ze mnie. Gdy leżymy obok siebie na podłodze, kreśli delikatnie kółko na moim nagim boku.

— Przestraszyłem cię? – pyta.

— Owszem. Tak.

— Nigdy nie powinnaś się mnie bać.

— Ale strach to część twojej gry, prawda? – Patrzę na niego. – Obawa, że mógłbyś wyrządzić mi krzywdę. Że mógłbyś naprawdę wypróbować na mnie ten przedmiot. – Zerkam na leżącą kilka stóp dalej policyjną pałkę i przechodzą mnie ciarki.

— Czy to cię nie podnieciło, chociaż trochę? – Uśmiecha się i widzę tuż pod powierzchnią jego ciemnych oczu błysk okrucieństwa.

— Nie użyłbyś tego na mnie, prawda?

— Oto cała tajemnica. Jak daleko się posunę? Czy posłużę się biczem zbyt brutalnie i poranię twoje piękne plecy? Tego

184

nie wiesz. Nie możesz przewidzieć, co zrobię. – Przesuwa palcami po moim policzku. – Niebezpieczeństwo odurza, Avo. Podobnie jak ból. Daję ci tylko tyle, ile chcesz. Tyle, ile możesz znieść.

– Nie wiem, ile mogę znieść.

– Tego się dowiemy.

– Dlaczego?

– Ponieważ to nas oboje satysfakcjonuje. Niektórzy nazywali mnie potworem, bo lubię trzask bicza i krzyki pokonanych. Bo podniecają mnie wrzaski i walka.

– Naprawdę to lubisz?

– Podobnie jak ty. Po prostu się do tego nie przyznajesz.

– To nieprawda. Nie tego pragnę.

– Więc czemu pozwalasz mi to robić?

Patrzę w te oczy, zimne jak diamenty, i dostrzegam w nich całą prawdę. Myślę o tym, z jakich powodów zasługuję na wszystkie kary, jakie mi wymierza, a nawet większe. Za grzechy, które popełniłam, za ból, który sprawiłam, należą mi się jego bicze, pałki i brutalne ataki.

– Znam cię lepiej niż ty siebie samą, najdroższa Avo – mówi. – Dlatego cię wybrałem. Ponieważ wiem, że wrócisz po więcej… i po coś gorszego.

Gładzi moją twarz. Jego dotyk jest irytująco delikatny, ale przenika mnie dreszcz.

– O ile to będzie gorsze? – pytam szeptem.

– Przekonamy się? – odpowiada z uśmiechem.

# Rozdział osiemnasty

Budzę się nagle w wieżyczce i mrużę oczy przed słońcem, które świeci przez okna. Boli mnie lewe biodro od leżenia na drewnianej podłodze. Czuję, jakbym miała w ustach watę, a głowa pęka mi od kaca, na którego w pełni zasługuję po butelce wina wypitej wieczorem. Z jękiem zakrywam twarz ramionami, próbując zasłonić się przed światłem, które razi obolałe oczy. Jak to się stało, że zasnęłam na podłodze? Dlaczego nie wróciłam do łóżka?

Zaczynam sobie przypominać. Wspinaczkę po schodach. Płonące w kinkietach świece.

I kapitana Brodiego.

Znów otwieram raptownie oczy i krzywię się, gdy poraża mnie światło słońca. Kominek jest wyczyszczony i w palenisku nie ma śladu popiołu. Alkowa zieje pustką; są tam tylko nagie ściany i podłoga. Żadnego łoża, kotary ani zwisających z sufitu kajdanek. Wróciłam do mojej epoki, mojego świata.

Patrzę, co mam na sobie. Nie jest to suknia z jedwabiu

o miedzianej barwie, tylko ta sama cienka koszula nocna, którą włożyłam do snu. Spoglądam na swoje nadgarstki i nie widzę żadnych zadrapań ani siniaków od kajdanek.

Staję na chwiejnych nogach i trzymając się poręczy, schodzę powoli z wieżyczki do sypialni. Tam ściągam koszulę i odwracam się plecami do lustra. Zeszłej nocy wiłam się jak wąż pod smagnięciami jego bicza i krzyczałam, gdy skórzany rzemień chłostał moje ciało, ale w jasnym świetle poranka widzę, że nie mam na plecach żadnych siniaków ani pręg. Przeglądam się w lustrze, szukając na nagim ciele jakichś oznak przemocy, jakiej doznałam z jego rąk, lecz nie dostrzegam żadnych widocznych śladów kary, którą mi wymierzył.

Nie, coś jednak jest. Gdy sięgam ręką między nogi, czuję śliski dowód swojego podniecenia. Po wewnętrznej stronie uda płynie tak obfita strużka, że mogłoby to być jego nasienie. Patrzę na lśniące opuszki palców i zastanawiam się, czy to niecna pozostałość naszych żądz i namacalny dowód, że zostałam zgwałcona przez dawno nieżyjącego mężczyznę. Policzki płoną mi ze wstydu na samo wspomnienie, ale ten wstyd wywołuje nowy dreszcz pożądania.

Na szafce nocnej dzwoni komórka.

Gdy po nią sięgam, serce nadal wali mi jak młotem, a ręce drżą.

– Halo?

– Wreszcie odbierasz. Zostawiłem ci już trzy wiadomości głosowe.

– Cześć, Simon. – Wzdycham, siadając na łóżku.

– Unikasz mnie.

– Nie chciałam się rozpraszać. Byłam w transie.

– Narkotycznym?

– Tworzyłam. Pisałam.

– Tak, czytałem rozdziały, które mi przesłałaś.

– I co sądzisz?

– Są dobre.

– Tylko dobre?

– Okej, okej. Są zajebiste! Przez rozdział o małżach poczułem się taki głodny, że wyszedłem z domu, pożarłem dwa tuziny ostryg i popiłem martini.

– Więc dobrze się spisałam.

– Kiedy dostanę do przeczytania resztę?

Patrzę na stertę ubrań, które leżą nadal na podłodze, gdzie rzuciłam je zeszłej nocy. Duch mnie rozproszył. Jak mogę pisać, skoro przerywam co chwilę, by wciągnąć powietrze w nadziei, że poczuję jego zapach?

– Książka niedługo będzie gotowa – zapewniam Simona. – Ten dom doskonale mnie inspiruje.

– Ach, tak, Strażnica Brodiego. Właśnie w tej sprawie dzwonię. Chcę go zobaczyć.

– Oczywiście. Mogę ci posłać zdjęcia. Nie jestem najlepszym na świecie fotografem, ale…

– Chcę zobaczyć go osobiście. Myślałem o najbliższym weekendzie.

– Co?

– W mieście jest ponad trzydzieści stopni i muszę wyjechać z Bostonu, zanim się roztopię. Posłuchaj, Avo, od kilku miesięcy nie dajesz znaku życia i Theo nalega, żebym sprawdził, jakie robisz postępy. Dał ci zaliczkę i teraz chce mieć pewność, że wywiążesz się z umowy. Wyjadę w sobotę przed południem, więc około piątej powinienem być u ciebie. Chyba że masz wieczorem randkę z jakimś seksownym drwalem?

– Ja... hm... – Nie znajduję żadnej wymówki. Mogę tylko powiedzieć: – W porządku.

– Dobrze. Zabiorę cię na kolację, jeśli zechcesz.

– To niekonieczne.

– Więc coś przygotuję. Albo ty. Bardzo jestem ciekaw tego domu kapitana. Poza tym pora już pomyśleć o strategii marketingowej. Sądząc po rozdziałach, które mi przesłałaś, ta książka opowiada nie tylko o jedzeniu. Opisujesz tę Strażnicę Brodiego bardzo dokładnie, więc chcę osobiście ją zobaczyć.

– Zamierzasz jechać tak daleko, żeby zobaczyć dom?

– Chcę też spotkać się z tobą. Wszyscy pytają, czemu się ostatnio nie pokazujesz. Dlaczego zniknęłaś.

Gdybym tak mogła zniknąć. Gdybym mogła przeniknąć przez te ściany jak kapitan Brodie. Być niewidzialną, żeby nikt nie zobaczył, kim się stałam. Znam jednak Simona od lat, jeszcze z czasów, zanim został moim wydawcą, i wiem, że kiedy coś postanowi, nie zmienia zdania.

– Skoro dotrzesz tu późnym popołudniem, pewnie zechcesz zostać na noc – mówię.

– Miałem nadzieję, że to zaproponujesz.

– Scott też przyjedzie?

– Nie, odgrywa dobrego syna i odwiedza matkę. Więc będziemy tylko we dwoje. Jak za dawnych czasów.

– No dobrze. W takim razie do zobaczenia w sobotę.

– Przywiozę wino.

□   □   □

W sobotnie popołudnie punktualnie o siedemnastej słyszę dzwonek u drzwi.

Simon stoi na ganku i wygląda schludnie jak zawsze w oksfordzkiej koszuli w prążki i czerwonej muszce. Przez te wszystkie lata, gdy razem pracujemy, nie widziałam go nigdy bez tej muchy, nawet w restauracyjnych kuchniach; bez niej wyglądałby, jakby był nagi.

– Moja dziewczyna! – Obejmuje mnie mocno. Dzięki Bogu, w jego dotyku nie ma żadnego erotycznego podtekstu. To braterski uścisk mężczyzny, który od dziesięciu lat jest w szczęśliwym związku ze swoim mężem Scottem i nie interesuje się mną absolutnie jako kobietą. Wchodzi do domu, odstawia na bok skórzaną torbę podróżną i zaczyna węszyć. – Co ja tu czuję? Homara?

– Słowo daję, Simonie, jesteś jak pies myśliwski!

– Wolę uważać, że jestem jak świnia, która wyczuwa zapach trufli. Potrafię zwietrzyć na kilometr wyborne bordeaux. Więc co na dziś przygotowałaś? Jakieś zwyczajne danie czy coś specjalnego?

Śmieję się.

– Dla ciebie oczywiście coś specjalnego. Jestem dopiero na początku przepisu. Jeśli chcesz się odświeżyć, pokój gościnny jest na szczycie schodów.

– Najpierw chcę zobaczyć, co pichcisz. – Zostawia skórzaną torbę w holu wejściowym i idzie prosto do kuchni. Pochodzi z rodu kucharzy i niewątpliwie któryś z jego przodków w zwierzęcych skórach mieszał w kotle gulasz z mastodonta, jak zawsze więc grawituje w kierunku kuchenki. – Jak długo?

Nie musi niczego wyjaśniać. Wiem, o co pyta.

– Gotują się od kwadransa. Idealnie wymierzyłeś czas. – Wyłączam kuchenkę i unoszę pokrywkę garnka, uwalniając chmurę aromatycznej pary. Rano byłam na pokładzie *Leniwej Dziewczyny* z kapitanem Andym, łowiącym homary przyjacielem Bena, i widziałam, jak wyciągał z morza cztery zielone skorupiaki. Teraz lśnią apetycznie na czerwono.

Simon sięga po jeden z fartuchów wiszących na haku w kuchni i zręcznie go zawiązuje.

– Następny krok w przepisie?

– Ty obierasz homary, ja robię sos z sherry!

– Stałaś się poetką!

– Jakbym tego nie wiedziała!

Zabieramy się do pracy; krzątamy się po kuchni jak zgrani partnerzy w tańcu, którzy znają wzajemnie swoje ruchy. W końcu tak poznaliśmy się przed laty, jako dwoje studentów pracujących latem w restauracji na Cape Cod. Ja dostałam awans ze zmywaka na sałatki, a on z sałatek na grilla. Simon zawsze wyprzedzał mnie o krok. Teraz też jest szybszy – rozłupuje homary i oprawia je tak sprawnie, że nim je dodaję do beszamelu sherry i żółtka, z pancerzy jest już wydobyte soczyste białe mięso.

Wkładam je do naczynia żaroodpornego, polewam sosem i wsuwam do piekarnika.

Simon odkorkowuje butelkę schłodzonego sauvignon blanc i napełnia mi kieliszek.

– Za pracę w zespole! – mówi, wznosząc toast. – Czy ten przepis będzie w książce?

– Jeśli przejdzie dziś wieczorem przez cenzurę. Znalazłam go w hotelowej książce kucharskiej z tysiąc dziewięćset pierwszego roku. W hotelu Stara Syrena uważano tę zapiekankę za wykwintne danie.

– A więc tym zajmowałaś się w ciągu ostatniego miesiąca.

– Wypróbowywałam stare przepisy. Pisałam. Zanurzałam się w przeszłości. – Spoglądam na antyczny cynowy sufit. – Ten dom stwarza mi odpowiedni nastrój, bym wczuła się w tamtą epokę.

– I naprawdę musiałaś przyjechać aż tutaj, żeby pisać? A przy okazji, spóźniasz się już z książką siedem miesięcy.

– Wiem, wiem.

– Uwierz mi, nie chcę anulować twojej umowy, ale Theo jest nieznośnym liczykrupą i bez przerwy mnie pyta, kiedy skończysz. – Milknie i przygląda mi się. – Nigdy dotąd nie przekroczyłaś tak terminu. Co się dzieje, Avo?

Chcąc uniknąć odpowiedzi na jego pytanie, dopijam wino.

– Blokada twórcza – odzywam się w końcu. – Ale chyba już się przełamałam. Odkąd wprowadziłam się do tego domu, piszę jak szalona i naprawdę dobrze mi idzie. Dawne twórcze soki znów zaczynają płynąć.

– A dlaczego przestały?

Widzę, że marszczy brwi, gdy napełniam ponownie kieliszek winem. Ile już wypiłam tego wieczoru? Straciłam rachubę. Odstawiam butelkę i mówię cicho:

– Wiesz, że było mi ciężko przez ostatnich kilka miesięcy. Byłam w depresji, odkąd...

– Od sylwestrowej nocy.

Nieruchomieję i milczę.

– Przestań się obwiniać, Avo. Urządziłaś przyjęcie, a on za dużo wypił. Co miałaś zrobić, związać go i nie pozwolić mu wsiąść do samochodu?

– Zrobiłam za mało, żeby go powstrzymać.

– Nie odpowiadałaś za niego. Nick był dorosłym człowiekiem.

– Mimo wszystko czuję się winna. Nawet jeśli Lucy uważa, że nie powinnam.

– Mam wrażenie, że musisz z kimś o tym porozmawiać. Znam bardzo dobrą psychoterapeutkę. Dam ci jej numer.

– Nie. – Podnoszę kieliszek i opróżniam go jednym haustem. – Teraz muszę zjeść kolację.

– Zważywszy na to, ile wypiłaś, powiedziałbym, że to dobry pomysł.

Ignoruję jego uwagę i dolewam sobie jeszcze wina. Mieszając sałatę i wykładając na stół zapiekankę z homara, jestem tak rozdrażniona tym, co powiedział, że skupiam całą uwagę na jedzeniu, nie na nim. Od kiedy to Simon stał się dla mnie niańką?

Bierze do ust kawałek homara i wydaje westchnienie rozkoszy.

– O tak, ten przepis musi trafić do książki.

– Cieszę się, że coś, co zrobiłam, spotyka się z twoją aprobatą.

– Na litość boską, Avo! Nie podpisałbym z tobą umowy, gdybym sądził, że nie napiszesz tej książki! Ale znowu powraca pytanie, kiedy będzie gotowa?

– I tak naprawdę dlatego przyjechałeś.

– Nie spędziłem pięciu godzin w samochodzie tylko po to, by się z tobą przywitać. Oczywiście, że dlatego przyjechałem. A także po to, żeby sprawdzić, jak się miewasz. Kiedy zadzwoniła twoja siostra…

– Lucy dzwoniła do ciebie?

– Miała nadzieję, że wiem, co się z tobą dzieje.

Wpatruję się w swój kieliszek wina.

– Co ci powiedziała?

– Że już prawie ze sobą nie rozmawiacie i nie ma pojęcia dlaczego. Martwi się, że to z powodu czegoś, co powiedziała albo zrobiła.

– Nie.

– Więc o co chodzi? Zawsze sądziłem, że jesteście jak bliźniaczki syjamskie.

Pociągam wyzywająco haust wina, aby opóźnić odpowiedź.

– To z powodu tej książki. Całkowicie mnie pochłania – mówię w końcu. – Borykałam się z nią przez kilka miesięcy, ale teraz już dobrze mi idzie. Odkąd tu zamieszkałam, napisałam sześć rozdziałów. Ten dom mnie inspiruje.

– Ale dlaczego? To tylko stara rezydencja.

– Nie czujesz tego, Simon? W tych murach jest tyle historii. Pomyśl o posiłkach, które przygotowywano w tej kuchni, ucztach urządzanych w jadalni. Nie sądzę, bym mogła napisać tę książkę w jakimkolwiek innym miejscu.

– I tylko z tego powodu wyjechałaś z Bostonu? By szukać inspiracji?

Udaje mi się spojrzeć mu prosto w oczy.

– Tak.

– No dobrze, cieszę się, że tu ją znalazłaś.

– Znalazłam. – A także dużo więcej.

◻   ◻   ◻

Tej nocy nie mogę zasnąć, mając dręczącą świadomość, że w głębi korytarza śpi mój gość. Nie wspomniałam Simonowi ani słowem o duchu, bo wiem, co by pomyślał. Widziałam jego czujne spojrzenia podczas kolacji, gdy ciągle napełniałam sobie na nowo kieliszek wyśmienitym chardonnay, które przywiózł z Bostonu. Z pewnością uważa, że to z powodu alkoholu nie byłam w stanie skończyć książki. Może to truizm, że picie i pisanie chodzą w parze, ale w moim przypadku, podobnie jak u Hemingwaya, się potwierdzał.

Nic dziwnego, że widzę duchy.

Słyszę skrzypienie podłogi w korytarzu i odgłos wody płynącej w rurach w łazience dla gości. To dziwne uczucie, gdy w domu jest ktoś jeszcze poza mną, ktoś realnie istniejący. Z pewnością duchy nie spuszczają wody w toalecie ani nie odkręcają kranu. To nie duch wraca do pokoju gościnnego, powłócząc nogami i zamykając za sobą drzwi. Odwykłam już od życia z odgłosami, które powodują ludzie. To oni wydają mi się obcy i czuję złość, że ktoś wtargnął do mojego domu, nawet jeśli tylko na jedną noc. To zaleta bycia pisarką, że mogę całymi dniami nikogo nie widywać. Zewnętrzny świat jest pełen konfliktów i złamanych serc. Po co miałabym opuszczać dom, skoro mam tu wszystko, czego potrzebuję?

Simon naruszył równowagę atmosfery i czuję jej zakłócenia, jakby jego obecność naładowała powietrze, które wibruje teraz niepokojąco.

Nie tylko ja to wyczuwam.

Gdy następnego ranka schodzę do kuchni, Simon siedzi już pochylony nad stołem i popija kawę. Jest nieogolony, ma przekrwione oczy i po raz pierwszy, odkąd się znamy, nie nosi swojej firmowej muchy.

– Strasznie wcześnie się obudziłeś – mówię, biorę dzbanek z kawą i napełniam sobie filiżankę. – Zamierzałam wstać pierwsza i zrobić na śniadanie dobrą frittatę.

Przeciera ręką oczy i ziewa.

– Niezbyt dobrze spałem. Pomyślałem, że wstanę wcześniej i szybciej wyjadę.

– Już? Jest dopiero siódma.

– Nie śpię od trzeciej.

– Dlaczego?

– Śniły mi się koszmary. – Wzrusza ramionami. – Może ten dom jest zbyt spokojny. Nie pamiętam, kiedy ostatni raz miałem tak koszmarne sny.

Siadam powoli przy stole i przyglądam mu się.

– Co ci się śniło?

– Cudze sny nie są zbyt interesujące.

– Ale ja jestem ciekawa. Powiedz mi.

Wciąga głęboko powietrze, jakby samo zrelacjonowanie tego snu wymagało zapanowania nad nerwami.

– Miałem wrażenie, że on siedzi mi na piersi. Chce pozbawić mnie tchu. Myślałem, że mam atak serca. Czułem niemal na szyi jego ręce.

On… Jego…

– Próbowałem go odepchnąć, ale nie mogłem się ruszyć. Byłem sparaliżowany, jak to zwykle bywa w snach. A on mnie dusił i myślałem już, że naprawdę… – Łapie kolejny oddech. – W każdym razie potem nie mogłem już zasnąć. Leżałem w łóżku, nasłuchując. Niemal oczekując, że wróci.

– Dlaczego mówisz „on"?

– Nie wiem. Chyba równie dobrze mógłbym powiedzieć „to". Wiem tylko, że to „coś" trzymało mnie za szyję. A co dziwniejsze, kiedy się obudziłem, to uczucie duszenia pozostało tak wyraziste, że musiałem natychmiast napić się wody. Poszedłem do łazienki i jak zobaczyłem się w lustrze, przysiągłbym, że przez moment widziałem pręgi na szyi. – Śmieje się z zażenowaniem. – Zamrugałem i oczywiście nic tam nie było. Ale przeżyłem wstrząs.

Wpatruję się w jego szyję nad kołnierzykiem koszuli, lecz nie widzę niczego niezwykłego. Żadnych siniaków, żadnych śladów pozostawionych przez palce ducha.

Ben wypija do końca kawę.

– Tak czy inaczej, wyruszę wcześniej do Bostonu i uniknę korków. Już się spakowałem.

Odprowadzam go do samochodu i stoję zziębnięta na rześkim powietrzu, gdy wkłada torbę do bagażnika. W górze świergoczą ptaki, a motyl monarcha kreśli kolorowe zygzaki nad kępą kwitnących trojeści. Zapowiada się cudowny dzień, ale Simon chce szybko stąd uciec.

Całuje mnie w policzek na pożegnanie i widzę, jak rzuca nerwowe spojrzenie na dom, jakby nie miał odwagi odwrócić się do niego plecami.

– Skończ tę cholerną książkę, Avo.

– Skończę.

– I wracaj do Bostonu, bo tam jest twoje miejsce.

Czuję ulgę, patrząc, jak odjeżdża. Dom znów należy tylko do mnie, jest piękny letni poranek i mam przed sobą cały dzień. Słyszę głośne miauczenie i spojrzawszy w dół, widzę Hannibala siedzącego u moich stóp i machającego ogonem, niewątpliwie w oczekiwaniu na śniadanie.

Ja też jestem głodna.

Wracam do domu. Dopiero wchodząc na schody, zauważam leżącą na huśtawce na ganku przesyłkę FedExu. Kurier musiał ją zostawić wczoraj po południu, gdy szykowałam się na przyjazd Simona. Biorę ją do ręki i rozpoznaję na nalepce adresowej swoje pismo. To paczka, którą wysłałam w zeszłym tygodniu do Charlotte Nielson. Patrzę na adnotację, dlaczego została zwrócona.

### Trzy próby doręczenia.

Stoję na ganku, nie zważając na miauczenie Hannibala, i wpatruję się w przesyłkę. Przypominam sobie, co powiedziała Donna Branca. *Niestety, Charlotte nie odpowiada ostatnio na maile.* Jestem więcej niż zaskoczona. Zaczynam wpadać w panikę.

Muszę zapytać Charlotte o tyle spraw, dowiedzieć się tak wiele na temat jej pobytu w tym domu. Usłyszeć, dlaczego tak nagle wyjechała. Czy to duch ją wystraszył?

Mieszka przy Commonwealth Avenue, niedaleko od mojego mieszkania w Bostonie. Z pewnością znajdę tam kogoś, kto mi powie, dokąd wyjechała i jak mogę się z nią skontaktować.

Zerkam na kuchenny zegar. Siódma czterdzieści pięć. Jeśli teraz wyruszę, przed pierwszą mogę być w Bostonie.

# Rozdział dziewiętnasty

Jest piękny dzień na jazdę, ale nie zwracam niemal uwagi na pejzaż, na lśniącą taflę wody i schludne nadmorskie domki. Porządkuję w myślach listę dziwnych szczegółów, które odnotowałam w ciągu paru tygodni pobytu w Tucker Cove. Myślę o książce kucharskiej i butelkach whisky w kuchennej szafce, o klapku pod łóżkiem i jedwabnej chuście porzuconej w szafie sypialni. Gdy Charlotte Nielson spakowała się nagle i wyjechała, miała czynsz opłacony jeszcze za dwa miesiące. Ten szczegół nabiera teraz niepokojącego znaczenia. Co sprawiło, że opuściła Strażnicę Brodiego tak nieoczekiwanie?

Myślę, że znam już odpowiedź: wyjechała z jego powodu. Co ci zrobił kapitan Brodie, Charlotte? Dlaczego uciekłaś z jego domu? Czego powinnam się bać?

Zaledwie w zeszłym miesiącu jechałam tą samą drogą na północ, uciekając z Bostonu. Teraz wracam do Strefy Zero, gdzie wszystko poszło źle. Nie zamierzam naprawiać szkód, bo tego nie da się zrobić, a ja nigdy nie uzyskam rozgrzeszenia. Nie, to zupełnie inna misja. Jadę na spotkanie z jedyną żyjącą kobietą, która oprócz mnie mieszkała w domu Brodiego. Jeśli ona też go widziała, będę miała pewność, że on istnieje naprawdę. Że nie tracę zmysłów.

Ale jeśli go nie widziała…

Wszystko po kolei, kochana. Najpierw znajdź Charlotte.

Kiedy przekraczam granicę stanu New Hampshire, ruch na drodze gęstnieje i dołączam do tłumu zmotoryzowanych turystów wracających jak zwykle do domu po weekendzie spędzonym na żeglowaniu, wędrowaniu i spożywaniu homarów. Dostrzegam przez okna opalone twarze i tylne siedzenia aut zawalone walizkami i przenośnymi lodówkami. W moim samochodzie jestem tylko ja, bez żadnego bagażu, z wyjątkiem ciężaru emocjonalnego, którym będę obarczona do końca życia.

Opuszczam szybę i jestem zaskoczona panującym na zewnątrz upałem. Po miesiącu w Tucker Cove zapomniałam, jak duszno i gorąco bywa w mieście w sierpniu. W tym betonowym piecu ludzi łatwo ponoszą nerwy. Kiedy na skrzyżowaniu zwlekam o ułamek sekundy za długo po zmianie świateł na zielone, kierowca za mną naciska klakson. W Maine niemal nikt nie trąbi, więc wzdrygam się na ten hałas. Dzięki za powitanie mnie w Bostonie, dupku.

Jadąc Commonwealth Avenue, czuję ściskanie w żołądku. Ta droga prowadzi do mieszkania Lucy. Tędy jeździłam na bożonarodzeniowe przyjęcia, na obiady z indykiem w Święto Dziękczynienia i niedzielne lunche. To droga do osoby, którą najbardziej kocham i której nigdy nie chciałam skrzywdzić. Ściskanie w żołądku przechodzi w mdłości, gdy mijam jej budynek, mieszkanie, do którego pomagałam jej się przeprowadzić, i oliwkowe zasłony, które z nią wybierałam. Jest niedziela, godzina trzynasta, więc pewnie wróciła do domu po rutynowym obchodzie w szpitalu i siedzi sama w tym przestronnym apartamencie. Co by powiedziała, gdybym zapukała teraz do jej drzwi i wyjawiła, co zdarzyło się naprawdę w sylwestrową noc? Tylko że nie mam na to dość odwagi. Jestem przerażona, że może wyjrzeć przez okno, zobaczyć, jak przejeżdżam, i będzie się zastanawiała, dlaczego jak zawsze nie wpadam z wizytą. Podobnie jak zastanawia się, czemu wyjechałam z Bostonu na lato, unikam jej telefonów i wykreśliłam ją ze swojego życia.

Jestem pieprzonym tchórzem i nie stać mnie, by powiedzieć jej prawdę, więc jadę dalej, na zachód, w kierunku domu, w którym mieszka Charlotte Nielson.

Gdy zatrzymuję się przed jej budynkiem, drżą mi ręce i wali serce. Wyłączam silnik i siedzę przez chwilę nieruchomo, oddychając głęboko, by się uspokoić. Spostrzegam dwóch nastolatków pętających się przed frontowymi schodami. Przyglądają mi się, zastanawiając się niewątpliwie, dlaczego tak długo siedzę w aucie. Wiem, że prawdopodobnie są niegroźni, ale sama ich postura, gigantyczne rozmiary butów i szerokie bary budzą respekt, waham się więc, zanim w końcu wysiadam z samochodu i przechodzę obok nich do wejścia na klatkę schodową. Naciskam guzik domofonu mieszkania Charlotte. Jeden raz, drugi, trzeci. Nikt nie odpowiada, a drzwi są zamknięte.

Chłopcy nadal mi się przyglądają.

– Czy któryś z was tu mieszka? – pytam.

Obaj wzruszają równocześnie ramionami i nie wiem, co to oznacza. Nie wiedzą, gdzie mieszkają?

– Mnie się zdarza – odzywa się wyższy z nich. Ma rozjaśnione od słońca włosy i jeśli mieszkał w Kalifornii, zapewne pływał na desce surfingowej. – Głównie latem, kiedy jestem z ojcem.

A więc to jedna z tych rozbitych rodzin.

– Znasz sąsiadów, którzy mieszkają w tym budynku? Charlotte Nielson?

– Tę z mieszkania dwa A? Tak. – Chłopcy wymieniają znaczące uśmieszki. – Chciałbym poznać ją bliżej – dodaje i obaj parskają śmiechem.

– Muszę się z nią koniecznie skontaktować. Możecie dać jej tę wiadomość? Chciałabym, żeby do mnie zadzwoniła. – Wyciągam z torebki notes i zapisuję mój numer telefonu.

– Nie ma jej tutaj. Jest w Maine.

– Wcale nie – odpowiadam.

– A właśnie że tak.

– Była tam, ale wyjechała miesiąc temu – mówię. – Nie wróciła do domu?

Chłopak kręci głową.

– Ostatni raz widziałem ją w czerwcu. I zaraz potem wyjechała.

Myślę o tym przez chwilę, próbując pogodzić jego słowa z tym, co powiedziała mi Donna Branca – że Charlotte opuściła Strażnicę Brodiego z powodu problemów rodzinnych.

Skoro nie wróciła do Bostonu, to dokąd pojechała? Dlaczego nie odpowiadała na jej maile i telefony?

– Więc co się dzieje z Charlotte? – pyta nastolatek.

– Nie wiem. – Wpatruję się w budynek. – Czy twój tata jest w domu?

– Poszedł pobiegać.

– Możesz mu dać mój numer telefonu? Poproś, żeby do mnie zadzwonił. Naprawdę muszę skontaktować się z Charlotte.

– Jasne. Okej. – Chłopak wpycha świstek papieru z moim numerem do tylnej kieszeni dżinsów i obawiam się, że zbyt łatwo może o nim zapomnieć, ale nic na to nie poradzę. Sukces mojego pościgu za Charlotte zależy teraz od nastolatka, który zapewne wrzuci te dżinsy do pralki, nie pamiętając nawet, co ma w kieszeni.

Wsiadam do samochodu, zastanawiając się, czy nie powinnam spędzić nocy w Bostonie, zamiast jechać cztery i pół godziny do Tucker Cove. Moje mieszkanie stoi puste od tygodni i zapewne powinnam tak czy inaczej do niego zajrzeć.

Tym razem unikam Commonwealth Avenue i wybieram inną trasę, żebym nie musiała przejeżdżać obok domu Lucy. Moja „zakazana strefa" rozszerza się coraz bardziej. Po śmierci Nicka zmuszałam się, by odwiedzać Lucy tylko dlatego, że potrzebowała rozpaczliwie pocieszenia. Potem nie byłam już w stanie tego robić. Nie mogłam znieść jej uścisków ani patrzeć jej w oczy, więc po prostu przestałam do niej przychodzić. Przestałam dzwonić i odpowiadać na pozostawione wiadomości.

Teraz nie stać mnie nawet na to, by przejechać obok jej mieszkania.

Moje „zakazane strefy" rozprzestrzeniają się jak plamy z atramentu na mapie miasta. Obszar wokół szpitala, w którym pracuje Lucy. Jej ulubiona kafejka i sklep spożywczy. Wszystkie miejsca, gdzie mogłabym na nią wpaść i być zmuszona do wyjaśniania, dlaczego zniknęłam z jej życia. Na samą myśl o spotkaniu z Lucy serce wali mi jak młotem i pocą mi się dłonie. Wyobrażam sobie, jak te czarne plamy stają się coraz większe i rozlewają się po mapie, aż cały Boston staje się „zakazaną strefą". Może powinnam przenieść się na stałe do Tucker Cove i zamknąć się w Strażnicy Brodiego. Zestarzeć się tam i umrzeć, z daleka od tego miasta, gdzie dostrzegam na każdym kroku swoją winę, zwłaszcza na drodze do mojego mieszkania.

Bo tutaj się to wydarzyło. Tu jest skrzyżowanie, na którym limuzyna uderzyła w priusa Nicka, obracając go na oblodzonej ulicy. I latarnia, na której wylądował jego zmiażdżony samochód.

To kolejna czarna plama na mapie. Kolejne miejsce, którego należy unikać. Przez całą drogę do swojego mieszkania czuję się tak, jakbym jechała po torze przeszkód, gdzie każdy narożnik, każda ulica przywodzą złe wspomnienia, które są jak bomba mogąca w każdej chwili eksplodować.

A najgorsze z nich wiąże się z moim mieszkaniem.

Początkowo o tym nie pamiętam. Kiedy wchodzę do środka, czuję jedynie stęchłe powietrze w pokojach, w których od tygodni nie otwierano okien. Wszystko jest tak, jak było: w miseczce przy drzwiach leżą zapasowe klucze, a na stoliku widzę kilka ostatnich numerów czasopisma „Bon Appétit". Powinnam pomyśleć „Nie ma to jak w domu", ale nadal jestem zdenerwowana drogą przez miasto, nadal niepewna, czy naprawdę chcę spędzić tutaj noc. Odkładam torebkę i wrzucam klucze do miseczki. Od rana nic nie jadłam i nie piłam, więc idę do kuchni po szklankę wody.

I tam dopada mnie wspomnienie sylwestrowej nocy.

Jest tak wyraziste, że niemal słyszę strzelające korki, czuję zapach rozmarynu i skwierczący tłuszcz pieczonej porchetty, aromatycznej włoskiej rolady z boczku. Przypominam sobie cudowny smak szampana na języku. Tej nocy wypiłam go zbyt wiele, ale to było moje przyjęcie, spędziłam cały dzień w kuchni, wyjmując z muszli ostrygi, obierając karczochy i szykując tarty z grzybami. I gdy moje mieszkanie wypełniło się trzydziestoma paroma gośćmi, byłam gotowa świętować.

Więc piłam.

Wszyscy inni także. Wszyscy z wyjątkiem Lucy, która, niestety, tej nocy miała telefoniczny dyżur w szpitalu. Przyjechali z Nickiem osobno, na wypadek gdyby musiała awaryjnie opuścić przyjęcie, i piła tylko wodę mineralną.

Oczywiście wezwano ją, bo w sylwestrową noc drogi były śliskie i doszło do wielu wypadków. Pamiętam, jak patrzyłam na nią z głębi pokoju, gdy wkładała płaszcz, by wyjść, i myślałam: Moja absolutnie trzeźwa siostra jedzie ratować kolejne życie, a ja jestem tutaj i kończę szósty kieliszek szampana.

A może to był siódmy?

Wtedy straciłam już rachubę, ale jakie to miało znaczenie? Nigdzie nie jechałam. Nick również. Zgodził się spać w gościnnym pokoju, bo był zbyt wykończony, żeby siadać za kierownicę.

Wpatruję się w kuchenną podłogę i przypominam sobie, jak dotykałam plecami tych zimnych, twardych płytek. Pamiętam, jak mdliło mnie po szampanie. Nagle mdłości wracają i nie mogę pozostać w tym mieszkaniu ani chwili dłużej.

Uciekam stamtąd i wsiadam z powrotem do samochodu.

Wrócę na noc do domu, do Strażnicy Brodiego. Po raz pierwszy pomyślałam, że to mój dom, bo wydaje się teraz jedynym miejscem na świecie, gdzie mogę się ukryć przed wspomnieniami tamtej nocy. Sięgam do stacyjki.

W tym momencie dzwoni komórka. Kierunkowy Bostonu, ale nie rozpoznaję numeru. Mimo to odbieram.

– Syn powiedział, że mam do pani zadzwonić – słyszę męski głos. – Mówi, że była pani pod naszym domem i pytała o Charlotte.

– Tak, dziękuję, że się pan odezwał. Próbowałam się z nią skontaktować, ale nie odpowiedziała na maile ani nie odbiera telefonu.

– Kim pani właściwie jest?

– Nazywam się Ava Collette. Mieszkam w domu w Tucker Cove, który Charlotte wynajmowała. Mam parę rzeczy, które tam zostawiła, i chciałabym je oddać.

– Chwileczkę. Czy ona już tam nie mieszka?

– Nie. Opuściła miasteczko ponad miesiąc temu i zakładałam, że wróciła do Bostonu. Wysłałam paczkę na jej adres, ale mi ją odesłano.

– No cóż, do Bostonu nie wróciła. Nie widziałem jej od czerwca. Odkąd wyjechała do Maine.

Milczymy oboje przez chwilę, zastanawiając się nad tajemniczym zniknięciem Charlotte Nielson.

– Ma pan jakiekolwiek pojęcie, gdzie może teraz być? – pytam.

– Wyjeżdżając z Bostonu, dała mi adres kontaktowy. To numer skrytki pocztowej.

– Gdzie?

– W Tucker Cove.

# Rozdział dwudziesty

Donna Branca nie jest ani trochę zaniepokojona tym, co jej powiedziałam.

– Człowiek, z którym pani rozmawiała, to tylko jej sąsiad, więc nie musi wiedzieć, dokąd wyjechała. Może odwiedza krewnych w innym stanie. Albo jest za granicą. Mogła nie wrócić do Bostonu z wielu powodów. – Dzwoni jej telefon, więc obraca się na fotelu, by odebrać. – Agencja Nieruchomości Branca.

Przyglądam się jej z drugiej strony biurka, czekając, aż skończy rozmowę i zechce pomówić dalej ze mną, ale widzę, że mnie ignoruje i koncentruje się całkowicie na zawieraniu nowej umowy najmu: na dom z czterema sypialniami, z widokiem na morze, położony zaledwie półtora kilometra od miasteczka. Jestem tylko natrętną lokatorką, która bawi się w detektywa. To Tucker Cove, nie Cabot Cove, i nie jestem emerytowaną nauczycielką z serialu *Napisała: Morderstwo*, która zajmuje się śledztwem w sprawie zaginięcia kobiety.

W końcu Donna wyłącza telefon i odwraca się do mnie z takim wyrazem twarzy, jakby chciała powiedzieć: „Po co jeszcze tu jesteś?".

– Martwi się pani o Charlotte z jakiegoś konkretnego powodu? Przecież nawet jej pani nie zna.

– Nie odbiera telefonu. Od tygodni nie odpowiada na maile.

– W wiadomości, którą mi przysłała, wspomniała, że przez jakiś czas będzie poza zasięgiem.

– Ma pani jeszcze tę wiadomość?

Donna odwraca się z westchnieniem do szafki z aktami i wyjmuje skoroszyt z papierami dotyczącymi Strażnicy Brodiego.

– Przysłała mi to pocztą z Bostonu, po wyjeździe. Jak pani widzi, nie ma tu niczego niepokojącego. – Wręcza mi pisany na komputerze list. Jest bardzo rzeczowy.

Donno, z powodu problemów rodzinnych musiałam natychmiast wyjechać z Tucker Cove. Nie wracam do Maine. Wiem, że zostało mi jeszcze kilka miesięcy najmu, ale na pewno znajdziesz bez problemu nowego lokatora. Mam nadzieję, że moja zaliczka wystarczy na pokrycie strat z powodu wcześniejszej rezygnacji. Zostawiłam dom w dobrym stanie.

Tam, dokąd jadę, jest słaby zasięg komórki, więc gdybyś chciała się ze mną skontaktować, najlepiej mailowo.

Charlotte

Czytam list dwukrotnie, coraz bardziej zaintrygowana, i spoglądam na Donnę.

– Nie uważa pani, że to dziwne? – pytam.

– Jej zaliczka wszystko pokryła. I rzeczywiście zostawiła dom w dobrym stanie.

– Dlaczego nie wspomniała, dokąd się wybiera?

– Dokądś, gdzie nie ma zasięgu komórki.

– Za granicę? Na pustkowie? Dokąd?

Donna wzrusza ramionami.

– Wiem tylko tyle, że nie zostawiła długów.

– Minęło kilka tygodni, a z nią nadal nie ma kontaktu. Jej sąsiad z Bostonu nie ma pojęcia, gdzie ona jest. Powiedział mi, że ma skrytkę pocztową w Tucker Cove o numerze jeden trzy siedem. Podejrzewam, że jej poczta nadal tam jest, nieodebrana. Czy to wszystko pani nie niepokoi?

Przez chwilę Donna bębni palcami o biurko. W końcu bierze do ręki telefon i dzwoni.

– Halo, Stuart? Mówi Donna Branca. Możesz wyświadczyć mi przysługę i sprawdzić pewną skrytkę pocztową? Numer jeden trzy siedem. Należała do jednej z moich lokatorek, Charlotte Nielson. Nie, Stuart, nie proszę cię o żadne informacje, których nie powinieneś ujawniać. Chodzi o to, że Charlotte opuściła miasto przed kilkoma tygodniami i chcę wiedzieć, czy jej poczta jest gdzieś przekazywana. Tak, czekam przy telefonie. – Zerka na mnie. – Musi trochę nagiąć przepisy, ale to małe miasteczko i wszyscy się tu znamy.

– Może podać nam jej adres do korespondencji? – pytam.

– Nie będę naciskała, dobrze? I tak jest dość miły, że robi

to dla nas. – Skupia znów uwagę na telefonie. – Tak, Stuart, jestem. Co? – Unosi brwi. – Wszystkie przesyłki nadal tam są? I nie podała adresu do przekierowywania korespondencji?

Pochylam się w napięciu, ze wzrokiem przykutym do twarzy Donny. Choć słyszę tylko połowę rozmowy, wiem, że coś jest bardzo nie w porządku, i teraz nawet ona nie ukrywa zdenerwowania. Odkłada powoli telefon i patrzy na mnie.

– Charlotte od tygodni nie odbiera poczty. Jej skrytka jest przepełniona i nie podała żadnego adresu do przekazywania korespondencji. – Donna kręci głową. – Jakie to dziwne...

– Więcej niż dziwne.

– Może po prostu zapomniała wypełnić formularz ze zmianą adresu.

– Albo nie mogła tego zrobić.

Patrzymy na siebie przez chwilę i nagle w naszych głowach świta ta sama przerażająca myśl. Charlotte Nielson zniknęła z powierzchni ziemi. Nie odpowiada na telefony i maile i od tygodni nie odbiera poczty.

– Słyszała pani o zwłokach, które wyłowiono z wody? – pytam. – To było ciało kobiety. I jeszcze jej nie zidentyfikowano.

– Sądzi pani...

– Myślę, że musimy zawiadomić policję.

□   □   □

Policja jest znowu w moim domu, tym razem jednak nie z powodu drobnego włamywacza, który zostawił ślady błota na podłodze w kuchni. Detektywi z policji stanowej w Maine

212

prowadzą dochodzenie w sprawie zabójstwa. Badania zębów potwierdziły, że zwłoki znalezione w zatoce to Charlotte Nielson, która od ponad miesiąca nie odbierała poczty ze swojej skrytki, a ostatni raz odezwała się, wysyłając drukowany list do Donny.

Charlotte Nielson, która dwa miesiące temu mieszkała w Strażnicy Brodiego i spała w moim łóżku.

Siedzę w kuchni, gdy policjanci przeszukują sypialnie na piętrze. Nie wiem, co mają nadzieję znaleźć. Dawno już wypiłam jej ostatnią butelkę whisky. Jedyne pozostałe w tym domu ślady po Charlotte to jej chusta od Hermèsa, egzemplarz *Radości gotowania* i klapek, który znalazłam pod łóżkiem. Jest też napisana odręcznie lista miejscowych numerów telefonów, przypięta nadal do korkowej tablicy w kuchni. Numery do hydraulika, elektryka i lekarza. Miała staranny charakter pisma, jakiego można oczekiwać po nauczycielce z podstawówki, i jeśli prawdą jest, że człowieka można oceniać po piśmie, to Charlotte była schludną i pedantyczną kobietą, która nie zostawiłaby raczej kosztownej chusty albo często używanej książki kucharskiej. A skoro to zrobiła, jestem skłonna sądzić, że pakowała się pospiesznie; tak bardzo pragnęła uciec z tego domu, że nie zajrzała nawet pod łóżko ani nie sięgnęła w głąb szafy. Myślę o mojej pierwszej nocy tutaj, gdy znalazłam butelkę i nalałam sobie szklaneczkę whisky. Whisky martwej kobiety.

Wyrzuciłam już pustą butelkę, ale powinnam powiedzieć o niej policji.

Na zewnątrz pogorszyła się pogoda. Burza, która kilka dni temu nawiedziła obie Karoliny, nadciągnęła teraz nad wybrzeże Maine i krople deszczu bębnią o kuchenne okno. Uświadamiam sobie nagle, że zostawiłam otwarte okna wychodzące na wschód, więc opuszczam kuchnię i idę do pokoju od strony morza, by je zamknąć. Przez zalane szyby widzę nadpływające fale, szare i wzburzone, i słyszę, jak smagane wiatrem gałęzie krzaków bzu drapią o ściany domu.

– Proszę pani?

Odwracam się i widzę dwóch detektywów, których nazwiska – Vaughan i Perry – brzmią jak nazwa kancelarii prawnej. W przeciwieństwie do miejscowych policjantów, którzy przyszli w sprawie włamania, ci bardzo oficjalni i pozbawieni poczucia humoru panowie zajmują się poważnymi przestępstwami, co odzwierciedla ich sposób bycia. Oprowadziłam ich już po pokojach na piętrze i pokazałam, gdzie znalazłam chustę i klapek Charlotte, nalegali jednak, że chcą sami obejrzeć dom. Zastanawiam się, czego szukają? Od wyjazdu Charlotte podłogi zostały odkurzone, a wszelkie ślady, jakie po sobie zostawiła, musiałam już dawno zatrzeć.

– Skończyliście panowie na górze? – pytam.

– Tak. Ale mamy jeszcze parę pytań – odpowiada detektyw Vaughan. Mówi władczym tonem, który sugeruje, że był kiedyś wojskowym, i kiedy wskazuje na kanapę, posłusznie siadam. On sadowi się w pasującym bardziej do kobiety brokatowym fotelu, w którym mężczyzna z jego szerokimi barami i fryzurą komandosa wygląda niedorzecznie. Jego partner, detektyw Perry, stoi z boku z rękami skrzyżowanymi na piersi, jakby starał się wyglądać swobodnie, ale nie bardzo mu to wychodzi. Obaj są rosłymi mężczyznami imponującej postury i nie chciałabym być na ich celowniku, gdy prowadzą dochodzenie.

– Wiedziałam, że coś jest nie w porządku – mruczę. – Ale ona sądziła, że jestem wścibska.

– Ma pani na myśli panią Brancę?

– Tak. Charlotte nie odpowiadała na telefony ani maile, a Donny zupełnie to nie interesowało. Jakby nie chciała uwierzyć, że coś mogło się stać.

– Ale pani to przeczuwała?

– Niepokoiło mnie, że Charlotte nie odpowiada na moje maile.

– Po co chciała się pani z nią skontaktować?

– Miałam do niej parę pytań.

– Na jaki temat? – Spojrzenie niebieskich oczu Vaughana jest zbyt badawcze, zbyt przenikliwe.

Odwracam wzrok.

– Chodziło o ten dom. O kilka… drobiazgów.

– Czy nie mogła odpowiedzieć na te pytania pani Branca?

– Trzeba tu mieszkać, żeby to zrozumieć – rzucam. On milczy, czuję się więc zmuszona kontynuować. – Nocą pojawiały się dziwne hałasy. Nie potrafiłam wyjaśnić ich pochodzenia. Zastanawiałam się, czy Charlotte też je słyszała.

– Wspomniała pani, że parę tygodni temu ktoś się tu włamał. Czy pani zdaniem ma to coś wspólnego z tymi hałasami?

– Nie, nie sądzę.

– Bo pani Nielson zgłaszała podobny incydent.

– Tak, słyszałam o tym od miejscowej policji. Uznali, że to sprawka jakiegoś nastolatka, który nie wiedział, że dom jest zamieszkany. To samo mówili o moim włamaniu.

Nachyla się bliżej, przenikając mnie wzrokiem jak promieniem lasera.

– Przychodzi pani do głowy, kto mógł to zrobić? Z wyjątkiem jakiegoś anonimowego nastolatka?

– Nie. Ale skoro przydarzyło się to także Charlotte, może to ta sama osoba?

– Musimy rozważyć wszystkie możliwości.

Wszystkie możliwości... Wodzę wzrokiem po twarzach obu mężczyzn, których milczenie sprawia, że jeszcze bardziej się niepokoję.

– Co właściwie stało się Charlotte? – pytam. – Wiem, że wyłowiono ją martwą w zatoce, ale jak zginęła?

– Możemy tylko powiedzieć, że prowadzimy dochodzenie w sprawie zabójstwa.

Odzywa się moja komórka, ale nie sprawdzam nawet, kto dzwoni. Zgłasza się automatyczna sekretarka, a ja koncentruję uwagę na rozmowie z detektywami.

– Czy miała siniaki? – kontynuuję. – Czy zabójca zostawił jakieś ślady?

– Dlaczego pani o to pyta?

– Po prostu staram się zrozumieć, dlaczego macie taką pewność, że to było zabójstwo. A może wypadła z łodzi i utonęła?

– Nie miała w płucach morskiej wody. Była martwa, zanim jej ciało wrzucono do oceanu.

– Ale mimo wszystko mógł to być wypadek. Może spadła ze skały. Uderzyła się w głowę i…

– To nie był wypadek. Została uduszona. – Przygląda mi się, jak reaguję na tę informację, zastanawiając się zapewne, czy nie za dużo powiedział i czy nie będzie musiał za chwilę radzić sobie z kobietą, która wpada w histerię. Siedzę jednak w bezruchu, rozmyślając nad tym, co usłyszałam. Chcę poznać jeszcze tyle szczegółów. Czy miała połamane kości? Siniaki pozostawione przez sprawcę, który naprawdę istnieje? Czy zwykła ektoplazma może zabić kobietę?

Czy mógł to zrobić kapitan Brodie?

Spoglądam na swój lewy nadgarstek, przypominając sobie siniaka, który już zniknął. Siniaka, którego zobaczyłam rano po pierwszym spotkaniu z duchem. Czy zrobiłam go sobie sama, upadając po pijanemu, jak to już nieraz bywało? Czy też stanowił dowód, że duch może naprawdę wyrządzić krzywdę żyjącej osobie?

– Zdarzyły się inne włamania po tamtym, gdy wezwała pani policję z Tucker Cove? – pyta detektyw Perry.

Kręcę głową.

– Nie.

– Czy ktoś do pani dzwonił, molestował panią?

– Nie.

– Wiemy od pani Branki, że wykonywano tu ostatnio jakieś prace ciesielskie.

– Tak, w wieżyczce i na tarasie. Remont już się skończył.

– Jak dobrze zna pani tych cieśli?

– Widywałam Billy'ego i Neda niemal codziennie przez

kilka tygodni, więc powiedziałabym, że jesteśmy dobrymi znajomymi.

– Dużo pani z nimi rozmawiała?

– Wykorzystywałam ich jako króliki doświadczalne. – Gdy Vaughan unosi brew, parskam śmiechem. – Jestem autorką książek kucharskich. Piszę właśnie o tradycyjnej kuchni Nowej Anglii i eksperymentowałam z przepisami. Billy i Ned zawsze chętnie próbowali tego, co przyrządziłam.

– Czy bała się pani któregoś z nich?

– Nie. Ufałam im na tyle, że wchodzili i wychodzili, kiedy chcieli, nawet jak mnie tu nie było.

– Mieli klucz do domu?

– Wiedzieli, gdzie go znaleźć. Zostawiałam im zapasowy klucz na ościeżach drzwi.

– Więc któryś z nich mógł zrobić jego kopię.

Ze zdumienia kręcę głową.

– Dlaczego pan o nich pyta?

– Pracowali w tym domu także wtedy, gdy mieszkała tu pani Nielson.

– Czy zna pan w ogóle Billy'ego i Neda?

– A pani?

Nie odzywam się. Prawdę mówiąc, czy znamy kogokolwiek?

– Nigdy nie dali mi powodu, bym im nie ufała – odpowiadam w końcu. – A Billy to jeszcze dzieciak.

– Ma dwadzieścia trzy lata – informuje mnie Perry.

To dziwne, że znają już jego wiek. Teraz ja także. Nie muszą podkreślać tego, co oczywiste: że dwudziestotrzy-

letni mężczyźni są zdolni do przemocy. Myślę o muffin-
kach, potrawkach i ciastach, które dla nich przyrządzałam,
i o tym, jak Billy'emu świeciły się oczy, gdy zjawiałam się
z nowymi potrawami do skosztowania. Czyżbym karmiła
potwora?

– A ten drugi cieśla? Co pani wie o panu Haskellu? – Po
oczach Perry'ego trudno się zorientować, co myśli, ale pytania, które zadaje, schodzą na niebezpieczny teren. Nagle nie
rozmawiamy już o anonimowych włamywaczach, ale o ludziach, których znam i lubię.

– Wiem, że to mistrz ciesielski. Proszę się rozejrzeć, ile
zrobił w tym domu. Ned powiedział mi, że zaczął pracować
dla Sherbrooke'ów przed wielu laty. Jako majster u ciotki
obecnego właściciela.

– Czyli nieżyjącej już Aurory Sherbrooke?

– Tak. Raczej nie pracowałby dla nich nadal, gdyby pojawiły się jakieś problemy. Poza tym jest kimś więcej niż
cieślą. Jest również cenionym artystą. Galeria w centrum
sprzedaje jego rzeźby ptaków.

– Tak, słyszeliśmy – mówi Perry niewzruszonym tonem.

– Powinniście rzucić okiem na jego prace. Sprzedają je
nawet w galeriach w Bostonie. – Wpatruję się w twarze obu
detektywów. – To prawdziwy artysta – powtarzam, jakby to
wykluczało go jako podejrzanego. Artyści tworzą, a nie nisz-
czą. Nie zabijają.

– Czy pan Haskell powiedział albo zrobił kiedykolwiek
coś, co panią zaniepokoiło? Wydało się pani niestosowne
albo krępujące?

Wyczuwam w powietrzu jakąś zmianę. Obaj detektywi nachylili się nieco w moją stronę, wbijając we mnie wzrok.

– Dlaczego pytacie o Neda?

– To rutynowe pytania.

– Wcale tak nie brzmią.

– Proszę odpowiedzieć.

– No dobrze. Ned Haskell nigdy nie wprawił mnie w zakłopotanie. Nigdy mnie nie wystraszył. Lubię go i zaufałam mu na tyle, że mógł wchodzić swobodnie do mojego domu. A teraz powiedzcie, dlaczego się nim interesujecie.

– Badamy każdy trop. To nasza praca.

– Czy Ned zrobił coś złego?

– Nie możemy tego komentować – rzuca Vaughan i to mówi mi wszystko. Zamyka swój notes. – Będziemy w kontakcie, jeśli pojawią się jakieś pytania. A tymczasem… czy nadal trzyma pani klucz od domu nad drzwiami?

– Wciąż tam jest. Jeszcze go nie zabrałam.

– Proponuję natychmiast to zrobić. I kiedy jest pani w domu, radzę używać rygla. Zauważyłem, że jest.

Obaj zmierzają do wyjściowych drzwi. Podążam za nimi, nadal nie znając odpowiedzi na wiele pytań.

– A co z samochodem Charlotte? – dopytuję się. – Miała auto, prawda? Znaleźliście je?

– Nie.

– Więc zabójca je ukradł.

– Nie wiemy, gdzie jest. Może już poza granicami stanu. Albo na dnie jakiegoś jeziora.

– Więc może chodziło o kradzież samochodu? Ktoś go

220

ukradł i wrzucił ciało Charlotte do zatoki. – Słyszę nutę desperacji w swoim głosie. – To się mogło zdarzyć, kiedy wyjeżdżała z miasta. Nie tutaj, nie w tym domu.

Detektyw Vaughan przystaje na ganku i przygląda mi się swym zimnym, enigmatycznym wzrokiem.

– Proszę zaryglować drzwi, pani Collette – mówi tylko.

To pierwsze, co robię, gdy odjeżdżają. Zasuwam rygiel i obchodzę dom, sprawdzając, czy wszystkie okna są zamknięte. Ciemne burzowe chmury, które gromadziły się przez całe popołudnie, rozwierają się nagle i rozlega się huk grzmotu. Staję przy oknie w pokoju wychodzącym na morze i obserwuję spływające po szybach strugi deszczu. Powietrze wydaje się naładowane i groźne, a gdy spoglądam na swoje ręce, widzę, że dostałam gęsiej skórki. Niebo przecina błyskawica i cały dom trzęsie się od uderzającego zaraz potem gromu.

Lada chwila może wysiąść prąd.

Biorę do ręki komórkę, by sprawdzić, jaki mam poziom baterii i czy wystarczy jej na całą noc bez doładowania. Dopiero teraz zauważam, że mam wiadomość głosową, i przypominam sobie telefon, który zignorowałam, rozmawiając z detektywami.

Odtwarzam nagranie i zdumiona słyszę głos Neda Haskella.

„Avo, zapewne opowiedzą pani o mnie różne rzeczy, które nie są prawdziwe. To wszystko kłamstwa. Chcę, żeby pani wiedziała, że nic złego nie zrobiłem. Cała sprawa jeszcze się bynajmniej nie skończyła… jeśli tylko będzie to zależało ode mnie".

Wpatruję się w komórkę, zastanawiając się, czy powinnam powiedzieć policji o tym telefonie. A także czy nadużyłabym zaufania Neda. Dlaczego odezwał się akurat do mnie? Niebo nad oceanem przecina kolejna błyskawica. Odsuwam się od okna i czuję, jak wibracje, które wywołał następujący po niej grzmot, przenikają mnie do szpiku kości, jakby moja pierś była dudniącym kotłem. Wiadomość od Neda zdenerwowała mnie, więc wśród szalejącej burzy obchodzę ponownie dom, sprawdzając raz jeszcze okna i drzwi.

Tej nocy nie śpię dobrze.

Gdy błyskawice tną ciemności i huczą grzmoty, leżę przebudzona w tym samym łóżku co zamordowana kobieta. Przypominam sobie wszystkie swoje spotkania i rozmowy z Nedem Haskellem i wspomnienia przesuwają mi się w pamięci jak pokaz slajdów. Ned na tarasie, napinający mięśnie, gdy uderza młotem. Ned uśmiechający się do mnie szeroko znad miski potrawki wołowej. Myślę o tym wszystkim, co ma w skrzynce z narzędziami cieśla, o ostrzach, imadłach i śrubokrętach, i o tym, jak przedmioty służące do obróbki drewna mogą być łatwo użyte do innych celów.

A potem przypominam sobie przyjęcie w galerii sztuki i moment, gdy Ned uśmiecha się do mnie z zażenowaniem, stojąc obok swoich dziwacznych rzeźb ptaków. Jak ktoś, kto tworzy tak czarujące dzieła sztuki, może chwycić kobietę za gardło i pozbawić ją życia?

– Nie bój się.

Przestraszona głosem dochodzącym z ciemności, podnoszę wzrok. Błysk odległego pioruna oświetla pokój i moja pamięć rejestruje natychmiast każdy szczegół jego twarzy. Czarne loki, niesforne jak sztormowe fale. Twarz niczym z granitu. Ale tej nocy dostrzegam coś nowego, czego nie zauważyłam na portrecie kapitana Brodiego, który wisi w Towarzystwie Historycznym. Teraz widzę w jego oczach znużenie, zmęczenie steranego życiem człowieka, który przemierzył zbyt wiele oceanów i szuka już tylko spokojnego portu.

Wyciągam rękę i dotykam kilkudniowego zarostu na jego szczęce. A więc tak dopadła cię śmierć, myślę. Wycieńczony godzinami pracy przy sterze, widziałeś swój statek rozbijany przez fale i załogę zmywaną z pokładu do morza. Tak bardzo chciałabym być bezpieczną przystanią, której szukał, ale spóźniłam się o sto pięćdziesiąt lat.

– Śpij spokojnie, kochana Avo. Tej nocy będę trzymał wachtę.

– Tęskniłam za tobą.

Przyciska usta do mojego czoła i czuję we włosach jego ciepły oddech. Oddech żyjącego człowieka.

– Kiedy mnie najbardziej potrzebujesz, jestem tutaj. I zawsze będę.

Przysiada obok mnie na łóżku i materac ugina się pod jego ciężarem. Jak może nie istnieć naprawdę, skoro czuję, jak oplata mnie ramionami i dotyka płaszczem mego policzka?

– Jesteś dzisiaj inny – szepczę. – Taki miły. Taki delikatny.

– Jestem tym, kogo ci potrzeba.

– Ale kim jesteś? Kim jest prawdziwy kapitan Brodie?

– Jak wszyscy ludzie, bywam dobry i zły. Okrutny i łagodny. – Ujmuje moją twarz ogorzałą ręką, która tej nocy dodaje mi tylko otuchy, choć wcześniej smagała mnie biczem i zakuwała w kajdanki moje nadgarstki.

– Skąd będę wiedziała, czego się po tobie spodziewać?

– Czy nie tego właśnie pragniesz? Niespodzianki?

– Czasem mnie przerażasz.

– Ponieważ zabieram cię w niebezpieczne miejsca. Pozwalam ci zajrzeć w otchłań ciemności. Ośmielam cię, byś zrobiła pierwszy krok, a potem następny. – Muska moją twarz tak delikatnie, jakby głaskał dziecko. – Ale nie tej nocy.

– Co zdarzy się tej nocy?

– Będziesz spała. Nie lękaj się – szepcze. – Nie pozwolę, by coś ci się stało.

I tej nocy rzeczywiście śpię bezpieczna w jego objęciach.

# Rozdział dwudziesty pierwszy

Następnego popołudnia mówi o tej sprawie całe miasteczko. Najpierw słyszę o tym, kupując artykuły spożywcze w Village Food Mart, sklepiku tak małym, że trzeba wkładać zakupy do podręcznego koszyka, bo w wąskich alejkach między półkami nie mieści się żaden wózek. Przystaję w dziale warzywnym i przeglądam żałosny asortyment sałat (lodowa lub rzymska), pomidorów (bawole serca lub koktajlowe) i pietruszki (zwyczajna lub żadna). Tucker Cove może i jest wakacyjnym rajem, ale znajduje się na końcu łańcucha dostaw żywności, a ponieważ nie zdążyłam zrobić zakupów na wczorajszym cotygodniowym targowisku, muszę teraz kupować to, co mogę dostać w tym sklepie. Gdy nachylam się, by wygrzebać z pojemnika czerwone pomidory, słyszę dwie kobiety, plotkujące w sąsiedniej alejce.

– ...i policja zjawiła się u niego z nakazem rewizji, uwierzy pani? Nancy widziała trzy radiowozy zaparkowane przed jego domem.

– O mój Boże! Nie sądzi pani chyba, że to on ją zabił?

– Jeszcze go nie aresztowali, ale myślę, że to tylko kwestia czasu. W końcu był też przypadek tamtej dziewczyny. Wtedy wszyscy uważali, że to musiała być jego sprawka.

Wyciągam szyję zza gabloty i widzę dwie kobiety o siwych włosach, z pustymi koszykami, najwyraźniej bardziej zajęte plotkowaniem niż zakupami.

– Niczego mu nie udowodniono.

– Ale teraz może być inaczej, prawda? Skoro policja tak się nim interesuje. I jest jeszcze sprawa tej staruszki z domu na wzgórzu, u której pracował przed laty. Zawsze się zastanawiałam, jak ona naprawdę umarła…

Gdy idą do następnej alejki, nie mogę się oprzeć pokusie, by podążyć za nimi, aby podsłuchać dalszą część rozmowy. Przystaję przed półkami z papierem toaletowym, udając, że zastanawiam się, który wybrać. Są aż dwa rodzaje. Na który mam się zdecydować?

– Nigdy nie wiadomo, prawda? – mówi jedna z kobiet. – Zawsze wydawał się taki miły. I pomyśleć, że nasz pastor zatrudnił go w zeszłym roku do zamontowania nowych ławek w kościele. On ma tyle ostrych narzędzi.

Mówią niewątpliwie o Nedzie Haskellu.

Płacę za zakupy i wracam do samochodu, poruszona tym, co przed chwilą usłyszałam. Z pewnością policja ma powody, by interesować się Nedem. Kobiety w sklepie mówiły o jakiejś innej dziewczynie. Czy też padła ofiarą zabójstwa?

Na końcu ulicy jest biuro sprzedaży nieruchomości. Jeśli ktoś trzyma rękę na pulsie wydarzeń w miasteczku, to właśnie Donna Branca. Ona będzie wiedziała.

Siedzi jak zwykle przy biurku, z telefonem przy uchu. Zerka na mnie, lecz szybko opuszcza głowę, unikając mego wzroku.

– Nie, oczywiście, że nie miałam o tym pojęcia – mruczy do słuchawki. – Zawsze był bardzo solidny. Nigdy nie było żadnych reklamacji. Czy mogę oddzwonić później? Ktoś przyszedł do biura. – Kończy rozmowę i niechętnie odwraca się do mnie.

– Czy to prawda, co mówią o Nedzie? – pytam.

– Kto pani powiedział?

– Podsłuchałam rozmowę dwóch kobiet w sklepie spożywczym. Podobno policja przeszukała rano jego dom.

Donna wzdycha ciężko.

– Za dużo w tym mieście cholernych plotkarzy.

– Więc to prawda.

– Nie został aresztowany. Nie należy zakładać, że jest winny.

– Ja niczego nie zakładam, Donno. Lubię Neda. Ale te kobiety wspomniały, że przed Charlotte była jeszcze jakaś inna dziewczyna.

– To tylko pogłoski.

– Kim ona była?

– Niczego nie udowodniono.

Pochylam się tak bardzo, że jestem z nią praktycznie twarzą w twarz.

– Wynajęła mi pani dom. Przez kilka tygodni Ned pracował tuż nad moją sypialnią. Mam prawo wiedzieć, czy jest niebezpieczny. Kim była ta dziewczyna?

Donna zaciska usta. Znika jej maska życzliwej agentki nieruchomości i zastępuje ją zatroskana twarz kobiety, która ukryła przede mną istotną informację, że człowiek zatrudniony do pracy w moim domu może być zabójcą.

– Była po prostu turystką – odpowiada. Jakby to sprawiało, że ofiara była mniej warta uwagi. – To zdarzyło się sześć, siedem lat temu. Wynajmowała dom na Plaży Cynamonowej, kiedy zaginęła.

– Podobnie jak Charlotte.

– Tyle że ciała Laurel nie odnaleziono. Większość z nas przypuszczała, że poszła się kąpać i utonęła, ale zawsze były wątpliwości. I plotki.

– Na temat Neda?

Przytakuje.

– Pracował w sąsiednim domu, remontował łazienkę.

– To jeszcze nie powód, by go podejrzewać – rzucam.

– Miał klucze do jej domu.

– Co? – Wpatruję się w nią.

– Ned twierdził, że znalazł je na plaży, na której zbiera drewno na swoje rzeźby. Agentka, która wynajmowała Laurel dom, zauważyła te klucze na desce rozdzielczej jego ciężarówki i rozpoznała firmowy breloczek. To wszystkie dowody, jakie miała przeciwko niemu policja: klucze zaginionej dziewczyny i fakt, że pracował w sąsiedztwie. Jej zwłok nigdy nie odnaleziono. W domu nie było żadnych śladów przemocy. Nie byli pewni, czy w ogóle zostało popełnione jakieś przestępstwo.

– Ale Charlotte została zamordowana. A Ned pracował w jej domu. W moim domu.

– Nie ja go zatrudniłam, tylko Arthur Sherbrooke. Nalegał, żeby to Ned przeprowadził remont.

– Dlaczego akurat on?

– Bo zna ten dom lepiej niż ktokolwiek. Ned pracował u ciotki pana Sherbrooke'a, kiedy jeszcze tam mieszkała.

– Właśnie tego dotyczy kolejna plotka, którą dziś słyszałam. Czy są jakieś wątpliwości co do przyczyny śmierci pani Sherbrooke?

– Aurory? Żadnych. Umarła ze starości.

– Te kobiety wyraźnie sugerowały, że Ned miał coś wspólnego z jej zgonem.

– Chryste! W tym cholernym miasteczku nie ma końca plotkom! – Donna przestaje nagle być profesjonalna; odchyla się na oparcie fotela. – Avo, znam Neda Haskella całe życie. Owszem, słyszałam plotki na jego temat. Wiem, że są ludzie, którzy nie chcą go zatrudniać. Ale nigdy nie uważałam, że jest niebezpieczny. I nadal w to nie wierzę.

Ja również, ale opuszczając biuro Donny, zastanawiam się, jak bliska byłam tego, by stać się kolejną Charlotte, kolejną Laurel. Przypominam sobie, jak walił młotem w wieżyczce, ubrudzony trocinami. Jest dość silny, by udusić kobietę, ale czy taki morderca potrafiłby również rzeźbić te cudowne fantazyjne ptaki? Może nie dostrzegłam w nich jakiejś mroczniejszej strony, niepokojącej wskazówki, że pod maską artysty czai się potwór. Ale czy potwory nie kryją się w każdym z nas? Ja znam swojego, i to dobrze.

Wsiadam do samochodu i zaraz po tym, jak zapinam pas, odzywa się komórka.

Dzwoni Maeve.

– Muszę się z panią zobaczyć – mówi.

– Możemy spotkać się w przyszłym tygodniu?

– Dziś po południu. Jestem właśnie w drodze do Tucker Cove.

– O co chodzi?

– O Strażnicę Brodiego. Musi pani się stamtąd wyprowadzić, Avo. Jak najszybciej.

□  □  □

Maeve przystaje z wahaniem na ganku, jakby zbierała się na odwagę, by wejść do domu. Przeszukuje nerwowo wzrokiem hol za moimi plecami i w końcu wchodzi, ale gdy docieramy do pokoju z widokiem na morze, rozgląda się nadal jak przestraszona sarna wypatrująca czujnie kłów i pazurów drapieżnika. Nawet gdy zasiada w starym fotelu, wygląda na wciąż zaniepokojoną, jak gość w nieprzyjaznym otoczeniu.

Wyciąga z torebki na ramieniu gruby skoroszyt i kładzie go na stoliku.

– Tyle udało mi się na razie wyszukać. Ale może być tego więcej.

– Na temat kapitana Brodiego?

– Na temat kobiet, które mieszkały w tym domu przed panią.

Otwieram skoroszyt. Na pierwszej stronie jest fotokopia gazetowego nekrologu z datą trzeciego stycznia 1901 roku.

*Panna Eugenia Hollander, lat 58, umiera w domu*
*po upadku ze schodów.*


– Zginęła tutaj. W tym domu – odzywa się Maeve.

– Piszą, że to był wypadek.

– Logiczny wniosek. Była zimowa noc, mroźno i ciemno.
A schody w wieżyczce pewnie nie były najlepiej oświetlone.
Ten ostatni szczegół sprawia, że podnoszę wzrok.

– To się stało na schodach wieżyczki?

– Proszę przeczytać raport policyjny.

Przechodzę na następną stronę i znajduję odręczny meldunek sporządzony przez funkcjonariusza Edwarda K. Billingsa z policji w Tucker Cove. Jego pismo jest bardzo staranne dzięki temu, że kształcił się w czasach, gdy w szkole jeszcze tego wymagano. Mimo słabej jakości fotokopii raport daje się odczytać.

*Zmarła jest pięćdziesięcioletnią niezamężną kobietą,*
*która mieszkała sama. Według jej bratanicy, pani Helen*
*Colcord, przed wypadkiem cieszyła się doskonałym*
*zdrowiem. Pani Colcord widziała ciotkę po raz ostatni*
*wczoraj wieczorem. Panna Hollander zdawała się*
*w dobrym nastroju i zjadła obfitą kolację.*

*Następnego ranka mniej więcej kwadrans po siódmej*
*zjawiła się pokojówka, panna Jane Steuben, zaskoczona,*
*że panna Hollander nie zeszła jeszcze na dół, jak miała*
*w zwyczaju. Wszedłszy na piętro, panna Steuben*

*stwierdziła, że drzwi prowadzące na schody wieżyczki*

*są otwarte, i znalazła u ich podnóża bezwładne ciało*

*panny Hollander.*

Przerywam lekturę, przypominając sobie te noce, gdy kapitan Brodie prowadził mnie na górę po tych schodach przy migoczącym świetle świec. Myślę, że są bardzo strome i wąskie i spadając z nich, można skręcić sobie kark. Co Eugenia Hollander robiła na tych schodach tamtej nocy, gdy zginęła?

Czy została tam zwabiona przez coś – lub kogoś – tak jak ja?

Skupiam ponownie uwagę na starannym charakterze pisma funkcjonariusza Billingsa. Wywnioskował, oczywiście, że panna Hollander zginęła wskutek wypadku. A jakiż mógł być inny powód? Zmarła mieszkała sama, niczego nie ukradziono i nie było śladów włamywacza.

Patrzę na Maeve.

– W jej śmierci nie ma niczego podejrzanego. Tak uznała policja. Po co mi to pani pokazuje?

– Szukając dalszych informacji na temat tej zmarłej kobiety, znalazłam jej zdjęcie.

Przechodzę na następną stronę w skoroszycie. Jest tam czarno-biały portret urodziwej młodej kobiety z łukowatymi brwiami i kaskadą ciemnych włosów.

– Tę fotografię zrobiono, gdy miała dziewiętnaście lat. Piękna dziewczyna, prawda? – mówi Maeve.

– Owszem.

– Pojawiała się wówczas w wielu rubrykach towarzyskich jako kandydatka na żonę dla różnych wolnych jeszcze młodych mężczyzn. W wieku dwudziestu dwóch lat zaręczyła się z synem bogatego kupca. Ojciec podarował jej w prezencie ślubnym Strażnicę Brodiego i młoda para zamierzała tam zamieszkać. Ale do ślubu nie doszło, bo dzień wcześniej Eugenia zerwała zaręczyny. Wybrała staropanieństwo i mieszkała w tym domu sama. Do końca życia.

Maeve czeka na moją reakcję, nie wiem jednak, co odpowiedzieć. Wpatruję się w fotografię dziewiętnastoletniej Eugenii, pięknej dziewczyny, która postanowiła nie wychodzić za mąż. I przeżyła samotnie całe życie w domu, w którym ja teraz mieszkam.

– Nie sądzi pani, że to dziwne? – pyta Maeve. – Tyle lat spędziła tutaj sama.

– Nie każda kobieta pragnie lub potrzebuje małżeństwa.

Przygląda mi się przez chwilę, ale jest łowczynią duchów, a nie wróżką. Nie potrafi sobie wyobrazić, co dzieje się po zapadnięciu zmroku w tym domu. W tej wieżyczce.

Wskazuje głową na skoroszyt.

– Proszę teraz spojrzeć, kim była następna kobieta mieszkająca w tym domu.

– Była następna?

– Po tym, jak panna Hollander spadła ze schodów, Strażnicę Brodiego odziedziczył jej brat. Próbował ją sprzedać, ale nie znalazł nabywcy. W miasteczku krążyły pogłoski, że dom jest nawiedzony, poza tym zdążył już popaść w ruinę.

Brat panny Hollander miał siostrzenicę, Violet Theriault, która owdowiała w młodym wieku. Miała trudności finansowe, więc pozwolił jej zamieszkać w tym domu bez płacenia czynszu. Przebywała tu przez trzydzieści siedem lat, aż do śmierci.

– Proszę mi nie mówić, że także spadła ze schodów.

– Nie. Umarła w łóżku, zapewne z przyczyn naturalnych, mając sześćdziesiąt dziewięć lat.

– Czy opowiada mi pani o tych kobietach z jakiegoś konkretnego powodu?

– Powtarza się tu pewien schemat, Avo. Po śmierci Violet Strażnicę Brodiego wynajęła na lato Margaret Gordon, która przyjechała z Nowego Jorku. Nigdy tam nie wróciła. Pozostała tutaj, dopóki dwadzieścia dwa lata później nie umarła na udar mózgu. Po niej była panna Aurora Sherbrooke, kolejna lokatorka, która przyjechała tylko na lato, po czym postanowiła kupić ten dom i zmarła w nim po trzydziestu latach.

Z każdym nowym nazwiskiem, które wymienia Maeve, przerzucam zdjęcia w skoroszycie i patrzę na twarze kobiet, które żyły tu przede mną. Eugenia i Violet, Margaret i Aurora. Teraz ten schemat staje się oczywisty. Schemat, który mnie zdumiewa. Wszystkie kobiety, które mieszkały i zmarły w tym domu, były pięknymi brunetkami. I wszystkie były uderzająco podobne…

– Tak – mówi Maeve. – One wszystkie przypominają panią.

Wpatruję się w ostatnie zdjęcie. Aurora Sherbrooke ma lśniące czarne włosy, łabędzią szyję i łukowate brwi i choć nie jestem ani trochę tak urodziwa jak ona, podobieństwo jest oczywiste. Wyglądam jak młodsza i trochę brzydsza siostra panny Sherbrooke.

Mam lodowate ręce, gdy na następnej kartce znajduję nekrolog Aurory, wydrukowany w „Tucker Cove Weekly" z dwudziestego sierpnia 1986 roku.

### Aurora Sherbrooke, lat 66.

Pani Aurora Sherbrooke zmarła w zeszłym tygodniu w swoim domu w Tucker Cove. Znalazł ją jej bratanek, Arthur Sherbrooke, który od wielu dni nie miał od niej wiadomości i przyjechał z Cape Elizabeth, by sprawdzić, co się z nią dzieje. Nie ma żadnych podejrzeń co do okoliczności śmierci. Według relacji gosposi, pani Sherbrooke chorowała ostatnio na grypę.

Pochodziła z Newton w stanie Massachusetts i odwiedziła Tucker Cove po raz pierwszy trzydzieści jeden lat temu. „Od razu zakochała się w tym miasteczku, a zwłaszcza w domu, który wynajmowała", powiedział jej bratanek, Arthur Sherbrooke. Pani Sherbrooke kupiła dom, nazywany Strażnicą Brodiego, i mieszkała w nim do śmierci.

– Zmarły tu cztery kobiety – mówi Maeve.

– Żaden z tych zgonów nie budził podejrzeń.

– Ale czy to nie zastanawiające? Dlaczego były to wyłącznie kobiety i dlaczego mieszkały tu i umierały samotnie? Przejrzałam nekrologi z Tucker Cove od 1875 roku i nie udało mi się trafić na żadnego mężczyznę, który umarłby w tym domu. – Rozgląda się po pokoju, jakby mogła znaleźć odpowiedź na swoje pytanie na ścianach albo w kominku. Jej wzrok zatrzymuje się na oknie, przez które nie widzimy teraz morza, bo zniknęło za zasłoną mgły. – Ten dom jest jak pułapka – mówi cicho. – Kobiety wchodzą do niego, ale już nie wychodzą. Zaczarowuje je, uwodzi. A w końcu staje się dla nich więzieniem.

Mój śmiech nie brzmi zbyt przekonująco.

– Więc dlatego pani zdaniem powinnam stąd wyjechać? – pytam. – Bo inaczej zostanę tu uwięziona?

– Powinna pani poznać historię tego domu, Avo. Wiedzieć, z czym pani ma do czynienia.

– Chce mi pani powiedzieć, że wszystkie te kobiety zabił duch?

– Gdyby to był tylko duch, nie martwiłabym się tak bardzo.

– A co innego mogło to być?

Milknie, by zastanowić się nad doborem słów. Jej wahanie pogłębia jedynie mój niepokój.

– Kilka tygodni temu wspomniałam pani, że istnieją byty inne niż zjawy, które mogą nawiedzać dom. Nie są one bynajmniej niegroźne. Zjawy to po prostu dusze ludzi, którzy nie przeszli na drugą stronę, bo pozostawili tu niedokończone sprawy albo zmarli tak nagle, że nie zdają sobie sprawy, że są martwi. Błąkają się między dwoma światami. Chociaż odeszli, byli kiedyś ludźmi, tak jak my, i właściwie nigdy nie wyrządzają krzywdy żyjącym. Ale od czasu do czasu natrafiam na dom, w którym kryje się coś innego. Nie duch, lecz... – Z trudem opanowuje drżenie głosu, rozglądając się trwożnie po pokoju. – Czy możemy wyjść na zewnątrz?

– Teraz?

– Tak. Proszę.

Spoglądam za okno na gęstniejącą mgłę. Naprawdę nie mam ochoty wdychać tego wilgotnego morskiego powietrza, ale kiwam głową i wstaję. Przy drzwiach wyjściowych wkładam nieprzemakalną kurtkę i obie wychodzimy na ganek. Ale nawet tam Maeve nie może opanować zdenerwowania. Prowadzi mnie po schodach, a potem kamienną ścieżką wiodącą na skraj urwiska. Stajemy tam we mgle i patrzymy na spowity oparami dom. Przez chwilę słychać jedynie uderzenia fal o skały.

– Jeśli on nie jest duchem, to czym? – pytam.

– Ciekawe, że używa pani słowa „on".

– Przecież kapitan Brodie był mężczyzną.

– Jak często się pani ukazuje, Avo? Widuje go pani codziennie?

– Tego nie da się przewidzieć. Czasem nie widzę go przez wiele dni.

– A o której godzinie się zjawia?

– Zawsze nocą.

– Tylko nocą?

Przypominam sobie ciemną postać stojącą na tarasie, gdy wracałam z plaży pierwszego ranka.

– Zdarzało mi się widzieć go także za dnia.

– I zawsze miała pani wrażenie, że to kapitan Brodie?

– To był jego dom. Kim innym miałby być?

– Nie chodzi o to kim. Tylko czym. – Maeve spogląda ponownie na dom, którego kontury są ledwo widoczne we mgle, i krzyżuje ramiona, by opanować drżenie. Zaledwie kilka metrów od miejsca, gdzie stoimy, jest krawędź urwiska, a w głębokiej otchłani spowitej białymi oparami tłuką o skały fale. Jesteśmy w pułapce między morzem a Strażnicą Brodiego, a mgła wydaje się dostatecznie gęsta, by nas pochłonąć.

– Istnieją inne byty, Avo – mówi Maeve. – Mogą wyglądać jak duchy, ale nimi nie są.

– Jakie byty?

– Niebezpieczne. Takie, które mogą wyrządzić krzywdę.

Myślę o kobietach, które mieszkały przede mną w Strażnicy Brodiego, kobietach, które zmarły w tym domu. Ale czy każdy stary dom nie ma podobnej historii? Wszyscy jesteśmy śmiertelni i każdy musi gdzieś umrzeć. Dlaczego nie we własnym domu, w którym mieszkało się przez lata?

– Te byty to nie są dusze zmarłych ludzi – wyjaśnia Maeve. – Mogą upodabniać się do osób, które zajmowały kiedyś dom, ale jedynie po to, żebyśmy się ich nie bali. Wszyscy sądzimy, że duchy nie mogą zrobić nam krzywdy, że to tylko nieszczęsne dusze uwięzione między dwoma światami.

– Co więc widziałam?

– Nie ducha kapitana Brodiego, lecz coś, co przybrało jego postać. Coś, co było świadome pani obecności i obserwowało panią od chwili, gdy przekroczyła pani próg tego domu. Poznało pani słabości, potrzeby i pragnienia. Wie, czego pani chce i czego się pani boi. Wykorzysta tę wiedzę, by panią manipulować, by panią zniewolić. By zrobić pani krzywdę.

– W sensie fizycznym? – Nie mogę powstrzymać śmiechu.

– Wiem, że trudno w to uwierzyć, ale nie doświadczyła pani tego co ja. Nie patrzyła pani w oczy… – Przerywa nagle, wciąga głęboko powietrze i kontynuuje: – Przed laty wezwano mnie do domu w pobliżu Bucksport. Była to rezydencja, którą zbudował w tysiąc dziewięćset dziesiątym roku bogaty kupiec. Rok po zamieszkaniu tam jego żona zawiązała sobie sznur wokół szyi i powiesiła się na poręczy na piętrze. Po jej samobójstwie mówiono, że dom jest nawiedzony, ale był tak piękny, położony na wysokim wzgórzu z widokiem na morze, że zawsze znajdowano bez trudności nowego nabywcę. Dom ciągle zmieniał właścicieli. Ludzie zakochiwali się w nim, wprowadzali się do niego i szybko wyprowadzali. Jedna z rodzin wytrzymała tylko trzy tygodnie.

– Dlaczego go opuszczali?

– Miejscowi twierdzili, że odstrasza ich duch żony kupca, Abigail. Mówiono, że w domu pojawia się kobieta z długimi rudymi włosami i sznurem zawiązanym wokół szyi. Ludzie mogą się nauczyć mieszkać z duchami, nawet się do nich przywiązać i uważać je za członków rodziny. Ale tamten dom był naprawdę przerażający. Nie chodziło tylko o nocne łomotanie, trzaskające drzwi czy poruszające się krzesła. Nie, działy się tam takie rzeczy, że zrozpaczona rodzina zwróciła się w końcu do mnie o pomoc. Uciekli w środku nocy i zadzwonili do mnie z motelu. Była to czteroosobowa rodzina z dwiema uroczymi dziewczynkami, cztero- i ośmioletnią. Pochodzili z Chicago i przyjechali do Maine, by zamieszkać na wsi. On zamierzał pisać powieści, a ona uprawiać warzywa w ogródku i hodować na podwórku kurczaki. Kiedy zobaczyli ten dom, zakochali się w nim i postanowili go kupić. Wprowadzili się w czerwcu i przez pierwszy tydzień było im tam cudownie.

– Tylko przez tydzień?

– Początkowo żadne z nich nie mówiło o tym, co wszyscy czuli. Mieli wrażenie, że są obserwowani. Że nawet kiedy są sami, w pokoju znajduje się ktoś jeszcze. W końcu starsza córka powiedziała matce, że coś siedziało w nocy obok jej łóżka i wpatrywało się w nią. Potem pozostali członkowie rodziny zaczęli opowiadać o swoich doświadczeniach. Zdali sobie sprawę, że wszyscy widzieli i wyczuwali jakieś widmo, które przybierało różne formy. Ojciec widział rudowłosą kobietę. Jego żona – pozbawiony twarzy cień. Tylko czteroletnia dziewczynka ujrzała to, co naprawdę się tam pojawiało. Małe dzieci nie mają urojeń. Odkrywają prawdę szybciej niż my. Zobaczyła upiora z czerwonymi ślepiami i pazurami. Nie ducha Abigail, lecz coś o wiele starszego. Coś bardzo starego, co uczepiło się tego domu. Tego wzgórza.

Czerwone ślepia? Pazury? Kręcę głową, nie mogąc uwierzyć, w jakim kierunku zmierza ta rozmowa.

– To brzmi tak, jakby mówiła pani o demonie.

– Otóż to – odpowiada cicho.

Wpatruję się w nią przez chwilę, mając nadzieję zobaczyć w jej oczach jakiś błysk świadczący o tym, że żartuje, oznakę, że za chwilę przejdzie do puenty, ale jej wzrok jest absolutnie niewzruszony.

– Nie wierzę w demony – mówię.

– A wierzyła pani w duchy, zanim wprowadziła się pani do Strażnicy Brodiego?

Nie znajduję na to riposty. Choć stoję twarzą w kierunku morza, czuję za plecami obecność domu, który czai się i obserwuje mnie. Zadaję Maeve pytanie, choć boję się usłyszeć odpowiedź:

– Co się stało z tą rodziną?

– Nie wierzyli wcześniej w duchy, ale zdali sobie sprawę, że w ich domu coś jest. Coś, co wszyscy widzieli i czego doświadczyli. Mąż przejrzał archiwalne czasopisma i znalazł artykuł na temat samobójstwa Abigail. Uznał, że to jej duch nawiedza dom, a duchy nie mogą nikogo skrzywdzić, prawda? Poza tym był to doskonały temat do pogawędek przy kolacji. „Mamy w domu ducha. Super, nie?" Stopniowo jednak zaczęli sobie uświadamiać, że prześladuje ich coś innego. Czterolatka budziła się co noc, krzycząc z przerażenia. Mówiła, że coś ją dusi, i matka widziała rzeczywiście pręgi na jej szyi.

Serce zaczyna mi nagle walić jak młotem.

– Jakie pręgi? – pytam.

– Wyglądały jak ślady po palcach. Zbyt długich, by mogły je pozostawić ręce dziecka. Potem ośmiolatka zaczęła się budzić z krwawieniami z nosa. Zabrali ją do lekarza, który nie potrafił określić przyczyny krwotoku. Mimo to nie opuścili domu, bo włożyli w niego mnóstwo oszczędności. Ale pewnej nocy zdarzyło się coś, co wszystko zmieniło. Mąż usłyszał stukanie na zewnątrz i wyszedł zobaczyć, co się dzieje. Ledwie znalazł się za progiem, a zatrzasnęły się za nim drzwi, odcinając mu powrót. Walił pięściami, lecz żona i córki go nie słyszały. On słyszał natomiast, co dzieje się wewnątrz domu. Słyszał, jak jego córki krzyczą wniebogłosy, a żona spada ze schodów. Gdy wybił okno, by dostać się do środka, leżała oszołomiona u ich podnóża. Twierdziła, że coś ją popchnęło. Coś chciało jej śmierci. Wyprowadzili się jeszcze tej samej nocy. A następnego ranka zadzwonili do mnie.

– Widziała pani ten dom?

– Tak. Pojechałam tam zaraz następnego dnia. To był stylowy budynek, z okalającą go werandą i wysokimi sufitami. Dom, jaki bogaty kupiec buduje dla swojej rodziny. Kiedy dotarłam na miejsce, ojciec rodziny czekał na mnie na dziedzińcu, ale nie chciał wejść do środka. Dał mi tylko klucz i powiedział, żebym rozejrzała się po domu. Weszłam tam sama.

– I co pani znalazła?

– Nic... początkowo. – Spogląda znów na Strażnicę Brodiego, jakby bała się odwrócić do niej plecami. – Przeszłam przez kuchnię, potem salon. Wszystko wydawało się normalne. Wspięłam się po schodach do sypialni i tam również

242

nic nie zwróciło mojej uwagi. Ale później zeszłam na dół do kuchni i otworzyłam drzwi do piwnicy. I wtedy poczułam ten zapach.

– Jaki?

– Odór rozkładu. Śmierci. Nie chciałam tam schodzić, ale zmusiłam się i pokonałam kilka stopni. Kiedy uniosłam latarkę, zobaczyłam ślady wyryte na suficie. Ślady pazurów, Avo. Jakby jakaś bestia wdrapywała się do domu z piwnicy. To mi wystarczyło. Uciekłam stamtąd, wyszłam przez frontowe drzwi i moja noga nigdy już w tym domu nie stanęła. Wiedziałam, że ci ludzie nie mogą tam wrócić. Wiedziałam, z czym mają do czynienia. To nie był duch, lecz coś o wiele potężniejszego, co prawdopodobnie mieszkało tam od bardzo dawna. Istnieje wiele słów na określenie tych istot. Demony. Strzygi. Baele. Ale jedno je łączy: to złe duchy. I są niebezpieczne.

– Czy kapitan Brodie jest demonem?

– Nie wiem, czym on jest. Może to tylko zjawa, duchowy sobowtór człowieka, który tu kiedyś mieszkał. Tak początkowo sądziłam, bo nie doświadczyła pani niczego, co by panią przeraziło. Ale kiedy przyglądam się historii Strażnicy Brodiego i dowiaduję się, że zmarły tutaj cztery kobiety…

– Z naturalnych przyczyn. Albo w wypadku.

– To prawda, ale co je tu zatrzymywało? Dlaczego rezygnowały z małżeństwa i założenia rodziny, by spędzić resztę życia samotnie w tym domu?

Z jego powodu. Dla rozkoszy, których zaznawały w wieżyczce.

Patrzę na dom i na wspomnienie tego, co się tam działo,
płoną mi policzki.

– Co skłaniało je, by tu zostać? Zestarzeć się tutaj
i umrzeć? – pyta Maeve, przyglądając mi się. – Czy pani
to wie?

– On... kapitan...

– Co takiego?!

– On mnie rozumie. Dzięki niemu czuję, że tu jest moje
miejsce.

– Co jeszcze pani czuje?

Odwracam się, bo czuję, że twarz oblewa mi rumieniec.
Maeve nie nalega, bym odpowiedziała; zapada niezręczna
cisza, która trwa wystarczająco długo, by zorientowała się,
że mój sekret jest zbyt krępujący, żeby wyjawiać go komu-
kolwiek.

– Cokolwiek on pani proponuje, ma to swoją cenę – prze-
strzega mnie.

– Nie boję się go. I kobiety, które mieszkały tu przede
mną, pewnie też się go nie bały. Mogły opuścić ten dom, ale
tego nie zrobiły. Zostały tutaj.

– I tu umarły.

– Spędziwszy w tym domu wiele lat – przypominam jej.

– Czy tak widzi pani swoją przyszłość? Chce pani być
więźniem w Strażnicy Brodiego? Zestarzeć się tu i umrzeć?

– Każdy z nas gdzieś umiera.

Chwyta mnie za ramiona i zmusza, bym spojrzała jej w oczy.

– Avo, czy pani siebie słyszy?

Jestem tak zaskoczona jej dotykiem, że nie jestem w stanie się odezwać. Dopiero po chwili uświadamiam sobie, co powiedziałam. *Każdy z nas gdzieś umiera.* Czy naprawdę tego chcę? Odwrócić się plecami do świata żywych?

– Nie wiem, jaką władzę ma nad panią ta istota – mówi Maeve. – Ale musi się pani zreflektować i pomyśleć, co się stało z kobietami, które mieszkały tu przed panią. Cztery tutaj umarły.

– Pięć – prostuję cicho.

– Nie liczę tej, którą wyłowiono z zatoki.

– Ja też nie liczę Charlotte. Była jeszcze piętnastoletnia dziewczyna. Mówiłam pani o niej. Kilkoro nastolatków włamało się do tego domu w halloweenową noc. Jedna z dziewczyn wspięła się na taras i spadła stamtąd na ziemię.

Maeve kręci głową.

– Sprawdzałam w gazetowych archiwach, ale nic na ten temat nie znalazłam.

– Wspominał mi o tym cieśla, który pracował w Strażnicy Brodiego. Dorastał w miasteczku i pamięta tę historię.

– Więc musimy z nim pomówić.

– Nie jestem pewna, czy powinnyśmy.

– Dlaczego?

– Jest podejrzany. W sprawie zabójstwa Charlotte Nielson.

Maeve wypuszcza powoli powietrze. Odwraca się i wpatruje w dom, który najwyraźniej stanowi centrum zamętu tego wszystkiego. Ja jednak nie czuję lęku, bo mam w uszach słowa, które kapitan wyszeptał do mnie w ciemności. *Pod moim dachem nic ci się nie stanie.*

– Jeśli ten cieśla pamięta to wydarzenie, inni ludzie w miasteczku też powinni je pamiętać – mówi Maeve.

Kiwam głową.

– Znam osobę, z którą powinnyśmy porozmawiać – odpowiadam.

# Rozdział dwudziesty drugi

Jest tuż po siedemnastej, gdy Maeve i ja docieramy do Towarzystwa Historycznego Tucker Cove. Na drzwiach wisi już tabliczka ZAMKNIĘTE, mimo to pukam, mając nadzieję, że pani Dickens krząta się nadal w środku. Widzę przez przyciemnioną szybę jakiś ruch i słyszę stukot ortopedycznych butów. Zza progu wyzierają jasnoniebieskie oczy, nienaturalnie duże za grubymi szkłami okularów.

– Przykro mi, ale muzeum jest już zamknięte. Otwieramy jutro o dziewiątej rano.

– Pani Dickens, to ja. Rozmawiałyśmy kilka tygodni temu o Strażnicy Brodiego, pamięta pani?

– O, witam! Pani Ava, prawda? Miło znów panią widzieć, ale muzeum jest zamknięte.

– Nie chcemy zwiedzać muzeum, tylko porozmawiać z panią. Moja znajoma, Maeve, i ja szukamy materiałów na temat Strażnicy Brodiego do mojej książki i mamy parę pytań, na które być może potrafi pani odpowiedzieć. Ponieważ jest pani najlepszym ekspertem w dziedzinie historii Tucker Cove.

Pani Dickens wyprostowuje się na te słowa. Podczas mojej ostatniej wizyty tutaj nie było niemal żadnych zwiedzających. Jaka musi czuć się sfrustrowana, mając tyle wiedzy na temat, który mało kogo interesuje.

Uśmiecha się i otwiera szeroko drzwi.

– Nie uważam się właściwie za eksperta, ale chętnie opowiem paniom to, co wiem.

Wnętrze muzeum jest jeszcze bardziej mroczne, niż je zapamiętałam, a hol wejściowy pachnie starością i kurzem. Podłoga skrzypi nam pod nogami, gdy idziemy za panią Dickens do salonu, gdzie w szklanej gablocie wyłożony jest dziennik okrętowy *Kruka*, statku, którym dowodził kiedyś kapitan Brodie.

– Trzymamy tu wiele historycznych dokumentów – oznajmia kustoszka, wyciąga z kieszeni pęk kluczy i otwiera drzwiczki oszklonego regału. Na półkach stoją oprawione w skórę tomy. Niektóre są tak stare, że wyglądają, jakby miały za chwilę się rozpaść. – Mamy nadzieję w końcu to wszystko zdygitalizować, ale wiecie panie, jak trudno jest dzisiaj zdobyć na cokolwiek fundusze. Przeszłość nikogo nie obchodzi. Liczą się tylko przyszłość i modne nowinki. – Przegląda wzrokiem książki. – O, to ten tom. Archiwa miejskie z tysiąc osiemset sześćdziesiątego pierwszego roku. Wtedy zbudowano Strażnicę Brodiego.

– Prawdę mówiąc, chcemy zapytać o coś, co wydarzyło się o wiele bardziej współcześnie.

– Kiedy?

– Jakieś dwadzieścia lat temu, jak twierdzi Ned Haskell.

248

– Ned? – Odwraca się zaskoczona, marszcząc brwi. – O mój Boże...

– Domyślam się, że słyszała pani nowiny na jego temat.

– Słyszałam, co mówią ludzie. Ale wychowałam się w tym miasteczku, więc nauczyłam się ignorować połowę tego, co słyszę.

– A więc nie wierzy pani, że on...

– Nie ma sensu spekulować. – Wsuwa starą księgę z powrotem na półkę i otrzepuje ręce z kurzu. – Jeśli pytanie dotyczy czegoś, co wydarzyło się zaledwie przed dwudziestu laty, nie mamy tego w archiwum. Proszę spróbować w redakcji czasopisma „Tucker Cove Weekly". Mają tam archiwalne numery tygodnika co najmniej z ostatnich pięćdziesięciu lat i myślę, że wiele z nich jest zdygitalizowanych.

– Już je przeglądałam, szukając artykułów na temat Strażnicy Brodiego – mówi Maeve. – I nie znalazłam niczego na temat tego wypadku.

– Wypadku? – Pani Dickens mierzy nas wzrokiem. – Coś takiego mogło nie trafić do gazet.

– Ale powinno. Ponieważ zginęła piętnastoletnia dziewczyna – oznajmiam.

Pani Dickens podnosi rękę do ust. Przez chwilę milczy i tylko na mnie patrzy.

– Ned powiedział mi, że to się wydarzyło w Halloween – kontynuuję. – Podobno grupa nastolatków włamała się do pustego domu i za dużo wypili. Jedna z dziewczyn wyszła na taras i spadła na ziemię. Nie znam jej nazwiska, ale pomyślałam, że jeśli pamięta pani ten wypadek i w którym roku się zdarzył, może uda nam się ustalić szczegóły.

– Jessie – odzywa się cicho pani Dickens.

– Pamięta pani jej nazwisko?

Kiwa głową.

– Jessie Inman. Chodziła do szkoły z moją siostrzenicą. Śliczna dziewczyna, ale miewała dzikie pomysły. – Wciąga głęboko powietrze. – Chyba muszę usiąść.

Jestem zaniepokojona jej bladością i gdy Maeve bierze ją pod ramię, ja przynoszę pospiesznie jedno ze starych krzeseł. Choć panna Dickens chwieje się na nogach, nie zapomina o swych obowiązkach kustosza i patrząc z konsternacją na podniszczoną aksamitną tapicerkę, mówi:

– O mój Boże, to zabytkowy mebel. Nikt nie powinien na nim siadać.

– Nie ma tu nikogo, kto mógłby mieć o to pretensje, proszę pani – odpowiadam cicho. – A my nikomu nie powiemy.

Zdobywa się na nikły uśmiech, siadając na krześle.

– Zawsze staram się przestrzegać zasad.

– Z całą pewnością.

– Podobnie jak matka Jessie – dodaje pani Dickens. – Dlatego przeżyła taki szok, dowiedziawszy się, co jej córka robiła tamtej nocy. To nie było zwykłe wtargnięcie na prywatny teren. Te dzieciaki wybiły okno, by dostać się do budynku. I zapewne robić tam to, co robią nastolatki z szalejącymi hormonami.

– Powiedziała pani, że była ładną dziewczyną. Jak wyglądała? – pyta Maeve.

Kustoszka kręci głową, zdumiona jej pytaniem.

– Czy to ma jakieś znaczenie?

– Jakiego koloru miała włosy?

Spodziewam się usłyszeć, że ciemne, i zaskakuje mnie jej odpowiedź.

– Była blondynką – mówi pani Dickens. – Podobnie jak jej matka, Michelle.

W przeciwieństwie do mnie. I wszystkich innych kobiet, które zmarły w Strażnicy Brodiego.

– Znała pani dobrze jej matkę? – pytam.

– Michelle chodziła do mojego kościoła. Była wolontariuszką w szkole. Wypełniała wszystkie obowiązki matki, a jednak nie potrafiła zapobiec, by jej córka nie popełniła głupiego błędu. Zmarła kilka lat po Jessie. Podobno na raka, ale myślę, że tak naprawdę zabiła ją strata dziecka.

Maeve patrzy na mnie.

– Jestem zaskoczona, że o takim wypadku nie pisano w lokalnej gazecie – mówi. – Nie znalazłam niczego na temat dziewczyny, która zginęła w Strażnicy Brodiego.

– Nie było żadnych artykułów – wyjaśnia pani Dickens.

– Dlaczego?

– Z powodu tego, kim były pozostałe dzieciaki. Sześcioro nastolatków z najbardziej prominentnych rodzin w miasteczku. Myślicie panie, że chcieli, by wszyscy dowiedzieli się, że ich ukochane dzieci wybiły okno i włamały się do czyjegoś domu? I robiły tam nie wiadomo co? Śmierć Jessie była tragedią, ale po co dokładać do niej jeszcze wstyd? Myślę, że właśnie dlatego wydawca gazety zgodził się nie publikować żadnych nazwisk ani szczegółów. Z pewnością zobowiązano się naprawić wszelkie szkody w domu, co zadowoliło jego właściciela, pana Sherbrooke'a. W gazecie ukazał się jedynie nekrolog Jessie, w którym wspomniano, że zginęła wskutek przypadkowego upadku w halloweenową noc. Tylko kilka osób znało prawdę.

– To dlatego nie znalazłam niczego w archiwach – rzuca Maeve. – Zastanawiam się, ile jeszcze kobiet, o których nie wiemy, mogło umrzeć w tym domu.

Kustoszka unosi brwi.

– Były jakieś inne?

– Znalazłam nazwiska co najmniej czterech. A teraz powiedziała nam pani o Jessie.

– Czyli już razem pięć – mruczy pani Dickens.

– Tak, pięć zgonów. Same kobiety.

– Po co zadaje mi pani te wszystkie pytania? Dlaczego się pani tym interesuje?

– Zbieram materiały do książki – wyjaśniam. – Strażnica Brodiego odgrywa w niej dużą rolę i chcę opisać historię tego domu.

– Czy to jedyny powód? – pyta cicho kustoszka.

Przez chwilę się nie odzywam. Nie nalega na odpowiedź, ale przygląda mi się w taki sposób, jakby już odgadła, o co naprawdę chodzi.

– W tym domu dzieją się różne rzeczy – odpowiadam w końcu.

– Jakie?

– Zastanawiam się, czy nie jest przypadkiem… – śmieję się z zażenowaniem – nawiedzony.

– Kapitan Brodie… – szepcze pani Dickens. – Widziała go pani?

Maeve i ja wymieniamy spojrzenia.

– Słyszała pani o duchu? – pyta Maeve.

– Każdy, kto dorastał w tym miasteczku, zna te opowieści. O duchu Jeremiaha Brodiego, który snuje się po tym domu. Ludzie twierdzą, że widzieli go na tarasie. Albo w oknie wieżyczki. Jako dziecko uwielbiałam słuchać tych historii, ale nigdy naprawdę w nie nie wierzyłam. Sądziłam, że rodzice nam je opowiadają, żebyśmy trzymali się z dala od tej ruiny. – Rzuca mi przepraszające spojrzenie. – Oczywiście, to była ruina, zanim pani się tam wprowadziła. Rozbite okna, butwiejący ganek. Nietoperze, myszy i wszelkie robactwo.

– Myszy nadal tam są – przyznaję.

Uśmiecha się blado.

– I zawsze będą.

– Skoro wychowała się pani w tym miasteczku, musi pani pamiętać Aurorę Sherbrooke – włącza się znów Maeve. – Mieszkała kiedyś w Strażnicy Brodiego.

– Wiem, kim była, ale jej nie poznałam. Chyba niewielu ludzi ją znało. Wpadała czasem do miasteczka na zakupy i tylko wtedy ją widywano. Większość czasu spędzała samotnie na wzgórzu.

Z nim. Tylko jego towarzystwa potrzebowała. Dawał jej wszystko, czego pragnęła, tak jak mnie. Pocieszenie w jego ramionach lub mroczne rozkosze doznawane w wieżyczce. Aurora Sherbrooke nikomu by o tym nie wspomniała.

Podobnie jak ja.

– Gdy zmarła, przyczyna jej śmierci nie wzbudzała żadnych podejrzeń – ciągnie pani Dickens. – Pamiętam tylko, że bratanek znalazł ją martwą dopiero po paru dniach. – Krzywi się, przypominając sobie ten szczegół. – To musiał być straszny widok.

– Jej bratanek to Arthur Sherbrooke – wyjaśniam Maeve. – Nadal jest właścicielem Strażnicy Brodiego.

– I nie może się jej pozbyć – dorzuca pani Dickens. – To piękna posiadłość, ale dom zawsze cieszył się złą sławą. Zwłoki jego ciotki, leżące tam przez kilka dni w stanie rozkładu… Potem wypadek Jessie. Kiedy zmarła ciotka pana Sherbrooke'a, dom już był w ruinie. Na pewno ma nadzieję, że po tych wszystkich remontach znajdzie w końcu nabywcę, który go uwolni od tej posiadłości.

– Może powinien spalić ten dom – sugeruje Maeve.

– Niektórzy ludzie w miasteczku proponowali takie rozwiązanie – przyznaje kustoszka. – Ale Strażnica Brodiego ma wartość zabytkową. Szkoda byłoby, gdyby spłonął dom z takim rodowodem.

Wyobrażam sobie te ogromne pokoje trawione ogniem, wieżyczkę płonącą jak pochodnia i sto pięćdziesiąt lat historii obróconych w popiół. Kiedy dom zostaje zniszczony, co staje się z duchami, które w nim zamieszkują? Co stałoby się z kapitanem?

– Strażnica Brodiego zasługuje na miłość – mówię. – Zasługuje na troskę. Sama bym ją kupiła, gdyby było mnie na to stać.

Maeve kręci głową.

– Nie chce pani kupować tego domu, Avo. Za mało pani wie o jego historii.

– Więc zapytam kogoś, kto może wiedzieć więcej. Jego właściciela, Arthura Sherbrooke'a.

◻ ◻ ◻

Strażnica Brodiego stoi mroczna i milcząca w zapadającym zmierzchu. Wysiadam z samochodu, przystaję na podjeździe i wpatruję się w okna, które obserwują mnie jak czarne szklane oczy. Przypominam sobie, jak zobaczyłam ten dom pierwszy raz i jaki chłód wtedy poczułam – jakby mnie ostrzegał, bym nie wchodziła do środka. Teraz nic takiego nie czuję. Widzę dom witający mnie po powrocie. Miejsce, które od kilku tygodni zapewnia mi schronienie i otacza opieką. Wiem, że powinnam być zaniepokojona tym, co zdarzyło się kobietom mieszkającym tu przede mną. „To dom martwych kobiet", jak twierdzi Maeve, która radzi mi spakować się i wyjechać. Tak zrobiła Charlotte Nielson, a mimo to zginęła z rąk zabójcy z krwi i kości, który udusił ją i wrzucił jej ciało do morza.

Może gdyby pozostała w Strażnicy Brodiego, jeszcze by żyła.

Wchodzę do środka i wdycham znajome zapachy domu.

– Kapitanie Brodie?! – wołam. Nie oczekuję odpowiedzi i słyszę tylko ciszę, ale wyczuwam wokół siebie jego obecność, w półmroku, w powietrzu, którym oddycham. Przypominam sobie słowa, które kiedyś wyszeptał. *Pod moim dachem nic ci się nie stanie.* Czy szeptał te same słowa do

Aurory Sherbrooke, Margaret Gordon, Violet Theriault i Eugenii Hollander?

Idę do kuchni, daję jeść Hannibalowi i wyjmuję z lodówki garnek z resztkami zupy rybnej. Gdy podgrzewa się na kuchence, siadam, żeby sprawdzić maile. Oprócz wiadomości od Simona, który jest „zachwycony" trzema ostatnimi rozdziałami *Stołu kapitana* (hurrra!), są maile z Amazona (*nowe tytuły, które mogą cię zainteresować*) i z firmy Williams-Sonoma (*korzystaj w kuchni z naszego najnowszego sprzętu*). Nagle zauważam wiadomość, na której widok zastygam w bezruchu.

Mail od Lucy. Nie otwieram go, ale dostrzegam, co jest napisane w nagłówku: *Tęsknię za Tobą. Zadzwoń*. Te niewinne słowa brzmią jak krzyk oskarżenia. Wystarczy, że zamknę oczy, i słyszę znowu strzelające korki szampana. Okrzyki „Szczęśliwego Nowego Roku!". I pisk opon samochodu Nicka odjeżdżającego od krawężnika.

I pamiętam, co było potem. Długie dni spędzone z Lucy przy szpitalnym łóżku Nicka, obserwowanie, jak jego pogrążone w śpiączce ciało kurczy się i zwija niczym płód. Pamiętam przerażające uczucie ulgi w dniu, kiedy umarł. Jestem teraz jedyną żyjącą osobą, która zna tajemnicę. Trzymam ją ukrytą w klatce, ale i tak wciąż mnie prześladuje i żywi się mną jak nowotwór.

Zamykam laptopa i odsuwam go na bok. Tak jak odepchnęłam Lucy, bo nie potrafię patrzeć jej w oczy.

I siedzę samotna w tym domu na wzgórzu. Gdybym tej nocy umarła, tak jak Aurora Sherbrooke, kto mnie tu znajdzie? Patrzę na Hannibala, który opróżnił już miskę i liże łapy, i zastanawiam się, po jakim czasie zacząłby pożywiać się moimi zwłokami. Wcale bym go za to nie potępiała. Kot musi dostać, co mu się należy, a jedzenie wychodzi Hannibalowi najlepiej.

Zupa rybna bulgocze na kuchence, ale straciłam jakoś apetyt. Wyłączam palnik i sięgam po butelkę zinfandela. Tej nocy potrzebuję na pocieszenie butelki. Jest już odkorkowana, a ja pragnę poczuć na języku trochę taniny i alkoholu. Wlewam sobie do kieliszka szczodrą porcję wina i podnosząc go do ust, rzucam okiem na stojący w kącie kosz na śmieci.

Jest przepełniony pustymi butelkami.

Odstawiam kieliszek. Nadal bardzo chcę się napić, ale te butelki opowiadają smutną historię kobiety, która mieszka samotnie z kotem, kupuje wino skrzynkami i co noc upija się, by zapomnieć i móc zasnąć. Próbowałam utopić swoje poczucie winy w alkoholu, ale to pomaga jedynie chwilowo, a niszczy wątrobę i zatruwa umysł. Przestaję już rozróżniać, co jest rzeczywistością, a co fantazją. Czy mój idealny kochanek istnieje, czy są to tylko rojenia alkoholiczki?

Czas, żebym poznała prawdę.

Wylewam wino z kieliszka do zlewu i całkowicie trzeźwa wspinam się po schodach do sypialni.

# Rozdział dwudziesty trzeci

Następnego dnia o dwunastej wyruszam samochodem na południe, w kierunku Cape Elizabeth, gdzie mieszka Arthur Sherbrooke. Jest jedynym żyjącym krewnym zmarłej Aurory Sherbrooke i jedyną osobą, która prawdopodobnie dobrze ją znała – jeśli w ogóle ktokolwiek ją znał. W końcu ilu ludzi naprawdę zna mnie? Nawet moja własna siostra, ktoś, kogo najbardziej kocham, z kim jestem najbliżej, nie wie, jaka jestem i na co mnie stać. Najmroczniejsze sekrety zachowujemy dla siebie. Ukrywamy je przede wszystkim przed tymi, których kochamy.

Trzymam mocno kierownicę i patrzę na drogę, chcąc skupić uwagę na czymkolwiek, byle nie myśleć o Lucy. Dzieje Strażnicy Brodiego są pożądaną odmianą, skokiem w króliczą dziurę; dzięki niemu zagłębiam się coraz bardziej w historię życia i śmierci ludzi, których nigdy nie spotkałam. Czy ich losy zwiastują moje przeznaczenie? Czy tak jak Eugenia, Violet, Margaret i Aurora napotkam śmierć pod dachem domu kapitana Brodiego?

Byłam już kiedyś w Cape Elizabeth, gdy spędzałam weekend w domu koleżanki z uczelni, i pamiętam z tego miasteczka eleganckie domy i opadające w stronę morza wystrzyżone trawniki. Myślałam wtedy, że jeśli wygram kiedyś dużą sumę na loterii, osiądę tam na starość. Obsadzona drzewami droga prowadzi do dwóch kamiennych słupów, na których wisi mosiężna tablica z adresem posiadłości Arthura Sherbrooke'a. Nie ma żadnej bramy, która blokowałaby przejazd, więc jadę dalej krętym traktem w kierunku słonych bagien, gdzie stoi otoczony trzcinami nowoczesny budynek z betonu i szkła w surowym stylu. Przypomina bardziej muzeum sztuki niż dom mieszkalny. Kamienne schody prowadzą przez japoński ogród do frontowych drzwi, gdzie trzyma straż drewniana rzeźba groźnego indonezyjskiego demona – jego twarz nie wita gościa szczególnie przyjaźnie.

Przyciskam dzwonek.

Dostrzegam przez szybę jakiś ruch i za kolorowym szkłem pojawia się postać wyglądająca jak patykowaty kosmita. Otwierają się drzwi i stojący za nimi mężczyzna, Arthur Sherbrooke, okazuje się rzeczywiście wysoki i tyczkowaty i ma zimne szare oczy. Choć skończył siedemdziesiąt lat, jest wysportowany jak maratończyk.

– Pan Sherbrooke? – pytam.

– Profesor Sherbrooke. – Przenika mnie na wskroś wzrokiem.

- Och, proszę wybaczyć, profesorze Sherbrooke. Nazywam się Ava Collette. Dziękuję, że zgodził się pan mnie przyjąć.

- A więc pisze pani książkę na temat Strażnicy Brodiego – mówi, gdy wchodzę do holu.

- Tak, i mam setki pytań dotyczących tego domu.

- Chce pani go kupić? – przerywa mi.

- Chyba mnie na to nie stać.

- Jeśli znajdzie pani kogoś chętnego, chciałbym pozbyć się tej posiadłości. – Milknie i po chwili dodaje: – Ale tak, żebym nie był stratny.

Podążam za nim przez hol z czarnymi kafelkami do salonu, gdzie sięgające od podłogi do sufitu okna wychodzą na słone bagna. Ustawiony jest tam teleskop, a na stoliku leży lornetka marki Leica. Dostrzegam przez szybę przelatującego orła bielika i ścigające go trzy kruki.

- To nieustraszone kanalie – rzuca gospodarz. – Przepędzą każdego ptaka, który naruszy ich przestrzeń. Badam tę konkretną rodzinę krukowatych od dziesięciu pokoleń i z każdym rokiem wydają się sprytniejsze.

- Jest pan profesorem ornitologii?

- Nie. Po prostu przez całe życie obserwuję ptaki. – Wskazuje wyniosłym gestem na kanapę, dając mi do zrozumienia, żebym usiadła. Kanapa, jak wszystko inne w tym pokoju, jest chłodno minimalistyczna, obita surową szarą skórą, która wygląda bardziej zniechęcająco niż zapraszająco. Siedzę przy szklanym stoliku, na którym nie ma nawet

260

jednego czasopisma. Całą uwagę w tym pomieszczeniu skupiają okno i widok na słone bagna.

Profesor nie proponuje mi kawy ani herbaty, tylko opada na fotel i krzyżuje swoje bocianie nogi.

– Wykładałem ekonomię w Bowdoin College – oznajmia. – Trzy lata temu przeszedłem na emeryturę i jak na ironię jestem teraz bardziej zajęty niż kiedykolwiek. Podróżuję, piszę artykuły.

– Na temat ekonomii?

– Nie. O krukowatych. Wronach i krukach. Moje hobby zmieniło się w coś w rodzaju drugiego zawodu. – Przekrzywia głowę, intrygująco przypominając tym ruchem ptaka. – Podobno miała pani jakieś pytania na temat domu?

– Interesują mnie jego historia i ludzie, którzy mieszkali tam w przeszłości.

– Zajmowałem się trochę tym tematem, ale nie jestem bynajmniej ekspertem. – Wzrusza skromnie ramionami. – Mogę pani powiedzieć, że ten dom zbudował w tysiąc osiemset sześćdziesiątym pierwszym roku kapitan Jeremiah T. Brodie. Dziesięć lat później zginął na morzu. Potem dom należał do kilku różnych rodzin, aż jakieś trzydzieści lat temu przeszedł w moje ręce.

– Rozumiem, że odziedziczył go pan po swojej ciotce Aurorze.

– Tak. Proszę powiedzieć mi jeszcze raz, co te pytania mają wspólnego z książką, którą pani pisze?

– Nosi tytuł *Stół kapitana*. Dotyczy tradycyjnej kuchni

Nowej Anglii, potraw, które podawano w domach rodzin marynarzy. Mój wydawca uważa, że Strażnica Brodiego i sam kapitan mogą stanowić centralny punkt tego projektu. Nadadzą książce właściwy klimat.

Usatysfakcjonowany moim wyjaśnieniem, sadowi się głębiej w fotelu.

– No dobrze. Chciałaby pani wiedzieć coś konkretnego?

– Proszę opowiedzieć mi o swojej ciotce. Jak jej się mieszkało w tym domu?

Wzdycha, jakby akurat tego tematu wolał uniknąć.

– Ciotka Aurora spędziła tam większość życia. Zmarła w tym domu, co może być jednym z powodów, dla których nie mogę się go pozbyć. Nic nie obniża tak ceny posiadłości jak czyjaś śmierć. Ludzie mają głupie przesądy.

– Przez cały czas próbuje go pan sprzedać?

– Byłem jej jedynym spadkobiercą, więc ugrzązłem z tym chybionym dziedzictwem. Gdy ciotka zmarła, przez kilka lat wystawiałem dom na sprzedaż, ale oferty były znieważające. Każdemu coś się nie podobało. Dom był za stary, za zimny, miał złą karmę. Gdybym tak mógł go zburzyć… Z tym widokiem na ocean byłaby tam fantastyczna parcela pod budowę.

– Więc czemu go pan nie zburzył?

– Ciotka postawiła w testamencie warunek. Dom musi pozostać nienaruszony albo fundusz powierniczy trafi do… – Milknie i spogląda w bok.

A więc istnieje fundusz powierniczy. Oczywiście, musiał być jakiś rodzinny majątek. Jak inaczej zwykły profesor uniwersytecki mógłby sobie pozwolić na wartą wiele milionów dolarów posiadłość w Cape Elizabeth? Aurora Sherbrooke nie tylko zostawiła bratankowi fortunę, ale również obarczyła go ciężarem, zapisując mu Strażnicę Brodiego.

– Miała dość pieniędzy, by żyć gdziekolwiek – mówi. – W Paryżu, Londynie, Nowym Jorku. Ale nie, wybrała życie w tym domu. Odkąd skończyłem siedemnaście lat, odwiedzałem ją tam sumiennie każdego roku, choćby tylko po to, by pamiętała, że ma jeszcze krewnego, ale nigdy nie lubiła moich wizyt. Jakbym naruszał jej prywatność. Jak intruz, który zaburza jej życie.

Ich życie. Jej i kapitana.

– Poza tym nigdy nie lubiłem tego domu.

– Dlaczego? – pytam.

– Zawsze jest tam zimno. Nie czuje pani tego? Nawet w najbardziej upalne dni w sierpniu nie mogłem się tam rozgrzać. Chyba nigdy nie zdejmowałem swetra. Pociłem się przez cały dzień na plaży, ale gdy wracałem do domu, czułem się, jakbym wchodził do lodówki.

Ponieważ był pan dla niego niepożądanym gościem. Przypominam sobie swoją pierwszą wizytę w Strażnicy Brodiego i chłód, który poczułam, kiedy tam weszłam, jakby otoczyła mnie lodowata mgła. A potem nagle przestało być zimno, jak gdyby dom uznał, że tam jest moje miejsce.

– Chciałem przestać odwiedzać ciotkę – kontynuuje profesor. – Błagałem matkę, by pozwoliła mi tam nie wracać. Zwłaszcza po tym incydencie.

– Po jakim incydencie?

– Ten przeklęty dom próbował mnie zabić. – Widząc moją przerażoną twarz, śmieje się z zażenowaniem. – Cóż, tak przynajmniej to wtedy odebrałem. Kojarzy pani żyrandol, który wisi teraz w holu wejściowym? To kopia. Oryginał był kryształowy, importowany z Francji. Gdybym stał zaledwie pięć centymetrów bardziej na prawo, zmiażdżyłby mi czaszkę.

Wpatruję się w niego.

– Spadł?

– W momencie gdy tam wszedłem, zerwał się z sufitu. To był oczywiście tylko pieprzony zbieg okoliczności, ale pamiętam, co powiedziała potem moja ciotka: „Może nie powinieneś tu więcej przyjeżdżać. Na wszelki wypadek". Co, do cholery, mogła mieć na myśli?

Wiem to dokładnie, ale się nie odzywam.

– Po tym, jak omal nie zginąłem, chciałem trzymać się od tego domu z daleka, ale matka nalegała, żebym tam wracał.

– Dlaczego?

– Żeby utrzymywać rodzinne kontakty. Ojciec był na skraju bankructwa. A mąż ciotki Aurory zostawił jej więcej pieniędzy, niż mogła wydać do końca życia. Matka miała nadzieję… – Słabnie mu głos.

A więc to dlatego duch go nie akceptował. Od chwili, gdy ten człowiek przestąpił próg, kapitan znał jego motywy. Do Strażnicy Brodiego nie sprowadzało Arthura Sherbrooke'a każdego lata przywiązanie do ciotki Aurory, lecz chciwość.

– Ciotka nie miała własnych dzieci, a po śmierci męża nie wyszła ponownie za mąż. Z pewnością nie miała takiej potrzeby.

– Mogła to zrobić z miłości – zasugerowałam.

– Chodzi mi o to, że nie potrzebowała finansowego wsparcia mężczyzny. A istniało zawsze ryzyko, że jakiś oportunista zechce ją wykorzystać.

Tak jak pan próbował, dodałam w myślach.

– Jestem przekonana, że bez względu na pieniądze musiało się nią interesować wielu mężczyzn – mówię. – Pańska ciotka była bardzo piękną kobietą.

– Widziała pani jej zdjęcie?

– Zbierając informacje na temat poprzednich lokatorów, natrafiłam na fotografię pana ciotki w rubryce towarzyskiej. Najwyraźniej miała w młodości duże powodzenie.

– Naprawdę? Nigdy nie dostrzegałem jej urody, ale nie znałem jej za młodu. Pamiętam ją tylko jako zdziwaczałą ciotkę Aurorę, snującą się po domu o każdej porze nocy.

– Dlaczego to robiła?

– Kto wie? Leżąc w łóżku, słyszałem, jak skrada się po schodkach na wieżyczkę. Nie mam pojęcia, co ją tam ciągnęło, bo na górze niczego nie było, tylko pusty pokój. Taras zaczynał już butwieć, a jedno z okien przeciekało. Ned Haskell był jej „złotą rączką" i wszystko naprawiał, ale całą służbę zwolniła. Nie chciała mieć w domu nikogo. – Profesor milknie na chwilę. – Dlatego jej ciało odnaleziono dopiero po kilku dniach.

– Słyszałam, że to pan je znalazł?

Kiwa głową.

– Przyjechałem do Tucker Cove z coroczną wizytą. Próbowałem wcześniej się do niej dodzwonić, ale nie odbierała telefonu. Gdy tylko wszedłem do domu, poczułem ten zapach. Było lato i muchy… – Przerywa w pół zdania. – Przepraszam. To dość przykre wspomnienie.

– Co się jej stało, pańskim zdaniem?

– Domyślam się, że to był udar. Albo atak serca. Miejscowy lekarz stwierdził, że zmarła śmiercią naturalną, tylko tyle wiem. Może była już za słaba, żeby wspinać się po schodach na wieżyczkę.

– Jak pan myśli, po co tam chodziła?

– Nie mam pojęcia. Znajdował się tam tylko pusty pokój z przeciekającym oknem.

– I ukrytą alkową.

– Tak, byłem mocno zaskoczony, gdy Ned mi o niej powiedział. Nie wiem, kiedy ani dlaczego ktoś ją zamurował, ale jestem pewien, że nie zrobiła tego moja ciotka. W końcu nie dbała nawet o remonty w tym domu. Jak go odziedziczyłem, był już w opłakanym stanie. A potem włamały się tam te dzieciaki i naprawdę narobiły szkód.

– To było w Halloween? Tamtej nocy, gdy dziewczyna spadła z tarasu?

Ponownie kiwa głową.

– Ale zanim ona zginęła, dom miał już opinię nawiedzonego. Ciotka straszyła mnie opowieściami o duchu kapitana Brodiego. Pewnie po to, żebym nie odwiedzał jej za często.

266

Rozumiem doskonale, dlaczego ciotka chciała, by trzymał się od niej z daleka. Trudno sobie wyobrazić bardziej irytującego gościa.

– Co najgorsze – kontynuuje profesor – rozpowiadała po całym mieście, że jej dom jest nawiedzony. Mówiła ogrodnikowi i sprzątaczce, że duch ich obserwuje i jeśli cokolwiek ukradną, będzie o tym wiedział. Gdy ta głupia dziewucha spadła z tarasu, tego cholernego domu nie dało się już sprzedać. Warunki testamentu ciotki zakazują mi go wyburzyć, więc mogę tylko pozwolić, by powoli niszczał, albo wyremontować go na wynajem. – Przygląda mi się. – Na pewno nie stać pani, żeby go kupić? Wygląda pani na zadowoloną lokatorkę. W przeciwieństwie do pani poprzedniczki.

Dopiero po chwili dociera do mnie znaczenie jego słów.

– Mówi pan o Charlotte Nielson? Poznał ją pan?

– Ona też mnie odwiedziła. Myślałem, że może zechce kupić ten dom, ale nie, pytała tylko o jego historię. O ludzi, którzy w nim mieszkali, i ich losy.

Czuję nagle na rękach gęsią skórkę. Wyobrażam sobie Charlotte, kobietę, której nigdy nie spotkałam, siedzącą w tym pokoju, prawdopodobnie na tej samej kanapie, i rozmawiającą z profesorem Sherbrookiem. Nie tylko mieszkam w tym samym domu co ona, ale też podążam tak dokładnie jej śladami, że mogłabym być duchem Charlotte, przeżywającym ponownie jej ostatnie dni na ziemi.

– Nie lubiła tego domu? – pytam.

– Powiedziała, że budzi w niej niepokój. Miała wrażenie, że coś ją obserwuje, i chciała zawiesić w sypialni zasłony.

Trudno uwierzyć, że tak znerwicowana kobieta mogła pracować jako nauczycielka.

– Coś ją obserwowało? Tak to określiła?

– Pewnie dlatego, że słyszała o tym tak zwanym duchu i oczywiście każde skrzypnięcie podłogi musiało oznaczać jego obecność. Nie byłem zaskoczony, że nagle wyjechała.

– Jak się okazuje, miała powody do zdenerwowania. Chyba pan wie, że została zamordowana.

Wzrusza ramionami z irytującą obojętnością.

– Tak. To niefortunne zdarzenie.

– I słyszał pan, kto jest głównym podejrzanym? Człowiek, którego pan zatrudnił do pracy w tym domu.

– Znam Neda od kilkudziesięciu lat. Widywałem go każdego lata, gdy odwiedzałem ciotkę, i nigdy nie miałem powodu, by mu nie ufać. To właśnie powiedziałem Charlotte.

– Budził w niej niepokój?

– Nie tylko on. Wszystko. Odosobnienie. Brak zasłon. Nawet samo miasteczko. Uważała, że za bardzo zamyka się na obcych.

Przypominam sobie własne doświadczenia z Tucker Cove. Plotkujące kobiety w sklepie spożywczym i zawsze chłodno rzeczową Donnę Brancę. Myślę o tym, jak okoliczności śmierci Jessie Inman zostały zatuszowane przez lokalną gazetę. I o Charlotte, której zniknięcie nikogo nie zaniepokoiło, dopóki nie zaczęłam zadawać pytań. Przypadkowemu gościowi Tucker Cove może wydawać się interesującym i malowniczym miasteczkiem, ale strzeże ono swoich sekretów i chroni swych obywateli.

– Mam nadzieję, że żadna z tych informacji nie zniechęci pani do pozostania w Strażnicy Brodiego? – mówi profesor. – Zostaje pani, prawda?

– Nie wiem.

– Cóż, przy tej wysokości czynszu trudno pani będzie znaleźć coś o podobnym standardzie. To duży dom, w modnym miasteczku.

To także dom i miasteczko, które mają swoje tajemnice. Ale wszyscy je mamy. A moje zakopane są najgłębiej.

# Rozdział dwudziesty czwarty

Gdy późnym popołudniem docieram do gabinetu Bena, poczekalnia jest pusta. Recepcjonistka Viletta uśmiecha się do mnie zza szyby i przesuwa szklane drzwi.

– Witam, pani Avo! Jak pani ręka? – pyta.

– Już całkowicie wyleczona, dzięki doktorowi Gordonowi.

– Cóż, koty roznoszą wiele chorób, dlatego hoduję kanarki. – Zerka w terminarz wizyt. – Czy doktor Gordon umawiał się z panią na dzisiaj? Nie widzę pani nazwiska w grafiku.

– Nie jestem umówiona. Miałam nadzieję, że znajdzie dla mnie minutę.

Otwierają się drzwi i Ben wychyla głowę do poczekalni.

– Wydawało mi się, że słyszę twój głos! Wejdź do mojego biura. Skończyłem już na dzisiaj i podpisuję tylko wyniki badań laboratoryjnych.

Idę za nim korytarzem, mijając gabinety, i wchodzę do jego biura. Nigdy przedtem tam nie byłam. Gdy zawiesza swój biały fartuch i siada za dębowym biurkiem, oglądam oprawione w ramki dyplomy i fotografie jego ojca i dziadka, lekarzy z poprzednich generacji rodu Gordonów, z ich białymi kitlami i stetoskopami. Wisi tam również jeden z olejnych obrazów Bena, bez ramy, jakby była to tylko tymczasowa dekoracja. Rozpoznaję widoczny na nim pejzaż, bo widziałam już ten skalisty cypel na innych jego płótnach.

– To ta sama plaża, która jest na obrazie w galerii, prawda?

Kiwa głową.

– Jesteś niezwykle spostrzegawcza. Tak, bardzo ją lubię. Jest zaciszna i ustronna i nikt mi tam nie przeszkadza, kiedy maluję. – Odkłada stertę wyników badań do koszyka i skupia całą uwagę na mnie. – A więc co mogę dla ciebie zrobić? Czy ten dziki kot znów cię zaatakował?

– Nie chodzi o mnie, tylko o to, co zdarzyło się wiele lat temu. Wychowałeś się w tym mieście, prawda?

Uśmiecha się.

– Urodziłem się tutaj.

– Znasz więc zapewne historię Tucker Cove.

– Przynajmniej współczesną. – Śmieje się. – Nie jestem aż tak stary, Avo.

– Ale wystarczająco, by pamiętać kobietę, która nazywała się Aurora Sherbrooke?

– Mało ją pamiętam. Byłem dzieckiem, kiedy zmarła. To musiało być co najmniej…

– Trzydzieści lat temu. Gdy miejscowym lekarzem był twój tata. Czy także on ją leczył?

Przygląda mi się przez chwilę, unosząc brwi.

– Czemu pytasz o Aurorę Sherbrooke?

– Potrzebuję informacji do książki, którą piszę. Strażnica Brodiego zaczyna w niej odgrywać kluczową rolę, więc chcę poznać historię tej posiadłości.

– A co Aurora Sherbrooke ma z tym wspólnego?

– Mieszkała w tym domu. Zmarła tam. Stanowi część jego dziejów.

– Czy naprawdę interesujesz się nią z tego powodu?

Jego pytanie, zadane cichym głosem, sprawia, że milknę. Skupiam wzrok na stertach wyników badań i kart pacjentów leżących na jego biurku. Jest człowiekiem nauki, który zajmuje się faktami, i wiem, jak zareaguje, jeśli wyjawię mu powód moich dociekań.

– Nieważne. To bez znaczenia. – Wstaję, żeby wyjść.

– Zaczekaj, Avo. Wszystko, co masz do powiedzenia, jest dla mnie ważne.

– Nawet jeśli nie ma to nic wspólnego z nauką? – Patrzę mu w oczy. – Nawet jeżeli uznasz, że to zabobony?

– Wybacz. – Wzdycha ciężko. – Czy możemy zacząć tę rozmowę od początku? Pytałaś o Aurorę Sherbrooke i czy mój ojciec ją leczył. Odpowiedź brzmi: tak.

– Czy w gabinecie jest nadal jej kartoteka?

– Nie w przypadku pacjentki, która nie żyje od trzydziestu lat.

– Wiedziałam, że to mało prawdopodobne, ale postanowiłam spytać. Dziękuję. – Ponownie odwracam się do wyjścia.

– Nie chodzi o twoją książkę, prawda?

Przystaję w drzwiach, gotowa wyjawić prawdę, ale boję się jego reakcji.

– Rozmawiałam z Arthurem Sherbrookiem. Pojechałam pomówić z nim o jego ciotce. Powiedział mi, że widywała w tym domu różne rzeczy i z tego powodu uwierzyła...

– W co?

– Że kapitan Brodie nadal tam jest.

Wyraz twarzy Bena się nie zmienia.

– Czy mówimy o duchu? – pyta spokojnym tonem, jakim uspokaja się pacjenta z problemami psychicznymi.

– Tak.

– Duchu kapitana Brodiego.

– Aurora Sherbrooke wierzyła w jego istnienie. Powiedziała to swojemu bratankowi.

– Czy on też w niego wierzy?

– Nie. Ale ja i owszem.

– Dlaczego?

– Ponieważ go widziałam, Ben. Widziałam Jeremiaha Brodiego.

Jego twarz jest nadal nieprzeniknona. Czyżby tego uczyli na studiach medycznych: jak zachować twarz pokerzysty, by pacjenci nie mogli się zorientować, co ich lekarz naprawdę myśli?

– Mój ojciec też go widział – odpowiada cicho.

Wbijam w niego wzrok.

– Kiedy?

– Tego dnia, gdy ją znaleziono. Ojca wezwano do Strażnicy Brodiego, aby obejrzał ciało. Dlatego pamiętam nazwisko tej kobiety. Słyszałem, jak mówił o tym mojej matce.

Zerkam na wiszącą na ścianie fotografię ojca Bena, wy-
glądającego dystyngowanie w białym fartuchu. Nie sprawia
wrażenia człowieka podatnego na fantazjowanie.

– Co ci powiedział?

– Mówił, że pani Sherbrooke leżała w koszuli nocnej na
podłodze w wieżyczce. Wiedział, że nie żyje już od pewnego
czasu, bo wskazywały na to zapach… i muchy. – Milknie,
uświadamiając sobie, że o pewnych szczegółach lepiej nie
wspominać. – Jej bratanek i policjanci zeszli na dół, więc
ojciec został na górze sam, żeby dokonać oględzin ciała.
I kątem oka dostrzegł jakiś ruch. Na tarasie.

– Tam pierwszy raz mi się ukazał – mruczę pod nosem.

– Ojciec odwrócił się i zobaczył go. Wysokiego mężczyznę o ciemnych włosach, w czarnym marynarskim płaszczu.
Chwilę później zniknął. Ojciec był pewien, że go widział,
ale wyjawił to tylko mojej matce i mnie. Nie chciał, żeby
ludzie myśleli, że ich lekarz postradał zmysły. Szczerze mówiąc, nigdy nie wierzyłem w tę historię. Sądziłem, że mogło
to być złudzenie optyczne albo odbicie w szybie. A może
ojciec był już przemęczony zbyt wieloma nocnym wezwa-
niami. Niemal zapomniałem o tej sprawie. – Ben patrzy mi
prosto w oczy. – A teraz okazuje się, że ty też go widziałaś.

– To nie było złudzenie optyczne, Ben. Widziałam tego
ducha wiele razy. Rozmawiałam z nim. – Widząc jego za-
skoczone spojrzenie, żałuję, że ujawniłam ten szczegół.

Z pewnością nie mam zamiaru opowiadać mu o wszystkim, co zaszło między Brodiem a mną. – Wiem, że trudno ci w to uwierzyć. Mnie samej także.

– Ale chciałbym w to wierzyć, Avo. Któż nie pragnąłby mieć pewności, że istnieje życie pozagrobowe, jakiś byt po śmierci. Ale gdzie są na to dowody? Nikt nie może udowodnić, że w tym domu jest duch.

Wyjmuję telefon komórkowy.

– Może ktoś potrafi – rzucam.

# Rozdział dwudziesty piąty

Ben jest być może sceptykiem, ale cała sprawa na tyle go intryguje, że zjawia się w moim domu w sobotnie popołudnie, właśnie kiedy Maeve przybywa tam ze swoją ekipą łowców duchów.

– To Todd i Evan. Zajmą się dzisiaj sprawami technicznymi – mówi Maeve, przedstawiając dwóch krzepkich młodych mężczyzn, którzy wyładowują z białej furgonetki sprzęt wideo.

To bracia mający identyczne rude brody i tak do siebie podobni, że potrafię ich rozróżnić tylko dzięki podkoszulkom. Evan ma na swojej napis *Gwiezdne wojny*, a Todd – *Kosmita*. Jestem zdziwiona, że na żadnej nie jest napisane *Łowcy duchów*.

Na podjeździe pojawia się volkswagen i parkuje za białą furgonetką.

– A to Kim, nasze medium – oznajmia Maeve. Z volkswagena wysiada chuda jak patyk blondynka o tak zapadniętych policzkach, że zastanawiam się, czy ostatnio nie chorowała. Robi kilka kroków w naszym kierunku, nagle się zatrzymuje i wpatruje w dom. Stoi w bezruchu tak długo, że Ben w końcu pyta:

– Co się z nią dzieje?

– Wszystko w porządku. Prawdopodobnie stara się wczuć w atmosferę tego miejsca i wychwycić jakieś wibracje – wyjaśnia Maeve.

– Zanim wyładujemy rzeczy, rozejrzymy się po domu i nagramy jakiś materiał wyjściowy – mówi Todd. Już filmuje i robi ujęcie ganku, a potem schodów i holu. Zerkając na ozdobną sztukaterię, mówi: – Ten dom wygląda na dość stary. Jest spora szansa, że coś się tu jeszcze plącze.

– Mogę przejść się po pokojach? – pyta Kim.

– Oczywiście – odpowiadam. – Proszę czuć się jak u siebie.

Kim idzie korytarzem, a za nią podążają dwaj bracia, cały czas filmując. Gdy nie mogą już nas słyszeć, Maeve zwraca się do Bena i do mnie i wyznaje:

– Nie ujawniłam Kim żadnych szczegółów na temat pani domu. Wykonuje swoje zadanie w ciemno, bo nie chcę wpływać w żaden sposób na jej reakcje.

– Nazwała ją pani medium waszej ekipy – zauważa Ben. – Co to dokładnie znaczy? Ma zdolności parapsychiczne?

– Kim potrafi wyczuwać energię utrzymującą się w pomieszczeniu i powie nam, które obszary szczególnie wymagają monitorowania. Jest zadziwiająco dokładna.

– Jak można ocenić tę dokładność? – Tym razem Ben nie ukrywa sceptycyzmu, ale Maeve uśmiecha się tylko, zachowując niewzruszony spokój.

– Ava wspominała, że jest pan lekarzem, więc z pewnością brzmi to dla pana jak obcy język. Ale owszem, jesteśmy w stanie potwierdzić wiele z tego, co mówi nam Kim. W zeszłym miesiącu opisała bardzo szczegółowo zmarłe dziecko. Dopiero później pokazaliśmy jej jego zdjęcie i byliśmy zaszokowani, jak precyzyjnego opisu nam dostarczyła. Wszystko idealnie się zgadzało, łącznie z koronkowym kołnierzykiem koszuli tego chłopczyka. – Przerywa, widząc wyraz twarzy Bena. – Ma pan nadal wątpliwości.

– Staram się zachować trzeźwe spojrzenie.

– Co mogłoby pana przekonać, doktorze Gordon?

– Może gdybym sam zobaczył jakiegoś ducha…

– Hm… niektórym ludziom nigdy się to nie udaje. Po prostu nie potrafią ich widzieć. Co więc możemy zrobić, by zmienił pan zdanie, skoro nie da się sprawić, by duch zmaterializował się przed panem?

– Czy to naprawdę ma znaczenie, w co wierzę? Po prostu ciekawi mnie ta sprawa i chciałem poobserwować.

Kim pojawia się ponownie w holu.

– Chcielibyśmy pójść teraz na górę – mówi.

– Coś już pani wyczuła? – pyta Ben.

Medium Kim nie odpowiada, tylko rusza po schodach, a Todd i Evan kroczą za nią, cały czas filmując.

– Ile takich dochodzeń już pani przeprowadziła? – pyta Ben.

– Odwiedziliśmy sześćdziesiąt, siedemdziesiąt miejsc, głównie w Nowej Anglii. Kiedy ludzie doświadczają niepokojących zjawisk, takich jak skrzypiące podłogi czy ukazywanie się duchów, nie wiedzą, do kogo się zwrócić. Więc kontaktują się z nami.

– Przepraszam?! – woła z podestu na piętrze Evan. – Na końcu korytarza są drzwi. Możemy tam zajrzeć?

– Bardzo proszę – odpowiadam.

– Są zamknięte. Da nam pani klucz?

– Nie mogą być zamknięte. – Wchodzę po schodach na piętro, gdzie Kim i jej koledzy stoją przed drzwiami do wieżyczki.

– Co za nimi jest? – pyta Kim.

– Tylko schody. Nigdy tych drzwi nie zamykam. Nie wiem nawet, gdzie jest klucz. – Gdy przekręcam gałkę, otwierają się ze skrzypieniem.

– No nie! Przysięgam, że były zamknięte! – zarzeka się Todd, po czym zwraca się do brata: – Widziałeś. Nie mogłem ich otworzyć.

– To wilgoć – sugeruje Ben, jak zawsze dostarczając logicznego wyjaśnienia. Nachyla się, by obejrzeć ościeże drzwi. – Jest lato, drewno puchnie i drzwi się klinują.

– Nigdy się to nie zdarzało – rzucam.

– Hm... jeśli to sprawka twojego ducha, dlaczego nie chce nas wpuścić do wieżyczki?

Wszyscy patrzą na mnie. Nie odpowiadam. Nie chcę odpowiadać.

Kim wchodzi pierwsza. Pokonuje tylko dwa stopnie i zatrzymuje się nagle, z ręką zastygniętą w bezruchu na poręczy.

– Co się dzieje? – pyta Maeve.

Medium Kim patrzy w kierunku szczytu schodów i odzywa się cicho:

– Co tam jest?

– Tylko wieżyczka – odpowiadam.

Wciąga powietrze. I wykonuje kolejny krok. Najwyraźniej nie ma ochoty iść na górę, ale nadal się wspina. Podążając za resztą ekipy, przypominam sobie noce, gdy tak chętnie szłam po tych schodach z kapitanem, który trzymał mnie za rękę. Pamiętam jedwabną suknię, szeleszczącą u moich stóp, i migoczące nad głową świece; pamiętam, jak serce waliło mi w oczekiwaniu na to, co miało mnie spotkać za aksamitnymi zasłonami. Ben dotyka mojego ramienia i wzdrygam się zaskoczona.

– Robią niezłe przedstawienie – szepcze.

– Myślę, że ona naprawdę coś tu wyczuwa.

– A może po prostu potrafią to wszystko udramatyzować. Co właściwie wiesz o tych ludziach, Avo? Masz do nich zaufanie?

– W tym momencie jestem gotowa zwrócić się do każdego, kto odpowie na moje pytania.

– Nawet jeśli to oszuści?

– Skoro zaszliśmy już tak daleko, proszę, wysłuchajmy ich.

Wchodzimy po ostatnich stopniach do wieżyczki i patrzymy, jak Kim zmierza na środek pokoju i tam nagle się zatrzymuje. Unosi głowę, jakby nasłuchiwała szeptów zza kotary, która dzieli świat żywych i umarłych. Kamera Todda jest wciąż włączona i widzę migającą diodę nagrywania.

Kim wciąga głęboko powietrze i wypuszcza je. Odwraca się powoli w kierunku okna i wygląda na taras.

– Stało się tu coś strasznego – mówi cicho. – W tym pokoju.

– Co widzisz? – pyta Maeve.

– Nie mam jeszcze wyraźnego obrazu. To tylko echo. Jak kręgi na wodzie, kiedy wrzuci się do niej kamień. Ulotny ślad tego, co ona czuła.

– Ona? – Maeve odwraca się do mnie i wiem, że obie myślimy o Aurorze Sherbrooke, która zmarła w tej wieżyczce. Jak długo leżała tu jeszcze żywa? Czy wzywała pomocy, próbowała dowlec się do schodów? Kiedy unikasz przyjaciół i rodziny, gdy odcinasz się od świata, taką ponosisz karę: umierasz samotnie, niezauważony, a twoje ciało ulega rozkładowi.

– Czuję jej strach – szepcze Kim. – Wie, co się zaraz stanie, a nikt nie może jej pomóc. Nikt jej nie ocali. Jest w tym pokoju całkiem sama. Z nim.

Z kapitanem Brodiem?

Kim odwraca się do nas, niepokojąco blada.

– Tu czai się zło. Coś potężnego i niebezpiecznego. Nie mogę zostać dłużej w tym domu. Nie mogę. – Rzuca się do drzwi i słyszymy, jak w panice zbiega po schodach.

Todd zdejmuje powoli kamerę z ramienia.

– Maeve, co się stało, do cholery?

Zaszokowana Maeve kręci głową.

– Nie mam pojęcia.

◻    ◻    ◻

Maeve siedzi przy kuchennym stole i jej ręka drży, gdy podnosi do ust filiżankę i wypija łyk herbaty.

– Pracuję z Kim od lat i po raz pierwszy zdarza się, że ucieka z miejsca oględzin. Cokolwiek wydarzyło się w tej wieżyczce, musiało zostawić potężny rezonans. Nawet jeśli to tylko szczątkowe wibracje, emocje pozostały, zamknięte w tej przestrzeni.

– Co pani rozumie przez szczątkowe wibracje? – pyta Ben. W przeciwieństwie do reszty z nas, wydaje się nieporuszony tym, co widzieliśmy w wieżyczce, i trzyma się na uboczu, oparty o kuchenny blat. Jest, jak zawsze, postronnym obserwatorem. – Czy to jest to samo co duch?

– Niezupełnie – odpowiada Maeve. – To raczej echo pozostałe po jakimś strasznym wydarzeniu. Wywołane przez nie potężne emocje zostały uwięzione w miejscu, w którym do niego doszło. Strach, cierpienie czy smutek mogą snuć się po domu całe lata, a nawet stulecia i czasem osoby żyjące wyczuwają je, tak jak Kim. Cokolwiek wydarzyło się tam na górze, pozostawiło ślad w wieżyczce i ten incydent jest wciąż na nowo odtwarzany, jak stare nagranie wideo. Poza tym zauważyłam, że dach jest z łupków.

– A jakie to ma znaczenie? – dziwi się Ben.

– Domy z łupków, żelaza czy kamienia zachowują lepiej echa z przeszłości. – Patrzy na ozdobny cynowy sufit w kuchni. – Ten dom jest niemal stworzony do tego, by przetrwały w nim wspomnienia i silne emocje. Są tutaj nadal i ludzie pokroju Kim wyczuwają je.

– A co z osobami mniej wrażliwymi, takimi jak ja? – pyta Ben. – Muszę powiedzieć, że nigdy nie doświadczyłem żadnego zjawiska paranormalnego. Dlaczego nic nie odczuwam?

– Jest pan jak większość ludzi, którzy przeżywają życie

nieświadomi otaczającej nas ukrytej energii. Daltoniści nie rozróżniają purpurowej czerwieni. Nie wiedzą, co tracą, podobnie jak pan.

– Może jest mi z tym lepiej – rzuca Ben. – Zważywszy na reakcję Kim, wolę nie widzieć żadnych duchów.

Maeve spogląda na swoją filiżankę i mówi cicho:

– Duch byłby przynajmniej niegroźny.

Słysząc odgłos uderzającego o podłogę aluminiowego pudła, wyprostowuję się nagle w fotelu. Odwróciwszy się, widzę Evana, który wszedł właśnie do domu z resztą sprzętu.

– Chcesz zainstalować kamerę A w wieżyczce, tak? – pyta Maeve.

– Zdecydowanie. Tam Kim zareagowała najsilniej. – Evan wciąga powietrze. – Ten pokój mnie też przyprawia o dreszcze.

– Więc na nim musimy się skoncentrować – mówię i wstaję. – Możemy pomóc zanieść na górę rzeczy.

– Nie – protestuje Maeve. – Proszę pozwolić, że sami się wszystkim zajmiemy. Wolę, żeby moi klienci przenosili się na noc gdzie indziej, żebyśmy mogli skupić się na pracy. – Zerka na Hannibala, który plącze się po kuchni. – Pani kota trzeba będzie koniecznie gdzieś zamknąć, bo jego ruchy mogą zakłócić działanie naszych przyrządów.

– Ale ja chcę zostać i obserwować waszą pracę – protestuje Ben. Spogląda na mnie. – Oboje chcemy tu być.

– Muszę państwa ostrzec, że to może być nudne – mówi Maeve. – Siedzi się przez całą noc i patrzy na wskaźniki urządzeń pomiarowych.

– A jeśli zachowamy ciszę i nie będziemy wam przeszkadzać? – upiera się Ben.

– Nie wierzy pan przecież w duchy, doktorze Gordon. Po
co chce pan patrzeć? – pyta Maeve.

– Może zmienię zdanie na ten temat – odpowiada Ben,
wiem jednak, że nie jest szczery. Chce wszystko obserwować, bo nie ufa ich przyrządom, ich metodom ani im samym.

Maeve marszczy brwi, postukując piórem o papiery.

– Zwykle tak nie robimy. Jeśli zbyt wiele osób emituje
pola bioelektryczne, jest mniejsze prawdopodobieństwo, że
duch się pojawi.

– To dom Avy – zauważa Ben. – Czy to nie ona powinna
decydować, co się tu dzieje?

– Proszę zrozumieć, że państwa obecność może unie-
możliwić pojawienie się ducha. W każdym razie nalegam,
żeby zamknęła pani kota.

Kiwam głową.

– Wsadzę go do klatki.

Maeve zerka na zegarek i wstaje.

– Za godzinę będzie ciemno. Lepiej zabiorę się do pracy.

Gdy ona idzie na górę, by dołączyć do swojej ekipy, Ben
i ja zostajemy w kuchni i czekamy, aż oddali się wystarczająco, by nas nie słyszała.

– Mam nadzieję, że im nie płacisz – mówi Ben.

– Nie wzięli ode mnie ani centa. Robią to tylko w celach
badawczych.

– Nie ma innego powodu?

– A jaki inny mógłby być?

Spogląda w górę, słysząc skrzypienie podłogi w korytarzu na piętrze.

– Wolałbym, żebyś uważała na tych ludzi. Albo naprawdę wierzą w to, co robią, albo…

– Albo co?

– Mają swobodny dostęp do twojego domu. Dlaczego nie chcieli, żebyśmy zostali i patrzyli, co robią?

– Chyba jesteś zanadto przewrażliwiony.

– Wiem, że chcesz im wierzyć, ale medium pojawia się często wtedy, gdy ludzie są najbardziej bezradni. Owszem, widziałaś i słyszałaś rzeczy, których nie potrafisz wyjaśnić, ale dopiero co wykurowałaś się z infekcji bakteryjnej. Choroba kociego pazura mogła spowodować to, czego doświadczyłaś.

– Mam więc to wszystko odwołać?

– Po prostu doradzam ci ostrożność. Już wyraziłaś zgodę, więc pozwólmy im działać. Ale nie zostawiaj ich samych w domu. Ja też tu będę.

– Dziękuję. – Wyglądam za okno, gdzie szybko zapada zmierzch. – Zobaczymy teraz, co się stanie.

# Rozdział dwudziesty szósty

Zwabiam Hannibala do jego klatki miską jedzenia i nawet nie zauważa, kiedy zamykam drzwiczki. Jest zbyt zajęty kocią karmą. Podczas gdy Maeve, Todd i Evan rozstawiają po całym domu swój sprzęt, zajmuję się tym, co robię najlepiej: żywieniem ludzi. Wiem, że przesiadując do późna, człowiek głodnieje, więc przygotowuję kanapki z szynką, gotuję kilkanaście jajek na twardo i zaparzam duży dzbanek kawy, by wystarczyła nam do rana. Zanim rozkładam jedzenie na talerze, zapada noc.

Ben wsuwa głowę do kuchni i oznajmia:

– Za chwilę zgaszą wszystkie światła. Powiedzieli, że powinnaś wejść teraz na górę, jeśli chcesz zobaczyć, jak ustawili sprzęt.

Niosąc półmisek z kanapkami, podążam za nim po schodach.

– Po co muszą wyłączać światła? – pytam.

– Kto wie? Może dzięki temu łatwiej zobaczyć ektoplazmę?

– Ben, takie negatywne podejście nie pomoże. Możesz zepsuć im robotę.

– Nie rozumiem dlaczego. Jeśli duch zechce się ukazać, to się ukaże, bez względu na to, czy w niego wierzę, czy nie.

Gdy docieramy na wieżyczkę, jestem zaskoczona, widząc, ile sprzętu Maeve i jej współpracownicy musieli wnieść na górę. Są tam kamery, statywy, magnetofon i kilka innych przyrządów, których przeznaczenie stanowi dla mnie zagadkę.

– Brakuje tylko licznika Geigera – komentuje oschle Ben.

– Nie, mamy jeden. – Evan wskazuje na urządzenie pomiarowe na podłodze. – Ustawiliśmy też kamerę w korytarzu na parterze i w głównej sypialni.

– Po co w sypialni? – pyta Ben.

– Ponieważ duch pojawił się tam kilka razy. Tak słyszeliśmy.

Ben spogląda na mnie i czuję, że się czerwienię.

– Widziałam go tam raz czy dwa razy – przyznaję.

– Ale ta wieżyczka jest najwyraźniej centrum zjawisk paranormalnych – wtrąca Maeve. – To właśnie tutaj Kim najsilniej zareagowała, więc skoncentrujemy naszą uwagę na tym pokoju. – Zerka na zegarek. – Okej, pora zgasić światła. Wszyscy na miejsca. To będzie bardzo długa noc.

◻ ◻ ◻

Przed drugą pochłonęliśmy wszystkie kanapki z szynką i jajka na twardo, a termosy napełniałam kawą cztery razy. Przekonałam się, że polowanie na duchy to cholernie nudne zajęcie. Siedzieliśmy godzinami w półmroku, czekając, aż coś się zdarzy. Cokolwiek. Ekipa Maeve jest przynajmniej zajęta monitorowaniem przyrządów, sporządzaniem notatek i zmienianiem baterii.

Duch na razie się nie pojawił.

Maeve woła ponownie w ciemność:

– Halo, chcemy z tobą pomówić! Kim jesteś? Powiedz nam, jak się nazywasz.

Czerwone światełko na magnetowidzie mówi mi, że jest włączone nagrywanie, niczego jednak nie słyszę. Żaden głos nie odpowiada na prośby Maeve, nie materializuje się żadna mgiełka ektoplazmy. Siedzimy z wartym tysiące dolarów sprzętem elektronicznym, czekając na reakcję kapitana Brodiego, ale oczywiście akurat tej nocy nie ma ochoty z nami współpracować.

Mija kolejna godzina i robię się tak śpiąca, że zamykają mi się oczy. Gdy wspieram się na ramieniu Bena, mówi szeptem:

– Hej, może się położysz?

– Nie chcę, żeby coś mnie ominęło.

– Ominie cię tylko dobrze przespana noc. Zostanę i będę czuwał.

Pomaga mi wstać. Jestem tak zesztywniała od siedzenia na podłodze, że ledwo mogę się podnieść. Dostrzegam zapuchniętymi oczami skulone w półmroku sylwetki Maeve, Todda i Evana. Być może są wystarczająco cierpliwi, by czekać w ciemności przez całą noc, ale ja mam już dość.

Idę po omacku po schodach wieżyczki do sypialni. Nawet

się nie rozbieram. Zdejmuję tylko buty, osuwam się na łóżko i zapadam w głęboki, pozbawiony rojeń sen.

Budzi mnie kliknięcie – odgłos składania nóżek statywu. Przez okno świeci słońce i mrużąc oczy, widzę, jak Todd, przykucnięty w kącie, umieszcza obiektywy kamery w aluminiowym pudle. Ben stoi w drzwiach z kubkiem gorącej kawy w ręce.

– Która godzina? – pytam.

– Po dziewiątej – odpowiada Ben. – Zaraz wychodzą. – Stawia kubek na szafce nocnej. – Pomyślałem, że przyniosę ci kawę, zanim też wyjdę.

Siadam na łóżku, ziewając, i patrzę, jak Todd wkłada do pudła kamerę.

Zapomniałam, że w sypialni też była.

Todd śmieje się.

– Mamy z sześć godzin fascynującego nagrania, na którym widać, jak śpi pani w łóżku.

– Co zdarzyło się nocą w wieżyczce?

– Musimy dopiero przejrzeć ten materiał. Maeve zgłosi się do pani z pełnym raportem. – Todd zamyka metalowe pudło i wstaje, aby wyjść. – Może na nagraniu coś się pokaże. Damy pani znać.

Ben i ja nie odzywamy się ani słowem, gdy Todd schodzi na dół. Słyszymy, jak zamykają się z łoskotem frontowe drzwi.

– Byłeś z nimi przez całą noc? – pytam w końcu.

– Owszem. Całą noc.

– I co się wydarzyło?

Ben kręci głową.

– Absolutnie nic.

□   □   □

Po wyjściu Bena zwlekam się z łóżka i opłukuję twarz zimną wodą. Tak naprawdę mam ochotę wejść z powrotem pod kołdrę i przespać resztę dnia, ale słyszę na dole miauczenie Hannibala, więc schodzę do kuchni i widzę, jak wpatruje się we mnie zza krat klatki. Po stercie kociej karmy, którą zostawiłam mu wieczorem, oczywiście nie ma śladu. Jest za wcześnie, by znowu go karmić, więc niosę go do frontowych drzwi i wypuszczam na dwór. Baryłka sadła z tygrysimi pręgami oddala się, człapiąc w głąb ogrodu.

– Przyda ci się trochę gimnastyki – mówię, zamykając drzwi.

Teraz, gdy wszyscy spakowali się już i wyszli, dom wydaje się irytująco spokojny. Czuję się mocno zażenowana, że poprosiłam ich o przeprowadzenie śledztwa w Strażnicy Brodiego. Jak przewidywał Ben, nie znaleźli żadnych dowodów na istnienie ducha. Powie mi, że takich dowodów nie ma, że tacy ludzie jak Maeve, z ich kamerami i wyszukanym sprzętem, oszukują samych siebie, sądząc, że słyszą powtarzające się motywy w przypadkowych hałasach, a gdy widzą przesuwające się przed obiektywem kamery cząsteczki pyłu, wyobrażają sobie, że to jakieś nadprzyrodzone ciała. Powie, że Strażnica Brodiego to tylko stary dom ze skrzypiącymi podłogami, złą reputacją i lokatorką, która za dużo pije. Ciekawe, co myśli dzisiaj o mnie.

Nie, wolę nie wiedzieć.

W ostrym świetle dnia moja obsesja na punkcie Jeremiaha Brodiego wydaje się całkowicie irracjonalna. On nie żyje od stu pięćdziesięciu lat i powinnam pozwolić mu spoczywać w spokoju. Pora, bym wróciła do realnego świata. Do pracy. Zaparzam świeży dzbanek kawy, podgrzewam żeliwną patelnię i smażę pokrojony boczek i ziemniaki, a kiedy są już chrupiące, wrzucam posiekaną cebulę i zieloną paprykę i robię omlet z dwóch jajek. To moje pożywne śniadanie w poranki, gdy muszę zgromadzić energię na długi dzień pisania.

Nalewam sobie trzeci kubek kawy i siadam, by zjeść. Jestem już w pełni obudzona i czuję się niemal jak człowiek, ale doskwiera mi głód. Pochłaniam śniadanie, ciesząc się, że jem sama i nikt nie widzi, jak łapczywie wkładam do ust omlet. Poświęcę resztę dnia na pisanie *Stołu kapitana*. Bez rozpraszania uwagi, bez żadnych bzdurnych myśli o duchach. Kości prawdziwego Jeremiaha Brodiego są rozrzucone po dnie morza. Uwiodła mnie legenda... i rozpaczliwa samotność. Jeśli w tym domu są jakieś demony, to ja je sprowadziłam, te same, które dręczą mnie od sylwestrowej nocy. Wystarczy kilka szklanek wina za dużo, by je poskromić.

Wkładam do zlewu brudne naczynia i otwieram laptopa, by kontynuować pracę nad książką. Rozdział dziewiąty, *Klejnoty z morza*. Czy można powiedzieć coś nowego o skorupiakach? Wyciągam odręczne notatki z mojej wycieczki na pokładzie *Leniwej Dziewczyny*, łodzi poławiacza homarów, którą płynęłam w zeszłą sobotę o poranku. Pamiętam zapach oleju napędowego i mnóstwo mew nad naszymi głowami, gdy łódź dopłynęła do pierwszej boi. Kapitan Andy wydobył kołowrotem z wody pułapkę na homary i gdy spadła z łoskotem na pokład, zobaczyłam w środku zielone i lśniące wielkie skorupiaki. Ze swymi owadzimi odnóżami kojarzą się nieprzyjemnie z karaluchami. Andy powiedział mi, że są kanibalami i w zamknięciu pożarłyby się nawzajem. Z powodu tych ich barbarzyńskich skłonności poławiacze związują im szczypce. W szarpiącym się żywym homarze nie ma nic apetycznego, ale wrzątek zmienia tego zielonego skorupiaka w czerwony pancerz z delikatnym, soczystym mięsem. Przypominam sobie, w jak różnych postaciach już ich próbowałam: ociekające masłem, oblane majonezem i ułożone na grzance, smażone po chińsku z czosnkiem i sosem z czarnej fasoli, duszone ze śmietaną i sherry.

Zaczynam pisać pean na cześć homarów. Nie były przysmakiem kapitanów, którzy uważali je za odpowiednie jedynie dla biedoty, lecz pożywieniem ubogich służących i ogrodników. Piszę o tym, jak przyrządzali homary biedacy: dusili je na wolnym ogniu z kukurydzą i ziemniakami albo po prostu gotowali w solonej wodzie i wrzucali do koszyka z lunchem. Mimo obfitego śniadania zaczynam znów być głodna, ale piszę dalej. Gdy w końcu przerywam, by spojrzeć na zegar, stwierdzam ze zdziwieniem, że jest już osiemnasta.

Pora koktajlu.

Zapisuję w komputerze nowe strony i nagradzam siebie za dzień ciężkiej pracy, otwierając cudowną butelkę caberneta. Tylko jeden albo dwa kieliszki, obiecuję sobie. Odgłos wyciąganego korka brzmi jak muzyka, a ja ślinię się już niczym pies Pawłowa, wyczekując pierwszej porcji alkoholu. Wypijam łyk i wzdycham z rozkoszą. Tak, to bardzo dobre wino, intensywne i gęste. Co powinnam przyrządzić na kolację, żeby do niego pasowało?

Odzywa się mój laptop, sygnalizując nadejście maila. Widzę nazwisko nadawcy i przestaję nagle myśleć o kolacji i pracy nad *Stołem kapitana*. Straciłam apetyt. Czuję tylko rozpaczliwą pustkę w żołądku.

To mail od Lucy.

Już czwarty, który przysłała mi w tym tygodniu, a moje odpowiedzi – jeśli w ogóle odpowiadam – są zawsze lakoniczne: *Wszystko w porządku, po prostu jestem zajęta.* Albo: *Później napiszę więcej.* Ta nowa wiadomość od niej ma w tytule tylko trzy słowa: *Pamiętasz ten dzień?*

Nie chcę jej otwierać, bo boję się fali poczucia winy, która zawsze potem wzbiera, ale coś zmusza mnie, żebym sięgnęła po myszkę. Klikam na mail zdrętwiałą ręką. Na ekranie pojawia się zdjęcie.

To dawna fotografia przedstawiająca Lucy i mnie, gdy ja miałam dziesięć lat, a ona dwanaście. Obie mamy na sobie stroje kąpielowe i obejmujemy się wzajemnie długimi, chudymi ramionami. Jesteśmy opalone i uśmiechnięte, a za nami lśni jezioro, jasne jak srebro. Tak, pamiętam bardzo dobrze tamten dzień. Gorące i mgliste popołudnie w domku babci nad jeziorem. Piknik z pieczonym kurczakiem i kolbami kukurydzy. Tego ranka upiekłam całkiem sama owsiane ciasteczka. Mając dziesięć lat, czułam się już swobodnie w kuchni. „Ava chce wszystkich nakarmić, a Lucy – wyleczyć", tak mawiała

293

o nas mama. Tamtego dnia nad jeziorem skaleczyłam sobie stopę o kamień i pamiętam, jak delikatnie Lucy obmyła i zabandażowała mi ranę. Gdy inne dzieci pluskały się w wodzie, siedziała obok mnie, dotrzymując mi towarzystwa na brzegu. Kiedykolwiek jej potrzebowałam, gdy byłam chora, przygnębiona albo bez gotówki, zawsze mi pomagała.

A teraz ją straciłam, bo nie potrafię spojrzeć jej w oczy, żeby nie zobaczyła, jaka naprawdę jestem. Nie mogę znieść myśli o tym, co jej zrobiłam.

Sączę caberneta, wpatrując się w fotografię, i prześladują mnie duchy naszej przeszłości. Byłyśmy siostrami, które się uwielbiały. Które nigdy by siebie nie skrzywdziły. Moje palce wiszą nad klawiaturą, gotowe wystukać odpowiedź. Wyznanie. Prawda jest jak głaz, który mnie przygniata. Jaką poczułabym ulgę, gdybym mogła zrzucić ten ciężar i powiedzieć jej o Nicku. O tamtej sylwestrowej nocy.

Napełniam ponownie kieliszek. Nie czuję już smaku wina, mimo to piję je nadal.

Wyobrażam sobie Lucy, jak czyta moje wyznanie, siedząc przy biurku, na którym stoją fotografie uśmiechniętego Nicka. Nicka, który już nigdy się nie zestarzeje, pozostanie na zawsze mężczyzną, którego ubóstwiała i który ubóstwiał ją. Przeczyta moje wyznanie i pozna prawdę o nim i o mnie.

I to złamie jej serce.

Zamykam laptopa. Nie, nie mogę jej tego zrobić. Lepiej żyć z poczuciem winy i zabrać tajemnicę do grobu. Czasem milczenie to jedyny sposób, by dowieść swojej miłości.

Gdy zapada noc, dopijam butelkę.

Nie wiem, która jest godzina, gdy zataczając się, wchodzę w końcu na górę i padam na łóżko. Choć jestem pijana, nie mogę zasnąć. Leżę w ciemności, myśląc o kobietach, które zmarły samotnie w Strażnicy Brodiego. Jakie ukrywały tajemnice, jakie grzechy z przeszłości skłoniły je, by schronić się w tym domu? Maeve powiedziała, że silne emocje, takie jak strach i smutek, mogą przetrwać w domu latami. Czy wstyd również? Czy za sto lat ktoś śpiący w tym pokoju będzie miał to samo poczucie winy, które zżera mnie teraz jak rak? Mój ból jest niemal fizyczny. Zwijam się w kłębek, jakbym w ten sposób mogła go z siebie wydusić.

Zapach morza staje się nagle tak intensywny, tak wyraźny, że czuję sól na wargach. Serce bije mi szybciej. Dostaję gęsiej skórki na rękach, jakby ciemność była naładowana elektrycznością. Nie, to tylko moja wyobraźnia. Kapitan Brodie nie istnieje. Maeve dowiodła, że w tym domu nie ma ducha.

– Dziwka.

Prostuję się gwałtownie na dźwięk jego głosu. Stoi nad łóżkiem, z twarzą ukrytą w mroku, i widzę tylko jego sylwetkę.

– Wiem, co zrobiłaś.

– Nie jesteś prawdziwy – szepczę. – Nie istniejesz.

– Jestem tym, czego szukasz. I na co zasługujesz. – Nie widzę wyrazu jego twarzy, ale słyszę w jego głosie ton oskarżenia i wiem, co mnie czeka tej nocy. *W moim domu znajdziesz to, czego szukasz*, powiedział mi kiedyś. Szukam pokuty, by zmyć swoje grzechy. By się oczyścić.

Wciągam nerwowo powietrze, gdy on chwyta mnie za nadgarstki i podnosi na nogi. Jego dotyk sprawia, że pokój wiruje wokół mnie jak kalejdoskop ognistych refleksów i aksamitu. W jednej chwili zostaję przeniesiona z mojej epoki do jego czasów – czasów, gdy był to jego dom, jego królestwo – i jestem pod jego rozkazami. Opuszczam wzrok i zauważam, że tej nocy nie mam na sobie sukni z jedwabiu ani aksamitu, a jedynie bawełnianą koszulę, tak cienką, że spod półprzezroczystego materiału widać moje nagie ciało. Ciało dziwki, o której grzechach wszyscy już wiedzą.

Prowadzi mnie z sypialni na korytarz. Drewniana podłoga jest ciepła pod moimi bosymi stopami. Drzwi do wieżyczki skrzypią ostrzegawczo, gdy je otwieramy, by wejść na schody. U ich szczytu widać przez próg krwawą łunę od blasku ognia, jakby piekło czekało na mnie u góry, nie na dole, i idę tam odebrać zasłużoną karę. Moja koszula jest cienka jak muślin, ale nie czuję nocnego chłodu. Skórę mam rozpaloną niczym w gorączce, jakbym czuła już piekielne płomienie. Przystaję dwa stopnie od góry, bo nagle boję się przejść przez próg. Zaznałam w tej wieżyczce zarówno rozkoszy, jak i bólu. Co czeka mnie dzisiaj?

– Boję się – mówię szeptem.

– Zgodziłaś się już. – Jego uśmiech mnie mrozi. – Czy nie po to znów mnie wezwałaś?

– Ja cię wzywałam?

Ściska mi mocno rękę. Nie potrafię stawić mu oporu ani walczyć z nim, gdy ciągnie mnie w górę po ostatnich dwóch stopniach. Tam, w piekielnym blasku ognia, spostrzegam, co mnie czeka.

Kapitan sprowadził publiczność.

Popycha mnie naprzód, bym stanęła pośrodku stojących w kręgu mężczyzn. Nie mam dokąd uciekać ani gdzie się ukryć. Otacza mnie dwunastu mężczyzn; przyglądają mi się ze wszystkich stron, gdy stoję wystawiona haniebnie na ich spojrzenia. W pokoju jest ciepło, ale ja drżę. Podobnie jak kapitan, mężczyźni mają ogorzałe twarze, a ich odzież pachnie intensywnie morzem, są jednak w postrzępionych i brudnych koszulach, ordynarni i nieogoleni.

Jego załoga. Dwunastu gniewnych ludzi.

Brodie chwyta mnie za ramiona i oprowadza powoli po kręgu, jakbym była cielakiem na sprzedaż.

– Panowie, spójrzcie na oskarżoną! – oznajmia. – To wy wydacie wyrok.

– Nie! – Przerażona, próbuję się wyrwać, ale jego uścisk jest zbyt mocny. – Nie!

– Przyznaj się, Avo. Wyznaj im swoją zbrodnię. – Oprowadza mnie znów po kręgu, zmuszając, bym spojrzała w oczy każdemu z mężczyzn. – Niech zajrzą w głąb twojej duszy i zobaczą, w czym zawiniłaś. – Popycha mnie w kierunku jednego z marynarzy, który przygląda mi się czarnymi, przepastnymi oczami.

– Powiedziałeś, że nie spotka mnie żadna krzywda!

– Czy nie tego szukasz? Kary? – Popycha mnie znowu i upadam na kolana. Gdy kulę się, otoczona kręgiem mężczyzn, on chodzi wokół mnie. – Widzicie teraz, kim naprawdę jest oskarżona. Nie musicie czuć litości. – Odwraca się i wskazuje na mnie palcem jak sędzia wydający werdykt. – Przyznaj się, Avo.

– Przyznaj się! – woła jeden z mężczyzn. Pozostali przy-łączają się do niego i krzyczą coraz głośniej, aż w końcu ich wrzask staje się ogłuszający. – Przyznaj się! Przyznaj się!

Brodie stawia mnie z powrotem na nogi.

– Powiedz im, co zrobiłaś – rozkazuje.

– Dość. Błagam.

– Powiedz im.

– Każ im przestać!

– Powiedz im, z kim się pieprzyłaś!

Osuwam się znów na kolana.

– Z mężem siostry – szepczę.

◻ ◻ ◻

W jednej chwili wszystko powraca. Brzęk kieliszków szampana. Chrzęst muszli ostryg. Noc sylwestrowa. Wyszli ostatni goście, a Lucy pojechała do pacjenta do szpitala.

Nick i ja zostaliśmy sami w moim mieszkaniu.

Pamiętam, jak na chwiejnych nogach zbieraliśmy brudne talerze i zanosiliśmy je do zlewu. Jak staliśmy w kuchni, chichocząc i wlewając do kieliszków resztki szampana. Za oknem opadały na parapet płatki śniegu, gdy wznosiliśmy toast. Pomyślałam, że Nick ma niezwykle błękitne oczy i że zawsze lubiłam jego uśmiech, a potem zaczęłam się zastanawiać, dlaczego nie mam tyle szczęścia co moja siostra, która jest ode mnie mądrzejsza, milsza i powiodło jej się w miłości o wiele bardziej niż mnie. Dlaczego nie mogę mieć tego co ona?

Nie planowaliśmy tego. Nie spodziewaliśmy się, że to się wydarzy.

Miałam zachwianą równowagę i odwracając się do zlewu, potknęłam się. W jednej chwili Nick znalazł się przy mnie. Taki już był, zawsze gotowy do pomocy, zawsze sprawiający, że się śmiałam. Przytrzymał mnie i w tym stanie upojenia i nieważkości wsparłam się o niego. Przylgnęliśmy do siebie i stało się to, co było nieuniknione. Poczułam, że jest podniecony, i nagle nastąpiła eksplozja, jakby ktoś podpalił zbiornik z benzyną. Byłam równie rozgorączkowana, równie winna jak Nick; zdzierałam z niego koszulę, podczas gdy on ściągał ze mnie sukienkę. Potem leżałam pod nim na zimnych kafelkach, dysząc z podniecenia przy każdym jego pchnięciu. Upajałam się tym, potrzebowałam tego. Chciałam się pieprzyć, a on był pod ręką i ten toksyczny szampan pozbawił nas wszelkiej samokontroli. Byliśmy jak dwa bezmyślne, niepomne konsekwencji, pomrukujące zwierzęta w rui.

Ale gdy skończyliśmy i leżeliśmy półnadzy na podłodze w kuchni, świadomość tego, co właśnie zrobiliśmy, przyprawiła mnie o takie mdłości, że pokuśtykałam do łazienki i zwymiotowałam kilka razy, kaszląc i krztusząc się cierpkim alkoholem i poczuciem winy. Obejmując sedes, zaczęłam szlochać. *Co się stało, to się nie odstanie.* Słowa Lady Makbet dźwięczały mi w głowie jak mantra, potworna prawda, która powracała echem, choć chciałam wymazać ją z pamięci.

Usłyszałam, jak Nick jęczy w sąsiednim pokoju.

– O mój Boże. O Boże!

Gdy wyszłam w końcu z łazienki, znalazłam go skulonego na podłodze, kołyszącego się w przód i w tył, z twarzą ukrytą w dłoniach. Ten załamany Nick był obcym mi człowiekiem, którego nigdy nie widziałam, i przeraził mnie.

– Chryste, co nam odbiło? – mówi, łkając.

– Ona nie może się dowiedzieć.

– Nie wierzę, że to się stało. Co mam teraz, kurwa, zrobić?

– Powiem ci, co my zrobimy. Zapomnijmy o tym, Nick. – Przyklękam obok niego, chwytam go za ramiona i mocno nim potrząsam. – Obiecaj, że nigdy jej nie powiesz. Przysięgnij.

– Muszę wracać do domu. – Odpycha mnie i dźwiga się na nogi. Jest tak pijany, że z trudem zapina koszulę i pasek od spodni.

– Za dużo wypiłeś. Nie możesz prowadzić.

– Nie mogę zostać tutaj. – Wychodzi chwiejnym krokiem z kuchni, a ja ruszam za nim, próbując przemówić mu do rozsądku, gdy wkłada płaszcz i idzie po schodach na dół. Jest zbyt wzburzony, by słuchać.

– Nick, nie jedź! – błagam.

Ale nie potrafię go zatrzymać. Jest pijany, drogi są niebezpiecznie śliskie od lodu, a ja nie mogę nic zrobić, by zmienił zdanie. Patrzę z progu, jak potykając się, znika w ciemnościach. Gęste, grube płatki padającego śniegu przesłaniają mi widok. Słyszę trzaśnięcie drzwi samochodu, a potem łuna jego tylnych świateł rozpływa się w mroku.

Gdy widzę Nicka ponownie, leży w stanie śpiączki na szpitalnym łóżku, a Lucy siedzi skulona na krześle obok niego. Jej oczy są zapadnięte ze zmęczenia i nie przestaje kręcić głową, powtarzając bez przerwy:

– Nie rozumiem. Zawsze jest taki ostrożny. Dlaczego nie zapiął pasa? Dlaczego prowadził po pijanemu?

Tylko ja znam odpowiedź, ale nic jej nie mówię. Nigdy jej nie powiem. Zakopuję prawdę głęboko i strzegę jej jak beczki prochu, która może eksplodować i zniszczyć nas obie. Przez kilka tygodni udaje mi się panować nad sobą, dla dobra Lucy. Siedzę razem z nią w szpitalu. Przynoszę jej pączki i kawę, zupy i kanapki. Odgrywam kochającą młodszą siostrę, ale wyrzuty sumienia gryzą mnie jak złośliwy szczur. Jestem przerażona, że Nick odzyska przytomność i powie jej, co między nami zaszło. Gdy Lucy modliła się o jego wyzdrowienie, ja miałam nadzieję, że nigdy się nie obudzi.

Pięć tygodni po wypadku moje życzenie się spełniło. Przypominam sobie przemożne uczucie ulgi, gdy usłyszałam pisk monitora pracy serca, pokazującego na ekranie ciągłą linię. Pamiętam, jak podtrzymywałam Lucy, gdy pielęgniarka wyłączyła respirator i pierś Nicka w końcu znieruchomiała. Kiedy siostra trzęsła się i szlochała w moich ramionach, myślałam: Dzięki Bogu już po wszystkim. Na szczęście już nigdy nie powie jej prawdy.

Co czyni mnie jeszcze większym potworem. Chciałam, żeby umarł i zamilkł. Chciałam właśnie tego, co złamało serce mojej siostrze.

□　□　□

– Mąż twojej rodzonej siostry – mówi Brodie. – Przez ciebie nie żyje.

Kiwam głową w milczeniu. Prawda jest zbyt koszmarna, by się do niej przyznać.

– Powiedz to, Avo. Wyznaj prawdę. Chciałaś jego śmierci.

– Tak – mówię z płaczem. – Pragnęłam, żeby umarł. – Mój głos przechodzi w szept. – I tak się stało.

Kapitan Brodie zwraca się do swoich ludzi.

– Powiedzcie mi, panowie. Na co ona zasługuje za zdradzenie tych, których kocha?

– Żadnej litości! – krzyczy jeden z mężczyzn.

Dołącza do niego drugi marynarz, a potem jeszcze jeden i powtarzają zgodnie:

– Żadnej litości!

– Żadnej litości!

Zatykam dłońmi uszy, próbując zagłuszyć krzyki, ale dwaj mężczyźni chwytają mnie za nadgarstki i odciągają mi ręce od głowy, zmuszając, bym słuchała. Ich dotyk jest lodowaty, jakby byli martwi. Rozglądam się desperacko po zamykającym się kręgu i nagle nie widzę już ludzi, tylko trupy z pustymi oczodołami, ponurych świadków egzekucji więźnia.

Góruje nad nimi Brodie; jego oczy są czarne i zimne jak u gada. Dlaczego nigdy wcześniej tego nie zauważyłam? Ten stwór, który prześladował mnie w snach, który mnie podniecał i karał... dlaczego nie rozpoznałam dotąd, kim naprawdę jest?

To demon. Mój demon.

□  □  □

Budzę się z krzykiem. Rozglądam się rozpaczliwie po pokoju i stwierdzam, że jestem w swojej sypialni, w swoim łóżku, w poskręcanej i przesiąkniętej potem pościeli. Promienie słońca wpadają przez okna tak jaskrawe i ostre, że kłują mnie w oczy jak sztylety.

Serce dudni mi tak, że ledwo słyszę dzwonienie komórki. Zeszłej nocy byłam tak pijana, że zostawiłam ją w kuchni, a teraz czuję się zbyt wyczerpana, by wypełznąć z łóżka i odebrać telefon.

W końcu dzwonienie ustaje.

Zaciskam powieki i widzę znowu jego, wpatrującego się we mnie tymi czarnymi oczami żmii. Oczami, jakich nigdy przedtem u niego nie widziałam. Takie same oczy mają otaczający mnie kręgiem mężczyźni, którzy przyglądają się, jak ich kapitan podchodzi, by wymierzyć mi karę.

Zaciskam ręce na głowie, próbując desperacko pozbyć się tej wizji, lecz nie potrafię. Wryła mi się w pamięć. Czy to naprawdę się zdarzyło?

Spoglądam na siebie, sprawdzając, czy nie mam siniaków na nadgarstkach. Nie widzę żadnego, ale wspomnienie tych kościstych dłoni, trzymających mnie za ramiona, jest tak wyraziste, że nie mogę uwierzyć, że nie pozostał po nich żaden ślad.

Wygrzebuję się z łóżka i oglądam w lustrze swoje plecy. Nie ma żadnych zadrapań. Patrzę na twarz i widzę kobietę, którą z trudem rozpoznaję, kobietę z zapadniętymi oczami i rozczochranymi włosami. Kim się stałam? Kiedy zmieniłam się w taką zjawę?

Na dole znów dzwoni komórka, tym razem jakby bardziej natarczywie. Zanim docieram do kuchni, dzwonienie ustaje, ale znajduję dwie wiadomości głosowe. Obie od Maeve.

„Proszę zadzwonić do mnie jak najszybciej".

Potem następna:

„Avo, gdzie pani jest? To pilne. Niech pani do mnie zadzwoni!"

Nie chcę tego ranka rozmawiać ani z nią, ani z kimkolwiek innym. Muszę najpierw uporządkować myśli i brzmieć rozsądnie. Ale jej wiadomości niepokoją mnie, a po minionej nocy bardziej niż kiedykolwiek potrzebuję odpowiedzi na moje pytania.

Zgłasza się po drugim sygnale.

– Avo, właśnie do pani jadę. Będę za jakieś pół godziny.

– Dlaczego? O co chodzi?

– Muszę pani coś pokazać. Jest na nagraniu z pani domu.

– Sądziłam, że tamtej nocy nic się nie wydarzyło. Tak mi powiedział Ben. Podobno żaden z waszych przyrządów nie zarejestrował niczego niezwykłego.

– W wieżyczce nie. Ale dziś rano skończyłam w końcu przeglądać resztę nagrań. Avo, coś się jednak pokazało. Zarejestrowała to inna kamera.

Serce bije mi nagle jak młotem.

– Która kamera? – pytam. Krew szumi mi w uszach tak głośno, że niemal nie słyszę jej odpowiedzi.

– W pani sypialni.

# Rozdział dwudziesty siódmy

Stoję na ganku, gdy Maeve podjeżdża pod mój dom. Wysiada z samochodu, trzymając laptopa, i z ponurą miną wchodzi na schody.

– Wszystko w porządku? – pyta cicho.

– Dlaczego pani pyta?

– Bo wygląda pani na wyczerpaną.

– Szczerze mówiąc, czuję się fatalnie.

– Czemu?

– Wieczorem o wiele za dużo wypiłam. I miałam koszmarny sen. O kapitanie Brodiem.

– Jest pani pewna, że to był tylko sen?

Odgarniam z twarzy splątane włosy. Jeszcze ich nie rozczesałam. Nie umyłam nawet zębów. Zdążyłam tylko włożyć czyste ubrania i wypić pospiesznie kubek kawy.

– Niczego już nie jestem pewna.

– Obawiam się, że to nagranie może nie dostarczyć odpowiedzi, których pani poszukuje – mówi Maeve, wskazując na laptopa. – Ale może przekona panią do opuszczenia tego domu. – Wchodzi do środka, przystaje i rozgląda się, jakby wyczuwała czyjąś obecność. Kogoś, kto uważa ją za niepożądanego gościa.

– Chodźmy do kuchni – proponuję. To jedyne pomieszczenie, w którym nigdy nie wyczuwałam obecności ducha, nigdy nie czułam zwiastującego go zapachu. Za życia Jeremiaha Brodiego w kuchni przebywała zapewne tylko służba; pan domu pojawiał się tam rzadko.

Siadamy przy stole i Maeve otwiera laptopa.

– Przejrzeliśmy materiał ze wszystkich kamer – oznajmia. – Większość przyrządów umieściliśmy w wieżyczce, bo tam widziała pani wcześniej ducha, tam też Kim najgwałtowniej zareagowała. Wiemy również, że w tym miejscu zmarła Aurora Sherbrooke, więc założyliśmy, że wszelkie zjawiska paranormalne zachodzą najprawdopodobniej właśnie w tym pokoju. W wieżyczce.

– Ale nie zarejestrowaliście tam niczego niezwykłego?

– Nie. Spędziłam cały dzień na przeglądaniu nagrań. Delikatnie mówiąc, byłam rozczarowana. I zaskoczona, bo Kim zwykle się nie myli. Wyczuwa, że w danym miejscu wydarzyło się coś tragicznego, a nigdy nie widziałam, by zareagowała tak intensywnie. Była naprawdę przerażona. Nawet Todda i Evana wystraszyła jej reakcja.

– Mnie także – przyznaję.

– Poczułam się mocno zawiedziona, że nasze urządzenia nie zarejestrowały żadnej aktywności w wieżyczce. Przejrzałam też nagrania z kamery w korytarzu i tam również niczego nie znalazłam. Więc kiedy w końcu zaczęłam oglądać materiał z pani sypialni, nie oczekiwałam niczego niezwykłego. Byłam zaszokowana, kiedy zobaczyłam to. – Stuka w kilka klawiszy i obraca laptopa ekranem w moją stronę.

Widzę obraz mojej sypialni. W oknie lśni światło księżyca, a ja leżę w półmroku na łóżku. Na ekranie widać zegar, który powoli odmierza czas. Jest trzecia osiemnaście w nocy. Dwadzieścia minut po tym, jak zrezygnowałam z czuwania w wieżyczce i poszłam spać. Zegar pokazuje trzecią dziewiętnaście, potem trzecią dwadzieścia. Przesuwają się minuty, w otwartym oknie powiewają lekko zasłony, ale poza tym na ekranie nic się nie porusza.

To, co widzę po chwili, sprawia, że prostuję się nagle na krześle. Coś czarnego, wijącego się jak wąż, pełznie przez pokój w stronę łóżka. W moim kierunku.

– Co to jest, do cholery? – pytam.

– Też tak powiedziałam, gdy to zobaczyłam. Nie jest jasne jak świetlista kula. Nie ma galaretowatej konsystencji ektoplazmy. Nie, to coś innego. Coś, czego nigdy dotąd nie sfilmowaliśmy.

– Może to po prostu cień? Chmury albo przelatującego ptaka?

– To nie jest cień.

– Czy Todd albo Evan wchodzili do mojej sypialni, aby podregulować kamerę?

– Nikt tam nie wchodził, Avo. O tej porze Evan i Todd byli ze mną w wieżyczce. Podobnie jak doktor Gordon. Proszę obejrzeć jeszcze raz to nagranie. Odtworzę je w zwolnionym tempie, żeby pani zobaczyła, co to coś robi.

Cofa taśmę na godzinę trzecią dziewiętnaście i wciska klawisz odtwarzania. Zegar przesuwa się teraz o wiele wolniej, sekundy wloką się jedna za drugą. Na obrazie widać, że śpię mocno, nieświadoma obecności obcej istoty, która nadchodzi od strony drzwi i zbliża się do mnie. Wysuwający macki cień podpełza w kierunku łóżka i spowija mnie jak całun. Czuję nagle, że mnie dusi, owinięty tak szczelnie wokół mojej szyi, że nie mogę oddychać.

– Avo! – Maeve potrząsa mną. – Avo!

Z trudem chwytam powietrze. Na ekranie laptopa nie widać żadnej zjawy. Blask księżyca pada na pościel i nie ma już cienia ani duszącej mnie czarnej zmory. Śpię spokojnie w łóżku.

– To nie mogło dziać się naprawdę – mruczę pod nosem.

– Obie widzimy tę zjawę na nagraniu. Pani ją przyciągnęła, Avo. To coś przyszło prosto do pani.

– Ale co to jest? – Słyszę nutę rozpaczy w swoim głosie.

– Wiem, że nie są to szczątkowe wibracje ani poltergeist, czyli hałaśliwy duch. Nie, to coś inteligentnego, co chce nawiązać z panią kontakt.

– A więc to nie duch?

– Nie. To… coś, czymkolwiek jest… przyszło wprost do pani łóżka. Najwyraźniej przyciąga to pani. Nikt inny.

– Dlaczego ja?

– Nie wiem. Czymś je pani zwabia. Może chce panią zawładnąć. Albo panią posiąść. Tak czy inaczej, jest groźne. –

Pochyla się i chwyta mnie za rękę. – Nie mówię tego wielu klientom, ale teraz muszę to powiedzieć, dla pani bezpieczeństwa. Proszę wyprowadzić się z tego domu.

□   □   □

– Może to tylko złudzenie optyczne – mówi Ben, gdy wyciągam z szuflady komody swetry i podkoszulki i upycham je do walizki. – Może chmura przesłoniła księżyc i rzuciła dziwny cień.

– Masz, jak zwykle, logiczne wyjaśnienie.

– Bo wszystko da się logicznie uzasadnić.

– A jeśli tym razem się mylisz?

– I na tym nagraniu jest duch? – Ben nie może powstrzymać śmiechu. – Nawet jeśli duchy istnieją, nie mogą nikomu zrobić krzywdy.

– Po co w ogóle na ten temat dyskutujemy? I tak w nie nigdy nie uwierzysz. – Wkładam do walizki kolejną partię ubrań i wracam do komody po staniki i majtki. Za bardzo się spieszę, by przejmować się tym, że Ben będzie oglądał moją bieliznę. Chcę po prostu się spakować i opuścić ten dom przed zmrokiem. Jest już późne popołudnie, a ja nie zaczęłam jeszcze wkładać do pudeł swojego sprzętu kuchennego. Podchodzę do szafy i zdejmując rzeczy z wieszaków, przypominam sobie nagle o Charlotte Nielson, której chustę tam znalazłam. Podobnie jak ja, musiała pakować się w pośpiechu. Czy też uciekała z tego domu w panice? Czy czuła, jak ten sam cień otacza ją swoimi mackami?

Gdy wyjmuję sukienkę, wieszak spada na podłogę z takim łoskotem, że wzdrygam się i serce wali mi jak młotem.

– Hej. – Ben bierze mnie delikatnie za ramię uspokajającym gestem. – Avo, nie ma się czego bać.

– Zdaniem człowieka, który nie wierzy w zjawiska nadprzyrodzone.

– Raczej człowieka, który nie pozwoli, by coś ci się stało.

Odwracam się do niego.

– Nawet nie wiesz, Ben, z czym mam do czynienia.

– Wiem, co sądzą na ten temat Maeve i jej znajomi. Ale na tym nagraniu widziałem tylko cień. Nic konkretnego, nic rozpoznawalnego. To mogła być...

– ...chmura przesłaniająca księżyc. Tak, już to mówiłeś.

– Więc dobrze, załóżmy, czysto teoretycznie, że to jest duch. Powiedzmy, że duchy istnieją. Ale nie są bytami materialnymi. Jak mogą ci coś zrobić?

– Nie boję się duchów.

– Więc czego?

– To coś innego. Coś złego.

– Tak twierdzi Maeve. A ty jej wierzysz?

– Po tym, co zrobił mi zeszłej nocy... – Milknę, bo policzki płoną mi nagle na samo wspomnienie.

Ben marszczy brwi.

– On?

Wstydzę się spojrzeć mu w oczy, więc wpatruję się w podłogę. Unosi powoli moją głowę i nie mogę już uniknąć jego wzroku.

– Avo, powiedz mi, co cię spotykało w tym domu?

– Nie mogę.

– Dlaczego?

Mrugam, by powstrzymać łzy, i szepczę:

– Bo jest mi wstyd.

– Czego, u licha, możesz się wstydzić?

Jego spojrzenie jest zbyt przenikliwe, zbyt natarczywe. Odsuwam się i podchodzę do okna. W powietrzu wisi ciężka jak kurtyna wieczorna mgła, przesłaniając widok na morze.

– Kapitan Brodie naprawdę istnieje, Ben. Widziałam go i słyszałam. Nawet dotykałam.

– Dotykałaś ducha?

– Kiedy mi się ukazuje, jest równie realny jak ty czy ja. Zostawił mi nawet siniaki na rękach… – Przymykam oczy i wyobrażam sobie, że kapitan Brodie stoi przede mną. Wspomnienie jest tak wyraziste, że widzę jego potargane wiatrem włosy i nieogoloną twarz. Wciągam powietrze i wdycham zapach morza. Czy on tutaj jest? Czy wrócił? Otwieram nagle oczy i rozglądam się gorączkowo po pokoju, ale widzę tylko Bena. Gdzie jesteś?

Ben chwyta mnie za ramiona.

– Avo!

– On tu jest! Wiem o tym.

– Powiedziałaś, że jest równie realny jak ja. Co to znaczy?

– Możemy się wzajemnie dotykać. Och, wiem, co myślisz. Co sobie wyobrażasz. I to prawda, to wszystko prawda! On wie, czego pragnę, czego potrzebuję. W taki sposób nas tutaj zatrzymuje. Nie tylko mnie, ale także kobiety, które mieszkały tu przede mną. Które spędziły w tym domu całe

311

życie i tutaj zmarły. Daje nam to, czego nie potrafi dać żaden inny mężczyzna.

Ben podchodzi bliżej, aż stajemy twarzą w twarz.

– Ja naprawdę istnieję. Jestem tutaj. Daj mi szansę, Avo. – Gdy ujmuje dłońmi moją twarz, zamykam oczy, ale widzę kapitana Brodiego i to jego pragnę. Mojego władcy i potwora. Próbuję wyobrazić sobie Bena w łóżku i myślę, jakim byłby kochankiem. Miałabym z nim zwyczajny, rutynowy seks, jak z wieloma innymi mężczyznami. Ale w przeciwieństwie do Brodiego, Ben istnieje naprawdę. Jest człowiekiem, nie cieniem. Nie demonem.

Nachyla się i przywiera ustami do moich warg w ciepłym, namiętnym pocałunku. Nie czuję najmniejszego podniecenia. Całuje mnie ponownie. Tym razem chwyta mnie mocno za podbródek, przyciskając usta do moich i raniąc mi zębami wargi. Tracę równowagę, padam do tyłu i uderzam ramionami o ścianę. Nie walczę z nim, gdy na mnie napiera. Chcę czuć cokolwiek. Chcę, żeby rozniecił iskrę i rozpalił mnie, udowodnił, że żywy mężczyzna potrafi mnie zadowolić tak jak martwy, ale nie czuję żadnego wibrowania, żadnej żądzy.

Spraw, żebym chciała się z tobą pieprzyć, Ben!

Chwyta mnie za nadgarstki i przyciska je do ściany. Gdy do mnie przywiera, czuję przez dżinsy twardy dowód jego pożądania. Zamykam oczy, gotowa pozwolić, by to się wydarzyło, zrobić to, czego chce, czego się domaga.

Nagle ogłuszający hałas powoduje, że odskakujemy od siebie z przerażeniem.

Patrzymy oboje na drzwi sypialni, które właśnie się zatrzasnęły. Nie jest otwarte żadne okno. W pokoju nie ma przeciągu.
Żadnego powodu, by drzwi tak nagle się zamknęły.

– To on – mówię. – On to zrobił.

Teraz pragnę już gorączkowo opuścić ten dom, nie tracąc
więcej czasu. Rzucam się do szafy i wygarniam ostatnie rzeczy. To dlatego Charlotte wyjechała stąd tak nagle. Ona też
musiała być roztrzęsiona i przerażona perspektywą pozostania tu choćby chwilę dłużej. Zamykam i zapinam na zamek
walizkę.

– Avo, zwolnij.

– Jak drzwi mogą się same zatrzasnąć? Wyjaśnij mi to,
Ben. – Ściągam walizkę z łóżka. – Tobie łatwo zachować
spokój. Nie musisz tutaj spać.

– Ty też nie musisz. Możesz zamieszkać u mnie. Jak długo zechcesz. Ile tylko będziesz potrzebowała.

Nie odpowiadam mu, tylko wychodzę z pokoju. On bierze
bez słowa moją walizkę i znosi na dół. Milczy nadal, gdy
pakuję w kuchni swoje bezcenne noże, szczypce i trzepacz-
ki, miedziany garnek i cały sprzęt, bez którego nie może
się obejść zapalony kucharz. Ben czeka nadal, bym przyję-
ła jego propozycję, nic jednak nie mówię. Zabieram dwie
zamknięte butelki wina (nigdy nie pozwól, by zmarnował
się dobry cabernet!), ale zostawiam w lodówce jajka, mleko
i ser. Niech weźmie je sobie ten, kto będzie po mnie sprzątał.
Chcę po prostu wynieść się w cholerę z tego domu.

– Proszę, nie wyjeżdżaj – odzywa się Ben.

– Wracam do domu, do Bostonu.

— Musisz jechać już dzisiaj?

— Powinnam to zrobić kilka tygodni temu.

— Nie chcę, żebyś wyjeżdżała, Avo.

Dotykam jego ramienia. Ma ciepłą skórę. Jest żywy i naprawdę istnieje. Wiem, że mu na mnie zależy, ale to niewystarczający powód, żebym została.

— Przykro mi, Ben. Muszę wracać do domu.

Podnoszę pustą klatkę dla kota i zabieram ją na podjazd. Rozglądam się po dziedzińcu za Hannibalem, ale nigdzie go nie widzę.

Obchodzę dom, wołając go. Ze skraju urwiska ogarniam wzrokiem ścieżkę prowadzącą na plażę. Hannibal gdzieś zniknął. Wracam do domu, ciągle go przywołując.

— Nie rób mi tego, do cholery! — wrzeszczę zdesperowana. — Nie dzisiaj! Nie teraz!

Mojego kota nigdzie nie widać.

# Rozdział dwudziesty ósmy

Ben dźwiga moją walizkę po schodach do sypialni dla gości. Jest w niej łóżko z baldachimem, a na podłodze leży zielony pleciony dywanik. Podobnie jak Ben, wszystko wygląda tam jak wprost z katalogu firmy L.L. Bean i jakby na zawołanie w pokoju zjawia się natychmiast golden retriever, machając przyjaźnie ogonem.

– Jak ma na imię twój pies? – pytam.

– Henry.

– Słodziak. – Gdy przykucam, by pogłaskać go po łbie, patrzy na mnie swymi rozczulającymi brązowymi ślepiami. Hannibal zeżarłby go żywcem na śniadanie.

– Wiem, że tego nie planowałaś – mówi Ben. – Ale możesz tu zostać, jak długo zechcesz. Sama widzisz, że mieszkam w tym wielkim domu bez nikogo i przyda mi się towarzystwo. – Przerywa na chwilę. – Nie to miałem na myśli. Jesteś dla mnie kimś więcej niż tylko osobą do towarzystwa.

– Dziękuję. – Nie potrafię powiedzieć nic więcej.

Przez chwilę panuje niezręczna cisza. Wiem, że zamierza mnie pocałować, i nie jestem pewna, co w tym momencie czuję. Stoję zupełnie nieruchomo, gdy nachyla się ku mnie i dotyka ustami moich warg. Kiedy obejmuje mnie ramionami, nie opieram się. Mam nadzieję poczuć ten sam żar, który rozpalał mnie w obecności kapitana, to samo upojne wyczekiwanie, które zwabiało mnie do wieżyczki, ale Ben nie budzi we mnie takiego podniecenia. Kapitan Brodie uodpornił mnie na dotyk mężczyzny z realnego świata i choć reaguję instynktownie, zarzucając ręce na szyję Bena, choć pogrążam się w jego objęciach, myślę o schodach prowadzących na wieżyczkę i blasku płonącego u góry ognia. Przypominam sobie szelest jedwabnej sukni wokół moich nóg i przyspieszone bicie serca, gdy łuna ognia coraz bardziej jaśnieje i zbliża się czas pokuty. Moje ciało reaguje na to wspomnienie. Chociaż nie obejmują mnie ramiona kapitana, próbuję sobie wyobrazić, że jestem z nim. Pragnę, by Ben posiadł mnie tak jak on, uwięził moje nadgarstki i przyparł mnie do ściany, ale on nic takiego nie robi. To ja prowadzę go do łóżka i prowokuję, by mną zawładnął. Nie pragnę dżentelmena, lecz demonicznego kochanka.

Gdy przyciągam Bena, by położył się na mnie, kiedy zdzieram z niego koszulę i zrywam z siebie bluzkę, widzę twarz Jeremiaha Brodiego. Ben nie jest może tym, kogo pożądam, ale musi mi wystarczyć, ponieważ do kochanka, którego naprawdę pragnę, który mnie ekscytuje i przeraża, nie odważę się wrócić. Zamykam powieki i to kapitan Brodie jęczy mi do ucha, wdzierając się we mnie.

Ale gdy wszystko się kończy i otwieram oczy, widzę nad sobą uśmiechniętego Bena. Bena, który jest taki przewidywalny. Taki bezpieczny.

– Wiedziałem, że to ty nią jesteś – mruczy. – Kobietą, na którą czekałem całe życie.

Wzdycham.

– Ledwie mnie znasz.

– Wystarczająco dobrze.

– Nie. Nie masz pojęcia, jaka jestem.

Uśmiecha się do mnie z góry.

– Jakież to szokujące tajemnice możesz ukrywać?

– Każdy ma swoje sekrety.

– Więc pozwól mi odgadnąć. – Rozbawiony, całuje mnie w usta. – Śpiewasz pod prysznicem arie operowe, okropnie fałszując.

– Sekretów nikomu się nie zdradza.

– Zrobiłaś coś gorszego? Skłamałaś na temat swojego wieku? Przejechałaś na czerwonym świetle?

Odwracam głowę, by uniknąć jego spojrzenia.

– Proszę. Nie chcę o tym rozmawiać.

Wyczuwam, że na mnie patrzy, próbując przeniknąć mur, którym się od niego odgrodziłam. Obracam się i siadam na skraju łóżka. Patrzę na swoje nagie uda, rozłożone jak u dziwki. O nie, Ben, nie chcesz poznać moich tajemnic. Nie chcesz usłyszeć o grzechach, które popełniłam.

– Avo? – Wzdrygam się, gdy kładzie mi rękę na ramieniu.

– Wybacz, ale z tego nic nie będzie. Nie pasujemy do siebie.

– Czemu tak mówisz, skoro dopiero co się kochaliśmy?

– Jesteśmy zbyt różni.

– Nie na tym polega problem, prawda? – pyta. Zmienił mu się głos i jego ton mi się nie podoba. – Próbujesz mi powiedzieć, że nie jestem dla ciebie wystarczająco dobry.

– Wcale tego nie mówię.

– Ale tak mi to zabrzmiało. Jesteś taka jak wszystkie. Jak każda… – Przerywa w pół zdania, bo dzwoni jego komórka. Zrywa się na nogi, by wyjąć telefon z kieszeni spodni. – Doktor Gordon – rzuca oschle. Choć odwrócił się do mnie plecami, widzę jego napięte mięśnie. Oczywiście, czuje się urażony. Zakochał się we mnie, a ja go odtrącam. I w tej najbardziej bolesnej chwili musi borykać się z jakimś problemem w szpitalu. – Zaczęliście infuzję? A jak wygląda teraz jej EKG?

Gdy rozmawia ze szpitalem, zbieram swoje rzeczy i powoli się ubieram. Jeśli czułam wcześniej jakieś pożądanie, teraz mam w piersi lód i krępuje mnie moja nagość. Kiedy Ben kończy rozmowę, jestem już całkiem ubrana i siedzę sztywno na łóżku, mając nadzieję, że oboje zapomnimy o tym, że cokolwiek między nami zaszło.

– Przepraszam, ale moja pacjentka miała właśnie atak serca – informuje mnie. – Muszę jechać do szpitala.

– Oczywiście.

Ubiera się i zapina szybko koszulę.

– Nie wiem, jak długo tam będę. To może potrwać parę godzin, więc jeśli zgłodniejesz, możesz śmiało zrobić najazd na lodówkę. Znajdziesz połówkę pieczonego kurczaka.

– Dam sobie radę, Ben. Dziękuję.

Zatrzymuje się w drzwiach i odwraca do mnie.

– Przepraszam, Avo, jeśli zbyt wiele oczekiwałem. Myślałem po prostu, że czujesz to co ja.

– Sama nie wiem, co czuję. Jestem zdezorientowana.

– Więc musimy o tym porozmawiać, kiedy wrócę do domu. Wszystko ustalić.

Nie ma czego ustalać, myślę, słysząc, jak zbiega po schodach i zatrzaskuje za sobą frontowe drzwi. Nie ma między nami ognia, a ja przede wszystkim tego potrzebuję. Wyglądam przez okno i patrzę z ulgą, jak odjeżdża. Chcę zostać sama, by pomyśleć, co mu powiem, kiedy wróci.

Zamierzam odwrócić się od okna, gdy obok domu przejeżdża z terkotem kolejny samochód. Szara furgonetka wydaje mi się dziwnie znajoma, bo w każdy powszedni dzień parkowała na moim podjeździe. Czyżby Ned Haskell pracował gdzieś w sąsiedztwie? Pojazd znika za rogiem, a ja odsuwam się od okna, zaniepokojona tym, że Ned jest w pobliżu.

Schodząc na dół, cieszę się, że Henry mi towarzyszy; pies stuka łapami o drewno. Po co mi kot, skoro mogłabym mieć takiego psa jak Henry, dla którego jedynym powodem istnienia jest chronienie i zadowalanie swojego pana? Tymczasem bezużyteczny Hannibal włóczy się gdzieś, jak każdy kocur, i znów komplikuje mi życie.

Zaglądam do lodówki w kuchni i stwierdzam, że jest tam rzeczywiście połówka pieczonego kurczaka, nie mam jednak ochoty jeść. Pragnę tylko kieliszka wina i znajduję otwartą już butelkę z wystarczającą ilością chardonnay na dobry początek. Nalewam go sobie i sączę powoli, idąc do salonu z Henrym wciąż u moich stóp. Podziwiam tam cztery wiszące na ścianach olejne obrazy. Namalował je Ben i raz jeszcze jestem pod wrażeniem jego kunsztu. Tematem wszystkich czterech płócien jest ta sama plaża, ale każdy obraz ma inny klimat. Pierwszy przedstawia letni dzień, z odbijającymi się w wodzie jasnymi promieniami słońca. Na piasku widać koc w czerwoną kratę, z wgłębieniami pozostawionymi przez dwie osoby, które na nim leżały. Może to kochankowie, którzy poszli popływać do morza? Czuję niemal żar słońca i smak soli z morskiej bryzy.

Spoglądam na drugi obraz. Są na nim ta sama plaża i ta sama stercząca po prawej stronie poszarpana skała, ale jesień zabarwiła już roślinność lśniącymi odcieniami czerwieni i złota. Na piasku leży ten sam koc w kratę, wygnieciony jak poprzednio, z rozsypanymi zwiędłymi liśćmi. Lecz gdzie są kochankowie? Dlaczego zostawili koc na plaży?

Na trzecim obrazie jest już zima. Morze wygląda mrocznie i złowrogo. Plażę pokrywa śnieg, ale spod jego warstwy wystaje podwinięty lekko róg koca – zaskakująca czerwona plama na białym tle. Kochankowie zniknęli, ich letnia schadzka została dawno zapomniana.

Odwracam się do czwartego obrazu. Nadeszła wiosna. Liście drzew są jasnozielone, w mizernej kępce trawy kwitnie samotny mlecz. Wiem, że ma to być ostatni obraz z tej serii, bo znów widać na piasku koc w czerwoną kratę, lecz kolejne pory roku zmieniły go w obszarpany symbol porzucenia. Materiał jest brudny i zaśmiecony gałązkami i liśćmi.

Wszelkie przyjemności, jakich zaznawano kiedyś na tym kocu, poszły już dawno w niepamięć.

Wyobrażam sobie, jak Ben ustawia na plaży sztalugę i maluje wiele razy tę samą scenę o różnych porach roku. Co przyciągało go do tego miejsca? Zza ramy obrazu wystaje róg etykiety. Wyciągam ją i czytam.

*Plaża Cynamonowa, wiosna, nr 4. z serii.*

Dlaczego ta nazwa wydaje mi się tak znajoma? Wiem, że już ją słyszałam i że wypowiedział ją kobiecy głos. Nagle sobie przypominam. To była pani Donna Branca. Wyjaśniała mi, dlaczego podejrzenie padło na Neda Haskella, gdy jakieś pięć lat temu zaginęła kobieta. Ned miał w furgonetce klucze od jej domu. Twierdził, że znalazł je na Plaży Cynamonowej.

Na tej samej, która pojawia się wielokrotnie na obrazach Bena. To na pewno tylko przypadek. Wiele osób musiało odwiedzać tę zatoczkę, opalać się na tej plaży.

Pies skomle, a ja zerkam na niego, przestraszona tym dźwiękiem. Czuję, że mam zimne ręce.

Dostrzegam przez drzwi salonu sztalugę i płótno. Gdy przechodzę do sąsiedniego pomieszczenia, wyczuwam zapach terpentyny i oleju lnianego. Pod oknem stoi obraz, który Ben aktualnie maluje. Na razie to tylko szkic, zarys pejzażu portu, który czeka, aż artysta tchnie w niego życie i barwy. O ścianę oparte są dziesiątki gotowych już obrazów, czekających na oprawienie. Przeglądam je i widzę statki prujące spienione wody, latarnię morską smaganą sztormowymi falami. Podchodzę do następnej sterty płócien i przerzucam je. Wciąż nie daje mi spokoju myśl o Plaży Cynamonowej i zaginionej kobiecie. Donna powiedziała, że ta kobieta była turystką, która wynajęła dom przy plaży. Gdy zniknęła, wszyscy zakładali, że poszła po prostu popływać i utonęła, ale kiedy na desce rozdzielczej furgonetki Neda znaleziono klucze od jej domu, padło na niego podejrzenie. Podobnie jak teraz, po zabójstwie Charlotte Nielson.

Oglądam ostatnie płótno i zastygam nagle w bezruchu; dostaję na rękach gęsiej skórki i przechodzą mnie ciarki. Patrzę na obraz przedstawiający dom, w którym mieszkam.

Nie został jeszcze ukończony. Tło jest ciemnoniebieskie i bez wyrazu, prześwitują przez nie fragmenty surowego płótna, ale to bez wątpienia Strażnica Brodiego. Noc spowija budynek cieniem, a na tle nieba widać jedynie czarne kontury wieżyczki. Tylko jedno okno jest jasno oświetlone. Okno mojej sypialni... I stoi w nim kobieta.

Spoglądam na swoje palce, które są lepkie od granatowej farby. Świeżej. Przypominam sobie nagle błyski światła, które dostrzegłam nocą z okna sypialni. To nie były jednak świetliki, ale ktoś stojący na ścieżce przy urwisku i obserwujący moje okno. Podczas gdy mieszkałam w Strażnicy Brodiego i sypiałam rozebrana w swoim pokoju, Ben malował potajemnie mój dom. I mnie.

Nie mogę spędzić tutaj nocy.

Biegnę na górę i rzucam nerwowe spojrzenie za okno, obawiając się, że zobaczę wjeżdżający na podjazd samochód Bena. Nie widać go jednak. Wlokę więc walizkę po schodach, bum-bum-bum, i ciągnę na kółkach do samochodu. Pies poszedł za mną, więc chwytam go za obrożę, prowadzę z powrotem do domu i zamykam drzwi. Bardzo się spieszę, lecz nie chcę, żeby Bogu ducha winne zwierzę wpadło pod samochód.

Odjeżdżając, spoglądam ciągle w lusterko wsteczne, ale ulica za mną jest pusta. Nie mam przeciwko Benowi żadnych dowodów poza tym obrazem w jego pracowni, a to za mało, stanowczo za mało, by wzywać policję. Przyjechałam tu tylko na lato, on zaś jest filarem lokalnej społeczności, jego rodzina mieszka tu od pokoleń.

Nie, obraz nie wystarczy, by zawiadomić policję, lecz dostatecznie mnie zaniepokoił. Skłonił do przeanalizowania wszystkiego, co wiem o Benie Gordonie.

Jestem zdecydowana wyjechać z miasta, gdy jednak zamierzam skręcić w drogę prowadzącą z Tucker Cove na południe, przypominam sobie o Hannibalu. Ze złością uderzam dłonią o kierownicę. Cholerny kot! Musi wszystko komplikować.

Ostro zawracam i jadę w kierunku Strażnicy Brodiego.

Jest wczesny wieczór i przy zapadającym zmroku mgła wydaje się gęściejsza, niemal dotykalna. Wysiadam z samochodu i rozglądam się po dziedzińcu. Szary kot w szarej mgle. Nie zobaczyłabym go, nawet gdyby siedział kilka metrów ode mnie.

– Hannibal! – Obchodzę wokół dom, wołając go coraz głośniej. – Gdzie jesteś?!

Nagle poprzez szum rozbijających się fal słyszę ciche „miau".

– Chodź tu, ty niedobry kocurze! Chodź!

Znowu miauczenie. We mgle rozbrzmiewa jakby ze wszystkich stron naraz.

– Mam dla ciebie kolację! – krzyczę.

Odpowiada natarczywym wrzaskiem i uświadamiam sobie, że dochodzi on gdzieś z góry. Podnoszę głowę i widzę przez mgłę, że coś się tam porusza. Machający niecierpliwie ogon. Hannibal, usadowiony na tarasie, spogląda na mnie przez pręty balustrady.

– Jak ty, do cholery, tam utknąłeś?! – wołam, ale już wiem, jak to się stało. Pakując się pospiesznie i wychodząc, nie zajrzałam na taras, zanim zamknęłam drzwi. Hannibal musiał się tam wymknąć i znalazł się w pułapce.

Staję z wahaniem na ganku, nie mając ochoty wchodzić ponownie do domu. Zaledwie parę godzin temu uciekłam ze Strażnicy Brodiego przerażona, wierząc, że nigdy tam nie wrócę. Teraz nie mam wyboru, muszę wejść do środka.

Otwieram kluczem drzwi i włączam światło. Wszystko wygląda tak jak zawsze. Ten sam stojak na parasole, ta sama dębowa podłoga, ten sam żyrandol. Wciągam głęboko powietrze i nie wyczuwam zapachu morza.

Ruszam po schodach, które jak zwykle skrzypią. Podest jest pogrążony w półmroku i zastanawiam się, czy on czeka na mnie u góry, czy mnie obserwuje. Na piętrze zapalam kolejne światło i widzę znajome kremowe ściany oraz sztukaterię pod sufitem. Wszędzie panuje cisza. Jesteś tutaj?

Przystaję, by zajrzeć do sypialni, którą opuszczałam w takim pośpiechu, że szuflady komody są otwarte, a drzwi szafy rozwarte na oścież. Podchodzę do schodów prowadzących na wieżyczkę. Drzwi skrzypią, gdy je otwieram. Przypominam sobie noce, kiedy stałam u podnóża tych schodów, drżąc w oczekiwaniu i zastanawiając się, jakie rozkosze i udręki mnie czekają. Wchodzę po stopniach, wspominając szelest jedwabiu u moich stóp i bezlitosny uścisk jego ręki. Ręki, której dotyk potrafił być czuły i okrutny. Serce wali mi jak młotem, gdy wchodzę do pokoju w wieżyczce.

Jest pusty.

Stoję tam samotna i ogarnia mnie nagle tak przytłaczająca tęsknota, że czuję pustkę w piersi, jakby wyrwano mi serce. Brak mi ciebie. Czymkolwiek jesteś, duchem czy demonem, dobrem czy złem. Chciałabym zobaczyć cię jeszcze po raz ostatni.

Nie ma jednak żadnej wirującej ektoplazmy, żadnego powiewu słonego powietrza. Kapitan Jeremiah Brodie opuścił ten dom. Zostawił mnie.

Natarczywe „miau" przypomina mi, po co tu przyszłam. Hannibal.

Kiedy otwieram drzwi na taras, mój kot przechadza się tam jak król. Łasi mi się do stóp i spogląda na mnie, jakby chciał powiedzieć: „No dobra, gdzie moja kolacja?".

– Któregoś dnia zrobię z ciebie etolę – mruczę, biorąc go na ręce. Nie karmiłam go od rana, ale wydaje się cięższy niż kiedykolwiek. Dźwigając futrzaną kulę, idę w kierunku schodów wieżyczki i zastygam w bezruchu.

W drzwiach stoi Ben.

Kot wyślizguje mi się z rąk i spada na podłogę.

– Nie powiedziałaś mi, że wyjeżdżasz – mówi Ben.

– Musiałam… – patrzę na kocura, który czmycha na bok – znaleźć Hannibala.

– Zabrałaś walizkę. Nie zostawiłaś mi nawet wiadomości.

Cofam się o krok.

– Robiło się późno. Nie chciałam, żeby był na dworze sam przez całą noc. I…

– I co?

Wzdycham.

– Wybacz, Ben. Nasz związek nie ma szans.

– Kiedy zamierzałaś mi to powiedzieć?

– Próbowałam. Moje życie to teraz jedna wielka katastrofa. Nie powinnam z nikim się wiązać, dopóki nie uporządkuję swoich spraw. Nie chodzi o ciebie, Ben, tylko o mnie.

Jego śmiech brzmi gorzko.

– Wszystkie tak mówicie.

Podchodzi do okna i stoi z opuszczonymi ramionami, wpatrując się we mgłę. Wydaje się tak przybity, że jest mi go niemal żal. Nagle przypominam sobie niedokończony obraz Strażnicy Brodiego, z sylwetką kobiety w oknie sypialni. Mojej sypialni. Robię krok w kierunku drzwi prowadzących na schody, potem kolejny. Jeśli będę cicho, zdążę zbiec po schodach, zanim się zorientuje. Nim zdoła mnie zatrzymać.

– Zawsze lubiłem widok z tej wieżyczki – mówi. – Nawet gdy nadciąga mgła. A może zwłaszcza wtedy.

Robię kolejny krok, starając się rozpaczliwie uniknąć skrzypnięcia podłogi, by go nie zaalarmować.

– W tym domu były kiedyś tylko zbutwiałe drewno i potłuczone szkło. Czekał, by ktoś go podpalił. Spłonąłby jak pochodnia.

Cofam się kolejny krok.

– A ten taras był bliski runięcia. Ale poręcz okazała się mocniejsza, niż wyglądała.

Jestem już niemal przy drzwiach. Gdy stawiam stopę na pierwszym stopniu, ten pod moim ciężarem skrzypi tak głośno, jakby jęknął cały dom.

Ben odwraca się od okna i patrzy na mnie. W tym momencie dostrzega mój strach. Moją rozpaczliwą chęć ucieczki.

– A więc opuszczasz mnie.

– Muszę wracać do domu, do Bostonu.

– Wszystkie jesteście takie same, każda z was. Prowokujecie nas. Pozwalacie wierzyć. Dajecie nadzieję.

– Nigdy nie miałam takiego zamiaru.

– A potem łamiecie nam serca. Łamiecie… nam… serca!

Wzdrygam się na jego krzyk, który jest jak uderzenie w twarz. Nie ruszam się jednak z miejsca, podobnie jak on. Gdy patrzymy na siebie, dociera do mnie nagle sens jego słów. Myślę o Charlotte Nielson, której rozkładające się zwłoki pływały w morzu. A także o Jessie Inman, dziewczynie, która dwadzieścia lat temu zabiła się, spadając na ziemię w halloweenową noc, kiedy Ben był, tak jak ona, nastolatkiem. Spoglądam przez okno na taras.

*Poręcz okazała się mocniejsza, niż wyglądała.*

– Nie chcesz naprawdę mnie opuścić, Avo – mówi cicho. Przełykam ślinę.

– Nie, Ben. Nie chcę.

– Ale i tak odejdziesz, prawda?

– Wcale nie.

– Czy chodzi o coś, co powiedziałem? Albo zrobiłem?

Szukam gorączkowo słów, by go uspokoić.

– Niczego złego nie zrobiłeś. Zawsze byłeś dla mnie dobry.

– To z powodu tego obrazu, tak? Obrazu tego domu.

Nie mogę opanować zdenerwowania i on to dostrzega.

– Wiem, że byłaś w mojej pracowni – ciągnie. – I oglądałaś ten obraz, bo rozmazałaś farbę na płótnie. – Wskazuje na moją rękę. – Nadal masz ją na palcach.

– Dziwisz się, że ten obraz mnie przeraził? Teraz wiem, że obserwowałeś mój dom. I mnie.

– Jestem artystą. Artyści tak robią.

– Szpiegują kobiety? Podkradają się nocą, żeby zaglądać im przez okna do sypialni? To ty włamałeś się do kuchni, prawda? I próbowałeś się włamać, gdy mieszkała tu Charlotte? – Znów odzyskuję odwagę. Szykuję się do kontrataku. Jeżeli okażę strach, on wygra. – Nie jesteś artystą, tylko zboczeńcem.

Wydaje się oszołomiony moją ripostą – i o to mi chodzi. Chcę, by wiedział, że nie będę jego ofiarą, jak Charlotte, Jessie czy jakakolwiek kobieta, której groził.

– Dzwoniłam już na policję, Ben. Powiedziałam im, że obserwujesz mój dom. Poprosiłam, żeby dobrze ci się przyjrzeli, bo nie jestem pierwszą kobietą, którą śledzisz. – Czy zdaje sobie sprawę, że blefuję? Nie mam pojęcia. Wiem tylko, że pora wyjść, dopóki jest zdezorientowany. Odwracam się i ruszam w dół po schodach, bez pośpiechu, bo nie chcę sprawiać wrażenia, że czuję się ścigana. Schodzę spokojnie, równym krokiem, jak kobieta, która panuje nad sytuacją. Która się nie boi. Udaje mi się dotrzeć na korytarz na piętrze.

Nadal jestem bezpieczna. Nikt mnie nie ściga.

Serce wali mi tak mocno, jakby miało wyskoczyć z piersi. Idę korytarzem w kierunku następnych schodów. Muszę tylko znaleźć się na dole, wyjść przez frontowe drzwi i wsiąść do samochodu. Do diabła z Hannibalem! Tej nocy będzie musiał radzić sobie sam. Wynoszę się stąd w cholerę i jadę prosto na policję.

Słyszę kroki. Tuż za mną.

Odwracam się i widzę go. Ma twarz wykrzywioną z wściekłości. To nie jest już Ben, którego znam. To ktoś inny. Coś innego.

Rzucam się w kierunku ostatniej kondygnacji schodów. Gdy dobiegam do ich szczytu, dopada mnie. Tracę równowagę i przerażona, lecę w dół; nurkuję w otchłań w koszmarnie zwolnionym tempie.

Samego upadku już nie pamiętam.

# Rozdział dwudziesty dziewiąty

Ciężki oddech. Podmuch ciepłego powietrza we włosach. I ból, pulsujący ból, który rozsadza mi głowę. Ktoś ciągnie mnie po schodach, coraz wyżej i wyżej, a moje stopy uderzają o każdy stopień. Widzę tylko cienie i nikły blask kinkietu na ścianie. To schody na wieżyczkę. Tam mnie zabiera.

Przeciąga mnie przez najwyższy stopień i wlecze do pokoju. Leżę rozciągnięta na podłodze, gdy przystaje, by złapać oddech. Wciąganie ciała przez dwie kondygnacje schodów jest wyczerpujące. Po co zadał sobie tyle trudu? Po co mnie tu przywlókł?

Słyszę, jak otwiera drzwi na taras. Czuję powiew chłodnego powietrza i zapach morza. Próbuję się podnieść, ale ból, ostry jak przy cięciu nożem, przenika mnie od szyi do lewego ramienia. Nie mogę usiąść. Nawet poruszanie ręką jest nie do zniesienia. Słyszę skrzypienie podłogi pod jego stopami i nagle patrzy na mnie z góry.

– Dowiedzą się, że to ty – mówię. – Wszystko się wyda.

– Wcześniej niczego nie odkryli. A to było dwadzieścia dwa lata temu.

Dwadzieścia dwa lata? Mówi o Jessie. Dziewczynie, która spadła z tarasu.

– Ona też próbowała mnie rzucić – dodaje. – Tak jak ty teraz.

Zerka w kierunku tarasu, a ja wyobrażam sobie tamtą zimną i deszczową noc halloweenową. Sprzeczkę dwojga nastolatków, których przyjaciele upijają się i rozrabiają na dole. Uwięził ją tutaj, skąd nie może uciec. Wystarczy zepchnąć ją z tarasu, by zginęła. Strach, którego doświadczyła ta dziewczyna, jeszcze po dwudziestu dwóch latach przenika to pomieszczenie i jest wystarczająco silny, by odczuwały go osoby wrażliwe na echa z przeszłości.

To nie śmierć Aurory Sherbrooke tak bardzo poruszyła Kim w dniu, gdy odwiedziła ten pokój ze swą ekipą łowców duchów. Chodziło o Jessie Inman.

– Tak wygląda życie w małym miasteczku – mówi Ben. – Kiedy uznają, że jesteś szanowanym obywatelem, filarem społeczności, wszystko ci wolno. A ty, Avo? – Kręci głową. – Zobaczą te puste butelki po alkoholu w twoim koszu na śmieci. Usłyszą o twoich halucynacjach. O tym tak zwanym duchu. A co najważniejsze, wiedzą, że nie jesteś stąd. Nie jesteś jedną z nas.

Podobnie jak Charlotte, której zniknięcie nie wzbudziło żadnych podejrzeń. Jednego dnia była tutaj, drugiego już nie i nikt się tym wystarczająco nie przejął, by zbadać sprawę. Bo była obca. Nie należała do ich społeczności. Tak jak powszechnie szanowany doktor Ben Gordon, którego rodzina mieszka od kilku pokoleń w Tucker Cove. Którego ojciec, również lekarz, miał dość wpływów, by nazwisko jego syna nie pojawiło się w gazecie po tragedii w halloweenową noc. O losie Jessie zapomniano, a wkrótce podobnie będzie z Charlotte.

I ze mną.

Ben pochyla się, chwyta mnie za nadgarstki i zaczyna ciągnąć w kierunku otwartych drzwi.

Wyrywam się, próbując się uwolnić, ale ból ramienia jest tak przejmujący, że mogę tylko wierzgać nogami. On ciągnie mnie nadal w stronę tarasu. Tak zginęła Jessie. Teraz rozumiem, jaki strach odczuwała, gdy stawiała mu opór. Gdy podniósł ją i przerzucił przez barierkę. Czy wisiała tam przez chwilę, machając nogami nad przepaścią? Czy błagała, by darował jej życie?

Nie przestaję wierzgać i krzyczeć.

Gdy ciągnie mnie za nogi przez próg, chwytam zdrową ręką za futrynę. Szarpie mnie za kostki, ale ja kurczowo trzymam się życia. Nie poddam się. Będę walczyła do końca.

Puszcza z wściekłością moje kostki i brutalnie przydeptuje mi obcasem nadgarstek. Czuję, jak pękają mi kości, i krzyczę z bólu. Jedna zdrowa ręka nie wystarcza, by trzymać się dłużej framugi.

Ben wywleka mnie na taras.

Zapadła już noc. Widzę tylko spowity mgłą zarys sylwetki Bena. Tak to się wszystko skończy. Zostanę zrzucona z wieżyczki. I zginę, spadając na ziemię.

Chwyta mnie pod pachami i wlecze do barierki. Mgła jest równie wilgotna jak łzy na mojej twarzy. Czuję smak soli, wciągam ostatni haust powietrza, które pachnie jak…

Morze.

Dostrzegam przez pasemka mgły majaczącą w mroku postać. Nie jest to tylko cień, lecz coś realnego i materialnego, co zmierza w naszym kierunku.

Ben również to zauważa i zastyga w bezruchu, wpatrzony w ciemność.

– Co, do cholery?

Puszcza mnie nagle i opadam bezwładnie na podłogę. Szyję przeszywa mi tak straszliwy ból, że na chwilę robi mi się ciemno przed oczami. Nie widzę, jak pada cios, ale słyszę uderzenie pięści i jęk Bena. Potem obserwuję dwa cienie, toczące walkę we mgle, wyginające się i obracające w makabrycznym tańcu śmierci. Nagle oba zataczają się i słyszę trzask pękającego drewna.

I krzyk. Krzyk Bena. Do końca życia ten dźwięk będzie rozbrzmiewał echem w moich koszmarnych snach.

Staje nade mną barczysta postać spowita mgłą.

– Dziękuję – szepczę.

A potem wszystko pochłania ciemność.

□   □   □

Nie mogę poruszyć głową. Leżę na wznak w karetce pogotowia z kołnierzem ortopedycznym na szyi i mogę patrzeć tylko w górę, gdzie na butli z kroplówką widać odblask pulsujących niebieskich świateł. Z zewnątrz dochodzą odgłosy rozmów z policyjnych radiostacji i słyszę, jak podjeżdża kolejny samochód, chrzęszcząc oponami po żwirze.

Ktoś świeci mi latarką w lewe oko, potem w prawe.

– Źrenice nadal równe i reaktywne – mówi ratownik medyczny. – Czy pamięta pani, jaki mamy miesiąc?

– Sierpień – odpowiadam szeptem.

– A dzień?

– Poniedziałek. Tak sądzę.

– Dobrze. W porządku. – Sięga ręką, by poprawić plastikową torebkę z solą fizjologiczną, która wisi nad moją głową. – Świetnie pani sobie radzi. Przymocuję tylko taśmą tę kroplówkę.

– Widział go pan? – pytam.

– Kogo?

– Kapitana Brodiego.

– Nie wiem, kto to jest.

– Kiedy przyszliście po mnie na górę, on tam był, na tarasie. Ocalił mi życie.

– Proszę wybaczyć, ale jedyną osobą, która pani towarzyszyła, był pan Haskell. To on wezwał karetkę.

– Ned?

– Jest tu nadal. – Ratownik wychyla głowę z ambulansu i woła: – Hej, Ned, ona pyta o ciebie!

Po chwili widzę twarz Neda, który patrzy na mnie z góry.

– Jak się pani czuje, Avo?

– Widział go pan, prawda? – dopytuję się.

– Pyta o jakiegoś Brodiego – wyjaśnia ratownik. – Mówi, że był na tarasie.

Ned kręci głową.

– Widziałem tam tylko panią i Bena.

– Próbował mnie zabić – mówię cicho.

– Podejrzewałem go, Avo. Przez wszystkie te lata zastanawiałem się, jak naprawdę zginęła Jessie. A kiedy Charlotte…

– Policja sądziła, że to pan ją zabił.

– Podobnie jak całe miasteczko. Gdy pani związała się z Benem, zacząłem się martwić, że wszystko zaczyna się od nowa.

– Dlatego przyjechał pan tutaj za nim?

– Kiedy usłyszałem pani krzyk na tarasie wieżyczki, już wiedziałem. Chyba zawsze byłem pewien, że to on. Ale nikt mnie nie słuchał… Bo niby dlaczego mieliby mnie słuchać? On był lekarzem, a ja jestem tylko…

– Człowiekiem, który mówi prawdę. – Jeśli nie miałabym obandażowanej ręki i gdyby każdy ruch nie sprawiał mi bólu, uścisnęłabym jego dłoń. Tak wiele chcę mu powiedzieć, ale ratownicy medyczni uruchomili już silnik i pora ruszać w drogę.

Ned wychodzi z karetki i zasuwa drzwi.

Jestem uwięziona, sztywna jak mumia w kołnierzu ortopedycznym, więc nie widzę przez tylną szybę karawanu, który ma przewieźć ciało Bena Gordona. Nie mogę też spojrzeć po raz ostatni na dom, w którym spotkałaby mnie śmierć, gdyby nie Ned Haskell.

A może to duch mnie ocalił?

Gdy karetka podskakuje na podjeździe, zamykam oczy i widzę znów Jeremiaha Brodiego, który stoi na tarasie, jak zwykle trzymając wachtę.

I zawsze już tak będzie.

# Rozdział trzydziesty

Przy moim łóżku wisi biała zasłona i nie widzę przez nią drzwi. Jestem w dwuosobowym pokoju, a pacjentka z sąsiedniego łóżka to kobieta, którą bez przerwy odwiedzają krewni, przynosząc jej kwiaty. Dociera do mnie zapach róż i słyszę zza zasłony słowa powitania: „Cześć, babciu" albo „Jak się czujesz, kochanie?", albo „Nie możemy się doczekać, kiedy wrócisz do domu!". Głosy ludzi, którzy ją kochają.

Po mojej stronie zasłony panuje cisza. Odwiedzili mnie jedynie Ned Haskell, który wpadł wczoraj, by mnie zapewnić, że opiekuje się kotem, i dwaj detektywi z policji stanowej, którzy przyszli dziś rano i powtórzyli wiele z tych pytań, które zadawali mi wczoraj. Przeszukali dom Bena i znaleźli obraz, który im opisałam. Znaleźli też jego laptop, w którym były zdjęcia, zarówno moje, jak i Charlotte, zrobione teleobiektywem przez okno sypialni. Być może i mnie, i jej przydarzyło się to samo: flirt pięknej nowej lokatorki Strażnicy Brodiego z lekarzem z miasteczka.

Czy wyczuła niepokojący podtekst jego zalotów i próbowała z nim zerwać? Czy kiedy został odrzucony, zareagował przemocą, podobnie jak wobec piętnastoletniej Jessie Inman dwadzieścia lat wcześniej?

Gdy ma się łódź, łatwo jest pozbyć się ciała. Trudniej ukryć czyjeś zaginięcie. Spakował rzeczy Charlotte, by wszyscy myśleli, że postanowiła wyjechać z miasta, ale zdradziły go w końcu pewne szczegóły: jej przepełniona skrytka pocztowa; rozkładające się zwłoki, które nieoczekiwanie pojawiły się w zatoce; i samochód, załadowana jej rzeczami pięcioletnia toyota, którą wczoraj znaleziono porzuconą osiemdziesiąt kilometrów od Tucker Cove. Gdyby nie te szczegóły – i pytania, których nie przestawałam zadawać – nikt by się nie dowiedział, że Charlotte Nielson nie opuściła nigdy stanu Maine.

Jeśli udałoby mu się zabić mnie, to też mogłoby pozostać niezauważone. Jestem zwariowaną lokatorką, która widziała w domu duchy, a w kuchni miała pełny kosz pustych butelek po winie. Taka kobieta mogłaby pewnej nocy po prostu wyjść chwiejnym krokiem na taras i wypaść przez barierkę. Ludzie w miasteczku pokręciliby tylko głowami, słysząc o niefortunnej śmierci obcej im alkoholiczki. Uznaliby, że klątwa kapitana Brodiego nadal działa.

Słyszę, jak do sali przybywają kolejni goście, i znów padają słowa: „Witaj, kochanie!" i „Dziś wyglądasz już o wiele lepiej!". A ja leżę sama po mojej stronie zasłony i patrzę w okno, o które bębnią krople deszczu. Lekarze mówią, że mogę jutro opuścić szpital, ale dokąd pójdę?

Wiem tylko, że nie wrócę do Strażnicy Brodiego, bo jest w tym domu coś takiego, co równocześnie mnie przeraża i przyciąga. Coś, co uchwyciła kamera owej nocy, gdy byli tam łowcy duchów, coś, co pojawiło się, by przylgnąć do mnie, kiedy spałam. Teraz zastanawia mnie jednak ten cień, który wślizgnął się do sypialni. Może wcale nie chciał mnie atakować, tylko bronić przed prawdziwym potworem: nie duchem ani demonem, lecz żywym człowiekiem, który zabił już w wieżyczce dziewczynę.

Drzwi znów się otwierają i zamykają i moją współlokatorkę odwiedzają następni goście. Wpatruję się w krople deszczu na szybie i myślę o tym, co mnie czeka. Wracam do Bostonu. Kończę książkę. Przestaję pić.

A Lucy? Co zrobię z Lucy?

– Avo?

Głos jest tak cichy, że prawie zagłusza go paplanina gości mojej sąsiadki. Choć do mnie dociera, nie mogę uwierzyć, że naprawdę go słyszę. To kolejny duch, którego sobie wyczarowałam, podobnie jak kiedyś kapitana Brodiego.

Ale gdy się odwracam, zza zasłony wyłania się moja siostra. W padającym przez okno szarym świetle jej twarz jest blada, a oczy podkrążone ze zmęczenia. Bluzkę ma wymiętą, jej długie włosy, zwykle związane z tyłu głowy w schludny kucyk, opadają na ramiona, potargane i splątane. A mimo wszystko wygląda pięknie. Moja siostra zawsze będzie piękna.

– Jesteś tutaj – szepczę zdumiona. – Naprawdę jesteś.

– Oczywiście, że jestem.

– Ale dlaczego... jak się dowiedziałaś?

– Miałam dziś rano telefon od niejakiego Neda Haskella. Powiedział, że jest twoim znajomym. Kiedy usłyszałam, co się stało, wskoczyłam do samochodu i jechałam tu bez wytchnienia.

Oczywiście, że to Ned do niej zadzwonił. Gdy odwiedził mnie wczoraj, pytał, gdzie mam rodzinę, i wspomniałam mu o Lucy. Mądrzejszej ode mnie i milszej starszej siostrze. „Nie sądzi pani, że powinna tu być?", zapytał.

– Dlaczego, do diabła, nie dałaś mi znać, że jesteś w szpitalu? – mówi z wyrzutem Lucy. – Czemu musiałam się o tym dowiedzieć od zupełnie obcego człowieka?

Nie mam na to dobrej odpowiedzi. Siada obok mnie na łóżku i ujmuje moją zdrową rękę, a ja ściskam ją tak mocno, że bieleją mi kłykcie. Boję się ją puścić, by nie rozpłynęła się w powietrzu jak Brodie, ale jej ręka pozostaje pewna jak zawsze. Ta sama ręka, która trzymała moją w pierwszy dzień szkoły, która plotła mi warkocze, ocierała mi łzy i przybijała piątkę, gdy dostałam pierwszą pracę. Ręka osoby, którą kocham najbardziej na świecie.

– Musisz pozwolić, bym ci pomogła, Avo. Proszę, pozwól mi. Jakikolwiek masz problem, cokolwiek cię dręczy, możesz mi wszystko powiedzieć.

– Wiem. – Mrugam, by pohamować łzy.

– Bądź ze mną szczera. Powiedz mi, co się dzieje. Co zrobiłam, że się ode mnie odwróciłaś.

– Co ty zrobiłaś? – Patrzę na jej zmęczoną, zakłopotaną twarz i myślę: Skrzywdziłam ją w jeszcze jeden sposób. Nie dość, że straciła Nicka, to uważa, że utraciła też mnie.

– Powiedz mi prawdę – mówi błagalnym tonem. – Co takiego zrobiłam? Co powiedziałam?

Myślę o tym, że prawda by ją zniszczyła. Moje wyznanie mogłoby uleczyć mnie, uwolnić moje sumienie od tego przytłaczającego ciężaru winy, ale musi on pozostać tylko moim ciężarem. Kiedy kocha się kogoś tak bardzo jak ja ją, najlepszym darem, jaki można ofiarować, jest niewiedza. Kapitan Brodie zmusił mnie, bym przyznała się do winy i odpokutowała za grzechy. Pora, żebym sobie wybaczyła.

– Skoro chcesz znać prawdę, Lucy…

– Tak?

– To wszystko moja wina, nie twoja. Próbowałam to przed tobą ukryć, bo jest mi wstyd. – Ocieram twarz, ale nie potrafię powstrzymać łez, które płyną strużkami i wsiąkają w szpitalną koszulę. – Za dużo piłam. I wszystko zniszczyłam – mówię, szlochając. Moja odpowiedź jest niepełna, ale zawiera dość prawdy, by Lucy pokiwała głową ze zrozumieniem.

– Och, Avo. Wiedziałam o tym od bardzo, bardzo dawna. – Obejmuje mnie i czuję, jak pachnie charakterystycznie mydłem Dove i dobrocią. – Ale możemy coś z tym zrobić, jeśli pozwolisz mi sobie pomóc. Popracujemy nad tym razem, jak zawsze. I poradzimy sobie.

Odsuwa się, by popatrzeć na mnie, i po raz pierwszy od śmierci Nicka potrafię spojrzeć jej w oczy. Wytrzymuję jej wzrok, ukrywając prawdę, bo czasem trzeba tak postąpić, gdy się kogoś kocha.

Odgarnia z mojej twarzy kosmyk włosów i uśmiecha się.

– Jutro cię stąd zabiorę. I pojedziemy do domu.

– Jutro?

– Chyba że masz jakiś powód, by zostać w Tucker Cove?

Kręcę głową.

– Nie mam żadnego powodu – odpowiadam. – I nigdy, przenigdy już tu nie wrócę.

# Rozdział trzydziesty pierwszy

## Rok później

W Strażnicy Brodiego mieszka teraz wdowa z dwojgiem dzieci. Rebecca Ellis kupiła ten dom w marcu i urządziła już ogród warzywny oraz zbudowała kamienny dziedziniec z widokiem na ocean. Dowiedziałam się tego wszystkiego od Donny Branki, gdy zadzwoniłam do niej przed trzema tygodniami, by spytać, czy można by tam zrobić zdjęcia. Moja nowa książka, *Stół kapitana*, ma zostać wydana w lipcu, a ponieważ dotyczy w równym stopniu Strażnicy Brodiego co gastronomii, Simon chce zdjęć z tego domu. Powiedziałam mu, że nie mam ochoty tam wracać, ale nalegał, że musi je mieć.

I dlatego teraz jadę białą furgonetką z fotografem i stylistką w kierunku domu, z którego przed rokiem uciekłam.

Donna oznajmiła mi, że mieszkająca tam rodzina jest bardzo zadowolona z nowo nabytej posiadłości, a Rebecca Ellis nie zgłaszała absolutnie żadnych reklamacji. Może duch kapitana w końcu zniknął. A może w ogóle nigdy go tam nie było i stanowił tylko wytwór mojej wyobraźni, będący konsekwencją wstydu, poczucia winy i zbyt wielu butelek alkoholu. Odkąd wyjechałam z Tucker Cove, przestałam pić i moje nocne koszmary są coraz rzadsze, ale wracając do Strażnicy Brodiego, mimo wszystko jestem zdenerwowana.

Furgonetka wspina się na podjazd i widzimy natychmiast majaczącą w górze sylwetkę domu, który rzuca nadal długi cień na moje sny.

– Wow, jakie fantastyczne miejsce! – mówi fotograf Mark. – Zrobimy tu parę świetnych ujęć.

– Spójrz tylko na te ogromne słoneczniki w ogrodzie! – szczebiocze z tylnego siedzenia stylistka Nicole. – Spytamy nową właścicielkę, czy mogę uciąć kilka do zdjęć? Co o tym sądzisz, Avo?

– Nie znam nowej właścicielki – odpowiadam. – Kupiła ten dom kilka miesięcy po moim wyjeździe. Ale zawsze możemy ją spytać.

Wysiadamy wszyscy troje z furgonetki i rozprostowujemy kości po długiej podróży z Bostonu. Gdy pierwszy raz oglądałam Strażnicę Brodiego, było mgliste popołudnie. Dziś jest jasno i słonecznie, w ogrodzie brzęczą pszczoły, a obok nas przelatuje koliber, pikując do kępy słodkich różowych floksów. Rebecca zastąpiła mizerne krzewy porastające dziedziniec przed domem kobiercami kwiatów o żółtych, różowych i lawendowych barwach. Nie jest to już ta złowroga Strażnica Brodiego, którą pamiętam. Ten dom zaprasza nas do środka.

Wychodzi nam na spotkanie uśmiechnięta brunetka. W dżinsach i T-shircie z napisem *Ekofarmerzy z Maine*, wy-

343

gląda na prostą kobietę, która uprawia wybujały ogród i z radością przerzuca sama torf i obornik.

– Dzień dobry, cieszę się, że dojechaliście w komplecie! – woła, schodząc po stopniach ganku, by się z nami przywitać. – Mam na imię Rebecca. Pani Ava? – pyta, patrząc na mnie.

– Tak, to ja. – Podaję jej rękę i przedstawiam Nicole i Marka. – Bardzo dziękujemy, że zgodziła się pani na ten najazd na pani dom.

– Prawdę mówiąc, jestem tym mocno podekscytowana! Donna Branca powiedziała mi, że te zdjęcia będą w pani nowej książce. Super, że napisała pani o moim domu! – Zaprasza nas gestem ręki do wejścia. – Dzieciaki spędzają dzień u mojej koleżanki, więc nie będą plątać się pod nogami. Macie cały dom do dyspozycji.

– Zanim przyniosę sprzęt, chciałbym najpierw trochę się tu rozejrzeć – mówi Mark. – Rzucić okiem na światło.

– Och, oczywiście. Dla was, fotografów, światło jest zawsze najważniejsze, prawda?

Mark i Nicole wchodzą za właścicielką przez frontowe drzwi, ale ja przystaję na ganku, jeszcze niegotowa, by wejść do środka. Gdy ich głosy cichną we wnętrzu domu, nasłuchuję stukotu gałęzi drzew na wietrze i dalekiego szumu omywających skały fal, dźwięków, które przypominają mi natychmiast minione lato, gdy tutaj mieszkałam. Dopiero teraz uświadamiam sobie, jak bardzo mi ich brakowało. Tęsknię za porannym odgłosem fal rozbijających się o skały. Za piknikami na plaży i zapachem róż na ścieżce nad urwiskiem. Gdy budzę się w swoim mieszkaniu w Bostonie, słyszę samochody i czuję spaliny, a kiedy wyjdę z domu, widzę beton zamiast mchu. Patrzę na otwarte frontowe drzwi i myślę: Może wcale nie powinnam była stąd wyjeżdżać.

W końcu wchodzę do środka i biorę głęboki oddech. Rebecca coś piekła i powietrze przenika zapach świeżego chleba i cynamonu. Podążając za głosami, idę korytarzem do pokoju z widokiem na morze, gdzie Mark i Nicole stoją przy oknach, oniemiali z wrażenia.

– Dlaczego, u licha, stąd wyjechałaś, Avo? – pyta Nicole. – Gdyby to był mój dom, spędzałabym chyba każdą chwilę tutaj, patrząc na morze.

– Ładnie tu, prawda? – mówi Rebecca. – Ale zaczekajcie, aż zobaczycie wieżyczkę. Stamtąd dopiero jest widok! – Zwraca się do mnie: – Słyszałam, że była w dość kiepskim stanie, gdy pani się tu wprowadziła.

Kiwam głową.

– Przez kilka pierwszych tygodni dwaj cieśle walili tam młotkami. – Uśmiecham się na myśl o Nedzie Haskellu, którego drewniana rzeźba, przedstawiająca wróbla w okularach i czapce kucharza, zdobi teraz moje biurko w Bostonie. Spośród wszystkich ludzi, których poznałam z Tucker Cove, tylko on regularnie do mnie pisze i uważam go za prawdziwego przyjaciela. Przypominam sobie jego słowa. *Ludzie bywają skomplikowani, Avo. Nie zawsze widać, jacy są naprawdę.* Dotyczyły przede wszystkim jego.

– Kopałabym i wrzeszczała, gdyby chcieli mnie stąd wyprowadzić – mówi Nicole, nadal oczarowana widokiem. – Nigdy nie myślałaś, Avo, żeby kupić ten dom?

– Nie było mnie na to stać. Poza tym z różnych powodów… – Załamuje mi się głos. – Po prostu musiałam wyjechać.

– Może nam pani pokazać resztę domu? – prosi Rebeccę Mark.

Gdy wspinają się po schodach, nie idę za nimi, lecz zostaję przy oknie i wpatruję się w morze. Wspominam samotne noce, gdy chwiejnym krokiem szłam na górę do sypialni, upita winem i żalem. Noce, gdy zapach morza zwiastował przybycie kapitana Brodiego. Zawsze był, gdy potrzebowałam go najbardziej. Nawet teraz, kiedy zamykam oczy, czuję we włosach jego oddech i ciężar jego ciała na sobie.

– Słyszałam, co się pani przydarzyło, Avo.

Odwracam się zaskoczona i widzę, że Rebecca wróciła i stoi obok mnie. Mark i Nicole wyszli na zewnątrz, by wypakować sprzęt, i zostałyśmy same. Nie wiem, co powiedzieć. Nie jestem pewna, co ma na myśli, mówiąc: „Słyszałam, co się pani przydarzyło". Nie może przecież wiedzieć o duchu.

Chyba że ona też go widziała.

– Donna wszystko mi powiedziała – mówi cicho Rebecca. Podchodzi bliżej, jakby chciała wyjawić mi sekret. – Kiedy interesowałam się zakupem domu, musiała opowiedzieć mi jego historię. Wspomniała o doktorze Gordonie. O tym, jak zaatakował panią na tarasie.

Nie odzywam się. Chcę się dowiedzieć, co jeszcze słyszała. Co jeszcze wie.

– Powiedziała mi, że były też inne ofiary. Lokatorka, która mieszkała tu tuż przed panią. I piętnastoletnia dziewczyna.

– I wiedząc to wszystko, kupiła pani ten dom?

– Doktor Gordon nie żyje. Nikogo już nie skrzywdzi.

– Ale po tym, co się tu wydarzyło…

– Złe rzeczy dzieją się wszędzie, a świat idzie naprzód. Mogłam sobie pozwolić na kupno tak pięknego domu właśnie dlatego, że ma ponurą historię. Inni nabywcy wystraszyli się, ale gdy weszłam tu przez frontowe drzwi, poczułam natychmiast, że ten dom serdecznie mnie wita. Jakby chciał, żebym w nim zamieszkała.

Tak jak kiedyś witał mnie.

– A potem, gdy znalazłam się w tym pokoju i poczułam zapach morza, byłam już pewna, że tu jest moje miejsce. – Odwraca się do okna i patrzy na ocean. Mark i Nicole rozmawiają głośno w kuchni, ustawiając reflektory, statywy i kamery, ale Rebecca i ja milczymy, zafascynowane widokiem. Obie wiemy, co znaczy dać się uwieść Strażnicy Brodiego. Myślę o kobietach, które się tu zestarzały i umarły i które ten dom także uwiódł. Wszystkie były ciemnowłose i szczupłe, tak jak ja.

I jak Rebecca.

Nicole wchodzi do pokoju.

– Mark jest już właściwie gotowy do zdjęć. Czas na fryzurę i makijaż, Avo.

Potem nie mam już okazji porozmawiać z Rebeccą na osobności. Najpierw muszę usiąść na krześle, by Nicole mnie uczesała i przypudrowała, potem uśmiecham się do obiektywu w kuchni, gdzie pozuję z pomidorami, miedzianymi garnkami i patelniami, które przywieźliśmy z Bostonu. Później wychodzimy z domu i ustawiam się między słonecznikami, a następnie na kamiennym dziedzińcu, by sfotografować widok na morze.

Mark unosi kciuk.

– To tyle na zewnątrz. Teraz jeszcze jedno miejsce.

– Dokąd idziemy? – pytam.

– Na wieżyczkę. Jest tam doskonałe światło i chcę pani zrobić co najmniej jedno zdjęcie w tym pokoju. – Podnosi aparat i statyw. – Ponieważ książka nosi tytuł *Stół kapitana*, będziesz pozowała, patrząc na morze. Tak jak kapitan.

Wszyscy wspinają się na górę, ale ja przystaję u podnóża schodów, nie mając ochoty za nimi iść. Nie chcę oglądać znów tej wieżyczki. Nie chcę odwiedzać ponownie miejsca, gdzie snuje się wciąż tyle duchów. Nagle Mark woła: „Idziesz, Avo?!" i nie mam już wyboru.

Gdy docieram na piętro, zaglądam do sypialni dzieci Rebekki i widzę tam porozrzucane tenisówki i plakaty z *Gwiezdnych wojen*, lawendowe zasłony i całą menażerię pluszaków. Chłopiec i dziewczynka. W głębi korytarza jest moja dawna sypialnia, której drzwi są zamknięte.

Skręcam na schody prowadzące na wieżyczkę. Wchodzę na nie po raz ostatni.

Mark i Nicole nawet na mnie nie patrzą. Są zbyt zajęci rozstawianiem lamp, reflektorów i statywów. Przyglądam się w milczeniu, co Rebecca zmieniła w tym pokoju. W alkowie stoją dwa wiklinowe krzesła, które zachęcają gości do intymnej pogawędki. Biała kanapa grzeje się w słońcu, a na niskim stoliku widać stertę czasopism ogrodniczych i pusty niemal kubek z kilkoma ostatnimi łykami zimnej kawy. Na oknie wisi kryształ, rzucając tęczowe smugi na ściany. To nie jest już ten pokój ani ten dom, które pamiętam, i z powodu tych zmian odczuwam zarówno ulgę, jak i smutek. Strażnica Brodiego zmieniła się pod moją nieobecność, przejęta przez kobietę, która uczyniła z niej swój dom.

– Jestem gotowy, Avo – mówi Mark.

Gdy pstryka ostatnie zdjęcia, wchodzę w rolę, której wszyscy ode mnie oczekują – pogodnej autorki książek kucharskich, mieszkającej w domu kapitana. We wstępie do książki wspomniałam, że w Strażnicy Brodiego znalazłam inspirację do jej napisania, i to prawda. Tu sprawdzałam i doskonaliłam przepisy, tu nauczyłam się, że nie ma lepszej przyprawy niż zapach morskiego powietrza. Tutaj przekonałam się również, że wino nie leczy smutku, a gdy jesz posiłek z poczuciem winy, nawet najlepiej przyrządzone danie nie ma smaku.

W tym domu powinnam była umrzeć, a nauczyłam się żyć na nowo.

Gdy zrobiono ostatnie zdjęcie, a cały sprzęt zapakowano i zniesiono na dół, snuję się samotnie po wieżyczce, czekając na ostatni tajemniczy szept, ostatni podmuch bryzy. Nie słyszę głosu ducha. Nie widzę ciemnowłosego kapitana. Cokolwiek przyciągało mnie kiedyś do tego domu, już nie istnieje.

Żegnamy się na podjeździe z Rebeccą i obiecuję jej egzemplarz *Stołu kapitana* z autografem.

– Dziękuję, że zaprosiła nas pani do swojego domu – mówię. – Tak się cieszę, że Strażnica Brodiego znalazła wreszcie kogoś, kto ją kocha.

– Naprawdę kochamy ten dom. – Ściska mi rękę. – A on kocha nas.

Przez chwilę stoimy, patrząc na siebie, i przypominam sobie słowa Jeremiaha Brodiego, które wypowiedział do mnie szeptem w ciemności.

*W moim domu znajdziesz to, czego szukasz.*

Gdy odjeżdżamy, Rebecca macha nam na pożegnanie z ganku. Wychylam się z samochodu i nagle dostrzegam w górze, na tarasie, coś, co wygląda przez krótką chwilę jak postać w długim czarnym płaszczu.

Ale gdy mrugam, on znika. Może nigdy go tam nie było. Widzę już tylko światło słońca, lśniące na łupkowych dachówkach, i samotną mewę szybującą po bezchmurnym letnim niebie.

# Podziękowania

Pisanie książki jest samotną podróżą, ale droga do publikacji na szczęście już nie – i w tym miejscu chciałabym wyrazić wdzięczność świetnemu zespołowi, który towarzyszy każdemu mojemu krokowi. Moja agentka literacka Meg Ruley z Jane Rotrosen Agency była najsroższym krytykiem, czyli najlepszym gatunkiem agenta, jaki pisarz może sobie wymarzyć. Dziękuję ci, Meg, za ponad dwadzieścia lat, w czasie których byłaś moim doradcą, obrońcą i przyjacielem. Wielkie podziękowania dla amerykańskiego zespołu wydawnictwa Ballantine: Kary Cesare, Kim Howey i Sharon Propson, a także dla pracowników mojego brytyjskiego wydawnictwa Transworld: Sarah Adams, Larry'ego Finlaya i Alison Barrow.

A przede wszystkim dziękuję jedynej osobie, która towarzyszyła mi w pisarskiej przygodzie od samego początku – mojemu mężowi, Jacobowi.

**Dwunasta powieść z serii kryminalnej
z detektyw Jane Rizzoli i patolog sądową Maurą Isles**

**Kobiecy duet śledczy tym razem zmierzy się ze sprawcą bestialskiego
morderstwa na producentce horrorów**

Zamordowana kobieta leżąca na kanapie jest bez wątpienia martwa,
choć na pierwszy rzut oka wygląda, jakby drzemała... Gdyby nie to, że
zabójca pokusił się o makabryczny żart i umieścił gałki oczne ofiary na
jej dłoni. Co chciał przez to powiedzieć? Czy chciał nawiązać do sceny
z wyprodukowanego przez nią horroru? To sugerowałoby jednorazowe
zabójstwo. Pytania się mnożą, a Jane Rizzoli i Maura Isles z początku nie
potrafią znaleźć na nie odpowiedzi. Nie mogą nawet ustalić przyczyny
śmierci...

A kiedy kilka dni później zostają odnalezione zwłoki mężczyzny, Jane
i Maura zyskują pewność, że poszukiwany szaleniec morduje według
pewnego klucza. I że nie zamierza przestać.